CUORCODE

Callie Evermore

Sette minuti e cinque secondi

CAIRO

Pubblicato in accordo con Grandi & Associati, Milano

ISBN 978-88-309-0344-9
Prima edizione: maggio 2024

SETTE MINUTI
E CINQUE SECONDI

Ho guardato in tutti i posti dove non ci sei.
Ma non riesco a trovare il posto dove sei.
So soltanto che tu sei dove non sono io.
E io dov'è che sono?

Winnie The Pooh

Prologo

Il giorno in cui cade il cielo è iniziato alla grande.

La mattina, a scuola, Vittoria ha strappato una sufficienza striminzita nell'ultima verifica dell'anno, giusto in tempo per le vacanze estive.

Il pomeriggio, ha vinto con la sua squadra lo scontro ai vertici contro la prima in classifica, dopo un quinto set al cardiopalma.

Una buona giornata, sì. Magari non memorabile. Però, piacevole.

Dopo la partita, Vittoria sale in macchina con sua mamma e, guardando fuori dal finestrino, si chiede quale altra bella sorpresa, questo giovedì di metà giugno, abbia in serbo per lei.

Spera in una pizza gigante, solo loro due in quel posticino che amano, come non succede da un po'. Ci sono così tante cose che vuole raccontare a sua madre, a partire dalla più urgente, la prima vacanza sola con gli amici, per finire con quella più sofferta, avere diciassette anni è un autentico casino.

È sicura che mamma capirà: le regalerà il suo sorriso,

bello come l'alba, e rideranno fino ad avere mal di pancia. Poi, come dessert ordineranno un antipasto, perché a loro i dolci non piacciono, e il cameriere se lo farà ripetere due volte, temendo di aver capito male.

Pensa a tutto questo Vittoria, mentre, dopo essersi lasciate la città alle spalle e aver imboccato una strada collinare, le sfumature del paesaggio cominciano a mescolarsi oltre il vetro opaco. Il grigio dell'asfalto, la terra bruciata della campagna sottostante, l'azzurro placido del cielo di giugno, e poi il tramonto, una macchia rossa come il sangue.

Sono i colori a confondersi per dispetto, o è la loro auto ad andare troppo veloce?

Vittoria inizia a sentirsi a disagio. Un senso di vuoto allo stomaco, un brivido di inquietudine precipita come una scossa elettrica lungo la sua schiena.

C'è qualcosa di strano, qualcosa che la turba.

Perché sua madre non rallenta?

Dalla radio parte una melodia familiare e avvolgente. Dura poco, appena una manciata di secondi prima di interrompersi in modo netto, come un filo spezzato.

Vittoria si volta stranita verso il posto di guida, e niente è più al suo posto.

Sotto ai suoi occhi ogni cosa diventa all'improvviso confusa e vede le labbra di sua mamma piegarsi per dirle parole che lei non riesce ad afferrare, ma che sa che le fanno male, e si accorge che i contorni dell'utilitaria si allargano, e si restringono, e prendono forme irriconoscibili, e qualcuno sembra aver tirato il freno a mano della sua vita, perché ogni cosa intorno rallenta, galleggia, fluttua intorno a lei.

Respira.

È l'ultimo respiro, prima che il cielo le cada addosso.

L'impatto contro il guardrail è spaventoso. Gambe, mani, testa, denti, cellule, nulla è dove dovrebbe, il suo orologio si è rotto e il tempo si è fermato per sempre. E c'è uno squarcio, uno squarcio reale o forse immaginario dentro al petto, che si è inghiottito il mondo intero, e lei è terrorizzata, perché il cielo non dovrebbe mai caderti addosso, perché c'è sangue, un mare di sangue e ha lo stesso colore del tramonto, e nessuno dovrebbe provare tanto dolore tutto in una volta, così tanto che le sembra di impazzire.

È l'ultima cosa che sente, la sua voce, sopraggiungere da un luogo che non è più qui, dove è già troppo tardi.

«Non avere paura, amore mio.»

Un minuto e tre secondi

Vittoria

Vittoria è sempre stata una ragazza come tante, almeno fino a quando non è diventata la figlia dell'amata insegnante morta.

Della vita, oggi, porta in tasca soltanto due certezze. Che sono comunque due in più di quelle che ci si aspetterebbe da una ragazza di diciassette anni.

Uno: amare, amare per davvero, non ne vale la pena perché la vita ci si mette di mezzo, le persone ti lasciano e alla fine tocca a te ricostruire la geometria del tuo cuore spezzato, sapendo che non ci riuscirai.

Due: non puoi avere più paura di niente, quando sei morta dentro.

Ci sarebbe anche un terzo punto, in realtà, ma è più una consapevolezza: lei, su questo maledetto guardrail tutto ammaccato, non riesce proprio a stare.

Ci è seduta a cavalcioni da pochi secondi e già vorrebbe darsela a gambe. Le punte delle sue Converse rovinate sfiorano i petali dei fiori arsi dal sole, ché nessuno ci ha pensato, a che idea cretina fosse lasciarli lì esposti durante l'estate, con quaranta gradi. E poi, perché le persone si ostinano a portare fiori sul luogo della tragedia? Vittoria li detesta. Non riesce a togliersi dalla mente il pensiero che avrebbero potuto essere *anche* per lei.

Si trova patetica, sì. Davvero patetica.

Non è la prima volta che viene qui, nel luogo esatto dove la sua vita è cambiata. Un punto imprecisato tra Layfield, la deprimente città di provincia in cui vive, e la valle del Deaf Dyke, al centro della geografia del suo dolore. Ogni volta, si dice, è l'ultima, tranne per il fatto che poi non lo è mai. Fare scelte pessime è ciò in cui riesce meglio, negli ultimi mesi; c'è chi viene eletta reginetta del ballo e chi, come lei, si autoproclama campionessa indiscussa nel rendersi la vita un inferno.

Patetica, sì, appunto.

Vittoria guarda in alto, schermandosi con la mano dal sole ostinato di settembre. L'odore di cemento e abbandono s'infila prepotente nelle narici. Da quando hanno inaugurato la nuova strada, quel tratto intervallato da tornanti e costeggiato da barriere di protezione arrugginite non lo percorre quasi più nessuno.

Dalla sera in cui è caduto il cielo, poi, lì intorno è il deserto.

Vittoria dice a tutti di non ricordare niente, assolutamente niente, dell'incidente.

Certo è stato terribile e sì, forse la sua mente ha rimosso l'accaduto, magari per proteggerla, perché l'inconscio è quella roba *lì* che fa anche queste cose *qui*, ha mai pensato di farsi seguire da un terapista? E l'ipnosi? L'ipnosi l'ha provata? Strano che non ricordi *proprio* niente.

In mezzo al frastuono delle domande altrui, l'unica verità è che Vittoria è diventata brava a raccontare bugie.

Qualcosa sì, lo ricorda. Ma la sua memoria è guasta e lei non sa se può farci affidamento. Di certo, non l'aiuta a spiegarsi *perché*.

Perché fossero su quella strada, verso il Deaf Dyke, e perché viaggiassero a una velocità così elevata. Com'era possibile che sua mamma avesse tirato dritto al tornante e la loro utilitaria fosse finita accartocciata contro il guardrail, in una splendida serata di metà giugno, in un giorno non memorabile, ma piacevole.

Non sa dire cosa sia successo il momento prima dello schianto. Sa bene, però, quello che è avvenuto dopo, quello che non racconta mai a nessuno e che ha riscritto per sempre la sua storia.

Sette minuti e cinque secondi in cui l'inferno si è scatenato sotto i suoi occhi. Un tempo piccolo, in cui Vittoria ha smesso di esistere.

È per questo che continua a tornare sul maledetto guardrail. Perché ci sono giorni in cui vorrebbe colmare i suoi vuoti di memoria, altri invece quelli dentro il suo cuore.

E ci sono altri giorni ancora, come oggi, dove anche se fuori c'è il sole dentro è buio pesto, in cui vorrebbe soltanto poter riavvolgere il nastro e salvare sua mamma.

Salvare entrambe.

Vittoria lancia un'occhiata nervosa all'orologio da polso. Non ha più voluto separarsene, anche se il quadrante pare il cubo di Rubik, da quanto è scheggiato.

È trascorso appena un minuto e poco oltre. Un minuto e tre secondi. È poco, ma è *abbastanza* da rendere la sua permanenza insopportabile. E Vittoria non vuole che il cielo le cada addosso un'altra volta.

La vibrazione dello smartphone è il suo salvagente. Lo pesca dalla tasca degli shorts, sblocca lo schermo e scrolla i messaggi in arrivo.

Seb
Ti fai desiderare?
Seb
Serio, ho bisogno di parlarti

Io per niente. Sbuffa, lo ignora e passa oltre.

Pimpi
Winnie, dove sei finita??? ♡

Okay, alla sua migliore amica conviene rispondere, se non vuole trovarsi in mezzo a un fuoco incrociato di messaggi, GIF e telefonate.

Dovevo fare una cosa. Arrivo.

Schizza giù dal guardrail e vola verso Maya, il motorino giallo e nero di seconda mano che suo padre le aveva rimesso in sesto, parcheggiato dall'altro lato della strada. Balza in sella, imprigiona i ricci dentro al casco e mette in moto.

Fa un'inversione a U e non si guarda più indietro, Vittoria, perché lo sa, che ha fallito un'altra volta. Che non può più restare. Che non è riuscita a ricordare.

Sfreccia accanto ai fiori bruciati dal sole, sollevando un vortice di petali appassiti al suo passaggio. Lì in mezzo, nell'occhio del ciclone, volteggia la foto di una donna dal volto tondo, dolce e simpatico, le labbra piegate in una curva all'insù.

Un sorriso delicato come l'alba illumina i suoi occhi color verde primavera.

Sono gli stessi occhi di Vittoria.

Brian

«Sono gli occhi. Gli occhi delle persone, lo sguardo che cade sulle cose.»

«Perché ti sconvolgono tanto?»

«Se ci pensi bene, è dove la magia della vita ha un inizio e una fine. Lì dentro c'è scritta l'intera storia di una persona. Come un libro aperto. E io sono uno che s'innamora delle storie.»

«Però non mi sembri per niente un libro aperto, Brian.»

«Infatti. Sono più come… una casa in mezzo al bosco. Senza porte, né finestre.»

«Solo pareti?»

«Sì, Fleur. Solo pareti.»

«È un po' claustrofobico.»

«E molto sicuro.»

«Da cosa vuoi proteggerti?»

«Dall'eclissi. Dal momento in cui tutto diventa così buio che non sai più se ti sei spento tu, o il mondo intorno.»

Il riflesso di un ragazzo dal bel viso pallido, disegnato da lineamenti affilati e incorniciato da una criniera spettinata di capelli biondo cenere, gli restituisce un'occhiata nervosa dal vetro opaco. Brian aspetta in piedi, sotto il getto dell'aria condizionata del vagone, con una mano arpionata al sostegno, l'altra infilata nella tasca dei pantaloncini.

Valeva davvero la pena farsi quel viaggio in treno per un momento così breve?

Chissà. Forse la domanda più azzeccata sarebbe chiedersi se in diciassette anni abbia *mai* fatto la scelta giusta, a parte per quella volta in cui aveva deciso di offrire la merenda alla più bella della classe.

Aveva sei anni, era alla scuola primaria, e si era guadagnato il suo amore per una settimana intera. Con il tempo, invece, la sua vita aveva preso una piega inaspettata. Diciamo pure che era Brian a essersi ripiegato su sé stesso.

Una voce squillante e metallica annuncia la fermata successiva. È la sua, finalmente. Mentre il treno inizia a rallentare la sua corsa, Brian si passa nervoso una mano tra i capelli e si sistema la maglia, stirando per bene le maniche, lunghe nonostante il caldo ostinato.

L'aria di plastica gli si appiccica addosso appena sbuca dalla Layfield Railway Station. A dargli il benvenuto in città, soltanto una cappa di caldo umido e la speranza di un nuovo inizio.

«Preferire un buco di periferia come Layfield a Londra. Mio figlio è un pazzo!» gli aveva detto il giorno prima Ruggero, suo padre, in vena di incoraggiamenti.

Brian aveva lasciato cadere il discorso; rispondere sarebbe stato come offrirgli l'ennesima occasione per sottolineare la sua inadeguatezza nel ruolo di figlio maschio, unico, per giunta. Una perdita di tempo per lui, che questa cosa del maschio alfa non l'ha mai digerita tanto bene.

Esce della stazione ed estrae il cellulare dalla tasca. La schermata è tempestata dai messaggi di sua madre, Adele.

Quanto ti manca?
Sei arrivato?
Santa Lucia, perché non rispondi?
Bibi!!! Lo sai come sono fatta.

Sì, che lo sa. Brian la adora, ma sua mamma, metaforicamente parlando, è ingombrante. Te la ritrovi dappertutto, come un tormentone estivo alla radio.

Si affianca ad alcuni pedoni sul marciapiede, in attesa che scatti il verde per attraversare l'incrocio. È la prima volta che viene in città senza i suoi genitori. Per la verità, è da un po' che non esce di casa, da solo. Da poco prima di quell'estate, suppergiù, quando si era ritirato sul Pianeta Brian e aveva smesso di andare a lezione, perché anche solo il pensiero di tornare in classe era insopportabile.

Però voleva vederla, la nuova scuola, prima di iniziare. Aveva bisogno di un momento di raccoglimento in solitaria, doveva tirarsi fuori delle cose, cose importanti. Cose che non puoi lasciare dentro la testa e basta. Devi farle uscire, o non esistono.

Anche Fleur, la sua psicologa, era d'accordo. Perché per lui, domani non sarà un giorno come un altro: sarà il nuovo, primo giorno, della sua nuova vita.

Le auto dalla parte opposta dell'incrocio rallentano, sta per scattare il verde per l'attraversamento pedonale. Brian si lancia in avanti, una frazione di secondo in anticipo sugli altri.

BEEEP BEEEEEP BEEEEEEEEEEEEP!!!!

Lo strombazzamento furibondo di un clacson squarcia l'aria immobile del pomeriggio. Brian compie di riflesso un balzo all'indietro, sul marciapiede, un istante prima di trasformarsi in una striscia pedonale.

«Ehi! Ma che caz...»

Intravede appena la vespa impazzita, il motorino giallo e nero che, dopo averlo mancato per un soffio, prosegue indifferente la sua corsa.

Una cosa è sicura, pensa Brian frastornato: se vuole vederlo arrivare, il primo nuovo giorno della sua nuova vita, sarà meglio evitare di farsi ammazzare prima.

Vittoria

Che pezzo di cretino, quello. Se lo vede di nuovo in giro, lo investe di proposito!

Anche perché, parliamoci chiaro: un'accusa per tentato omicidio stradale a suo carico sarebbe davvero uno scherzo del destino di pessimo gusto.

Vittoria parcheggia Maya davanti al Drake, il pub di fiducia della sua compagnia. A un centinaio di metri dalla palestra di pallavolo, nella zona di Est Gate, il Drake ha una fama così impopolare e una qualità tanto ballerina che lo frequenti soltanto se sei molto coraggioso, o molto incosciente. O entrambi.

«SEI ARRIVATA!!!»

Due braccia la imprigionano appena scesa dal motorino, strizzandola in un abbraccio. Vittoria ricambia come riesce, poi la sua stritola-amiche preferita la lascia libera, a un passo dal soffocamento.

«Che accoglienza!»

Gill dà un buffetto affettuoso al due ruote. «Solo il meglio per Maya» ride, poi le dà un bacio sulla punta del naso. «Oh sì, anche per te, Winnie del mio cuore.»

Vittoria si rifugia negli occhi grandi dell'amica, di un nocciola dolcissimo, e le sfugge un sorriso agli angoli della bocca. Quel soprannome è una cosa tra loro due. Gillian, Gill per tutti e Pimpi solo per lei, è l'unica persona sulla faccia della Terra a sapere che *Winnie The Pooh* è stato il suo cartone preferito da piccola. Fino a qualche tempo prima capitava ancora che si ritagliassero una serata speciale, solo loro due e un vecchio DVD da rivedere allo sfinimento in camera dell'amica.

«Dove sei stata?» chiede lei. «Pensavo non venissi più.»

«Faccende da sbrigare» mente Vittoria, perché quello del guardrail è un rituale strambo, un po' macabro, insomma non la classica informazione da condividere tra BFF. «Mi sono persa via e ho fatto tardi.»

Gill annuisce e non insiste. Dovrebbero farla santa, la sua migliore amica. Quando dentro la tua città di provincia ti senti soffocare, sopravvivi soltanto se trovi la persona giusta. Quella con cui restare tutta la notte distesa su un prato, sotto le stelle, a scambiarsi i sogni di una vita diversa, meno ordinaria. La stessa persona che poi li mette in modalità silenziosa, quei sogni, se i tuoi si travestono da incubi e faresti carte false per riavere indietro quella vita ordinaria che detestavi, perché magari le mamme non muoiono, dentro le vite ordinarie.

Gill, un'anima luminosa in un corpo terreno dalla bellezza mozzafiato, era la *sua* persona giusta.

Il fatto è che, adesso, è cambiato tutto. La sua amica non lo sa, ma ci sono momenti in cui Vittoria non sopporta averla accanto. La luce che sprigiona la brucia viva. Chissà, forse alla fine scoprirà di essere morta sul serio quell'estate, e di essersi trasformata in un vampiro che può vivere solo nelle tenebre.

Ma non è solo per questo che non riesce più a starle vicino, Vittoria lo sa bene.

È anche per quello che le ha fatto. Per quello che Gill non sa e, si è promessa Vittoria, non dovrà mai sapere.

«Guarda un po'. C'è la ragazza del guardrail!»

Un ragazzo alto e atletico, i capelli rasati e un piercing scintillante al lobo sinistro, si distacca dal gruppo di amici raccolti ai tavolini esterni del Drake per raggiungerle. Indossa con disinvoltura una canottiera attillata, che risalta i pettorali muscolosi e il tatuaggio, un sole maori, sulla spalla. Un paio di pantaloncini dei Celtics lasciano scoperte le gambe allenate. Oltre a essere un gran bel ragazzo, Sebastian, Seb per gli amici, è il miglior pallavolista della squadra maschile, famoso per le sue schiacciate imprendibili. A un tipo spavaldo come lui sembra che tutto venga facile; in pochissimi, inclusa Vittoria, sanno che tra le pareti di casa la vita di Sebastian è tutt'altro che semplice.

Il ragazzo cinge la vita di Gill con il braccio e lancia un'occhiata sghemba a Vittoria.

«Hai finito di menartela e hai deciso di farti viva fra noi comuni mortali?» la stuzzica.

Vittoria ricambia con uno sguardo torvo. Gill interviene con un sorriso pacificatore che le gonfia le guance da scoiattolo.

«Magari aveva di meglio da fare, amore.»

«Come no!» ribatte Seb, sarcastico. «Le uniche persone veramente interessanti in questo buco di città sono tutte qui.»

Si volta ammiccante verso gli amici, che ricambiano alzando le lattine. *Revenge*, di XXXTentacion, martella in sottofondo da un paio di casse bluetooth.

La compagnia del Drake, quella con cui si mischiano lei e Gill, è composta dalla squadra femminile e maschile della città – l'unica, nel raggio di miglia, dove la pallavolo è un'istituzione –, da alcuni assidui tifosi e qualche compagno di scuola.

«La tua umiltà mi commuove» ribatte Vittoria, tranquilla. «A casa c'è spazio per il tuo ego o mammina e papino hanno dovuto aggiungere una stanza in più?»

Lui scoppia in una risata strafottente.

«Non si vince mai con te, ragazza del guardrail.» Scuote la testa, divertito. «Torno dai ragazzi, così potete spettegolare del sottoscritto in pace!»

Si congeda appoggiando un bacio sulle labbra di Gill, che ricambia con una pacca sul sedere.

«Scusalo» sbuffa l'amica, e la prende sottobraccio. «Ha la stessa sensibilità dell'iceberg che ha affondato il *Titanic.*» Rotea gli occhi al cielo. «A volte mi chiedo se non ho perso tre anni della mia vita a stare con uno così.»

«Scherzi?! Siete la nostra quota "brava ragazza-bad boy". Scriveranno un'intera saga su di voi.»

«Idiota.»

Il trillo acuto di una sveglia fa sobbalzare entrambe. Gill prende il cellulare e la spegne con aria contrariata.

«La sveglia per gli allenamenti, Pimpi? Sul serio?!»

Lei si stringe nelle spalle per farsi piccola. Ama la pallavolo, ma ama di più trascorrere il pomeriggio con il suo ragazzo. Vittoria non sa cosa si prova, non è mai stata innamorata. Non riesce nemmeno a immaginare di esserlo, non dopo ciò che è successo. È come se per lei fosse già troppo tardi.

«Ehi, aspetta!» L'amica si guarda intorno, sospettosa. «Dove hai lasciato il borsone?»

«Sono passata soltanto per salutarti.»

Gill le rivolge un'occhiata allarmata. «Salti anche oggi? Di nuovo?»

Vittoria sente un moto repentino di rabbia serpeggiarle dentro. Capita così spesso, ormai, che la rabbia è praticamente l'unica emozione a farle capire di essere ancora viva. Si stropiccia la cicatrice sotto il sopracciglio destro e non risponde.

«È solo che... Carol non sarà contenta. E nemmeno le altre.»

Carol è il loro capitano. Una forza della natura, ma anche una gran rompicoglioni. Se devi saltare un allenamento, meglio avere una scusa valida, tipo una gamba fratturata. Anzi, facciamo due; con una puoi sempre stare in panchina.

«Me ne frego» ribatte acida Vittoria. «Sono sopravvissuta a cose peggiori.»

Bastano poche parole e Winnie e Pimpi, le amiche di una vita, non sono più sullo stesso piano, non sono più nemmeno nello stesso universo. Gill fa un'alzata di spalle, la sua è una battaglia persa in partenza.

«Mi chiami dopo?»

«Certo.»

Sanno entrambe che non lo farà. Vittoria preferirebbe che Gill non glielo chiedesse ogni volta e Gill, di questo è sicura, preferirebbe che lei smettesse di mentire.

Ma non se lo dicono.

Vittoria guarda la sua migliore amica recuperare il borsone per gli allenamenti e incamminarsi in fretta verso il palazzetto.

Appena sparisce dietro l'angolo, il cellulare nella tasca inizia a vibrare.

Seb
Little Wheel, fra mezz'ora. Io e te.

Brian

La John Locke School è un edificio moderno che non ci ha creduto fino in fondo.

A due piani, con una facciata squadrata dalle linee spezzate, color fumo, e un delizioso cortile di cemento all'ingresso, ha un'aria tutt'altro che ospitale.

Scomodare un pensatore del calibro di John Locke a Brian sembra una scelta eccessiva: dire «vado al Locke» suona un po' come una condanna, ma tant'è.

Del resto, si preoccupa di ricordargli con una certa insistenza suo padre, se l'è scelta lui.

Brian, in piedi davanti al cancellone d'ingresso chiuso, si guarda intorno: è l'unico essere vivente nei paraggi. Se non fosse per un movimento, uno spostamento d'aria appena percettibile nel cortile interno che ha catturato la sua attenzione. *C'è qualcuno?*

Vinto dalla curiosità, il ragazzo si arrampica sul cancello e si tira su con le braccia per dare una sbirciata. Da lì, vede soltanto il muretto delle scale che portano al piano interrato. Qualcuno ci ha scritto sopra, con la bomboletta spray:

MARTHA I LOVE U TO THE MOON. KEV

Ma più sotto Kev, da gran poeta, si era corretto:

MARTHA SEI UNA BIC-TH

Nient'altro. Davvero Brian, si chiede, che cavolo ti aspettavi di trovare?

«Interessante il panorama da lì, ragazzo?»

Arpionato alle sbarre del cancello, Brian si volta.

Alle sue spalle c'è una donna fatta di spigoli. Come se qualcuno l'avesse disegnata tratteggiando un'unica traiettoria da un angolo acuto all'altro. Le labbra sottili e il naso piatto. I capelli fuliggine, tenuti corti, sparano in ogni direzione e gli occhi sono due mandorle di un grigio inafferrabile. Tutto, del suo aspetto, fa a pugni con l'abbigliamento eccentrico, giovanile. Shorts color canarino sopra calze nere, una canotta con un girasole appuntato vicino alla spalla.

«Non molto, a dire la verità.»

Brian salta giù e si sfrega le mani sui pantaloni per togliersi lo sporco delle sbarre arrugginite.

«È un edificio piuttosto deprimente, non è vero?» La voce della sconosciuta è roca e graffiante.

«Visto che me lo chiede...»

«Già» fa lei, seria. «Ma perché sei qui, in pieno pomeriggio?»

Brian si stringe nelle spalle. «Niente di importante.»

«I perché *sono* importanti!» ribatte la donna, punta sul vivo. «Sono le colonne portanti del nostro pensiero.»

Che ansia questa, pensa Brian. Restano in silenzio per un po', lo sguardo fisso sull'edificio scolastico, oltre il cancello. La sconosciuta non accenna ad andarsene.

«È che domani è il mio primo giorno» ammette Brian, alla fine.

«Capisco.»

«No, non credo. Non è così semplice.»

«Mettimi alla prova.»

Solo un incosciente si confiderebbe con una tizia mai vista prima. Lui, evidentemente, lo è.

«Diciamo che... sono qui perché sto scappando da qualcosa. Anzi, no, non è vero. Sono qui perché *non voglio* scappare più.»

La donna annuisce piano.

«Certe cose dobbiamo dircele ad alta voce, non è vero, Brian?»

Il ragazzo ha uno spasmo per la sorpresa. Gesù, il Multiverso esiste e lui c'è finito dentro.

Intanto, la sconosciuta gira sui tacchi e si allontana.

«Ehi!» le grida dietro. «Aspetti! Come fa a conoscere il mio nome?»

Lei infila un passo dietro l'altro e, senza voltarsi, sventola la mano in cenno di saluto. Brian indugia, poi si rassegna a lasciare quell'incontro stravagante nel suo alone di mistero.

Anche perché deve ancora fare *quella* cosa.

Pesca il telefono dalla tasca, apre l'app delle note e digita una parola dietro l'altra.

Buio, fuoco, acqua.

In fondo, la donna ha ragione: i *perché* sono sempre importanti.

Vittoria

Voleva dire di no.

Avrebbe *dovuto* dire di no.

Invece.

Seb per lei è un casino. Un'eterna contraddizione. Perché sa di dovergli girare alla larga, sa che dovrebbe respingerlo, eppure, allo stesso tempo, non può fare a meno di esserne attratta e gravitare intorno alla sua orbita.

Una catastrofe, sotto tutti i punti di vista.

Il motivo, Vittoria, prova a giustificarselo così. Da quando è diventata «la ragazza del guardrail» il mondo sembra essersi diviso in tre fazioni: chi la tratta come fosse fatta di cristallo, e aspetta un suo crollo emotivo per poter dire «l'avevo detto che sarebbe successo»; chi le gira intorno con apprensione, come se Vittoria fosse in cima al tetto di un grattacielo e volesse buttarsi di sotto un giorno sì e l'altro pure.

Seb appartiene invece all'ultima schiera: i pochi a cui non gliene frega proprio nulla che lei abbia una voragine in mezzo al petto.

Anzi.

Quell'estate, dopo l'incidente, Vittoria non ci era più andata in vacanza con gli amici. Aveva trascorso gli infernali mesi estivi in città, come per punizione, un contrappasso dantesco. Ma non era rimasta sola. C'erano anche Seb, Zorro e altri due o tre scappati di casa. In quella convivenza forzata, Vittoria si era avvicinata al ragazzo della sua migliore amica come non era mai successo prima. Il loro rapporto si era stabilizzato su un gioco al più forte, una provocazione continua. Giorno dopo giorno, però, Vittoria aveva imparato a riconoscere il profumo di Seb, la risata strafottente, i modi decisi di chi ha sempre tutto sotto controllo. La mappa dei suoi muscoli allenati, strizzati dentro maglie e canotte aderenti. Aveva iniziato a percepire un brivido rischioso, tutte le volte in cui lui, con una scusa, la sfiorava.

Avevano fatto delle bravate, tutti insieme, e il ridere in faccia al pericolo aveva reso il loro legame speciale, quasi intimo. Piccoli furti nei supermercati, gare ad alta velocità nelle aree abbandonate, persino l'intrusione in una villa poco fuori città: vere e proprie idiozie a cui mai e poi mai Vittoria avrebbe preso parte.

La ragazza del guardrail, invece, quella che non ha più paura di niente, se l'era spassata di brutto.

E poi c'erano altre cose, quelle che hanno fatto da soli. Lei e Seb, una sera d'agosto.

Dopo un paio di bevute in compagnia, Vittoria e i suoi amici avevano concluso la serata a casa del ragazzo. Uno dopo l'altro, Zorro e gli altri se ne erano andati e Vittoria si era ritrovata sola con Seb, in camera. Quello che avevano provato guardandosi negli occhi, però, non era il senso di un abbandono temporaneo, no. Era come se fossero rimasti soltanto loro due in tutto l'universo, una solitudine più profonda e insidiosa che avevano letto l'uno nello sguardo dell'altra. La scintilla che si era accesa in quel mese senza Gill, partita per le vacanze con la famiglia, era diventata un incendio e loro non avevano fatto niente per frenare il divampare della passione. Lo avevano assecondato, cedendo all'attrazione, cercando il contatto per entrare in rotta di collisione. Ogni tanto, quando chiude gli occhi, Vittoria sente ancora le mani sicure ed esperte di Seb esplorare il suo corpo.

Era stata una notte smaniosa, passionale, esaltante. E sbagliata, egoista, crudele. Un punto di non ritorno.

Vittoria immagina sia di questo che il ragazzo voglia parlarle, perché si sono promessi che non lo avrebbero fatto più, mai più, e che avrebbero difeso quel terribile segreto a ogni costo. Per proteggere Gill o, forse, soltanto sé stessi.

Così, mentre il tramonto allunga le ombre oltre le colline, aspetta con impazienza Seb, in un parcheggio poco distante dalla ruota panoramica di Layfield – riproduzione minuscola e sbiadita del London Eye – e davanti al market di una nota catena di alimentari. Stravaccata sul sellino di Maya, con tutti i no che avrebbe *dovuto* dire dentro la sua testa, e la vita che va a rotoli tutt'intorno.

«Ragazza del guardrail!»

Seb sorride sornione, il gomito appoggiato al cruscotto di Maya. Vittoria non si è accorta del suo arrivo. Si raddrizza rapida sul sellino.

«Ho poco tempo» lo accoglie brusca. «Facciamo in fretta.»

«Che modi! Potrei anche offendermi.»

«Cosa vuoi?»

In risposta, Seb si avvicina. Vittoria respira il suo profumo, intenso e selvatico. Proibito. Una cascata di brividi giù per la schiena. Stringe i denti.

«Devi proprio rilassarti, eh. Sembri una mina pronta a esplodere. *Ka-Buuum!*»

«Va' a farti fottere.»

«È un invito?»

«Sebastian!»

È un palo bello grosso. Un lampione. Lui ride e alza le mani in segno di resa. In sottofondo, la Little Wheel parte sferragliando per un nuovo, lentissimo, giro panoramico.

«Vedi? Te l'ho detto che sei tesa. E io ho un'idea per farti stare meglio.» Indica con un gesto eloquente il negozio lì davanti. «Entriamo e usciamo. Una cosa veloce e pulita. Che ne dici?»

No, no, no.

È quello che Vittoria dovrebbe dire. Peccato che succeda quello che succede sempre davanti all'ennesima opportunità di rovinarsi la vita, soprattutto quando di mezzo c'è quel cocktail micidiale di scelte sbagliate e sex appeal.

Va fuori giri senza aver bevuto.

«Se accetto poi mi lasci in pace?»

«Poi ti dico quello che devo e sì, se proprio vuoi, me ne vado.»

Vittoria indugia qualche secondo. Sullo sfondo, le voci concitate dei passeggeri sulla ruota panoramica.

Vuole davvero infilarsi dentro al negozio con Seb? No. Forse. Sì. Perché no? Fare un'azione buona, *rinunciare*, o una cattiva, *entrare*, farà la minima differenza? Renderà sua madre meno morta e la sua vita meno un inferno?

Assolutamente no. Sarà sempre la ragazza del guardrail, l'amica infedele, l'adolescente furente con il mondo.

Perciò, chissenefrega.

Scivola giù dal motorino.

«Ora sì, ti riconosco.»

Beato lui, che pensa davvero di conoscerla. Vittoria non lo sa più chi è.

A volte tutto quello che le sembra di conoscere è la sua rabbia.

E il cielo che cade, cade, cade e fa male, male, male.

Brian

A diciassette anni, sa davvero poche cose del mondo che lo circonda.

Una di queste è che quando il padre si presenta a cena con un sorriso sbilenco sulle labbra, sarebbe meglio salire sul primo volo con un biglietto di sola andata.

Come ogni sera, papà Ruggero prende il suo posto a capotavola vestendo ancora i panni che preferisce, quelli del manager in carriera: giacca, cravatta, scarpe eleganti. Brian e mamma seduti di fronte, ai due lati orizzontali del tavolo. Stessi posti assegnati, stesso orario, stesso programma in sottofondo alla tv (un telegiornale qualunque), stesse chiacchiere insipide attorno ai piatti preparati con cura dalla madre.

La sua non è solo la classica famiglia di origini italiane i cui nonni avevano cercato fortuna a Londra tanti anni prima. È un loop spazio-temporale.

Il menù, stasera, prevede merluzzo affiancato da un cespuglio di spinaci verdi, verdissimi, che Brian detesta. Ci sta girando intorno con la forchetta da dieci minuti buoni.

«Allora, so che oggi sei andato a farti un bel giro fuori città!»

Il tuono di suo padre è una domanda travestita da affermazione. Questo perché lui è uno di quegli uomini che non chiedono mai. *Ottengono.* Ecco come si è fatto strada sul lavoro e, sospetta Brian, nella vita in generale. Faccia pulita, cuore impietoso.

«Signorsì, signore» mugugna, assorto. «Sono andato in avanscoperta.»

Sua mamma si agita sulla sedia. Un movimento minimo, che Brian intuisce benissimo.

«Era ora che tornassi nel mondo reale» commenta suo padre. Poi indica il piatto con la punta del coltello. «E vedi di mangiare, così metti un po' di massa su quelle braccia! Diventi forte come quel tipo là con la pipa che guardavi in tv da piccolo... Braccio di ferro!»

Brian soffoca una risata. Cavolo, suo padre è un boomer da Oscar. Il Leonardo DiCaprio dei boomer.

«Preferirei farmi pungere da un ragno radioattivo.» Si stringe nelle spalle. «Spider-Man è più figo. Ha i supersensi, si arrampica dappertutto, spara ragnatele e riesce a tirarsi fuori da qualsiasi situazione.»

Un'increspatura delle labbra tradisce l'imperscrutabilità di sua madre. Un sorriso. Suo padre se ne accorge.

«Quindi potresti anche *sparare* una ragnatela e andartene in camera tua, senza cena.»

BANG!

Colpito e affondato. Brian stringe la forchetta tra le dita e vede sangue, o forse se lo immagina. Gesù, quanto vorrebbe rispondere. Oppure alzarsi e andarsene davvero. Ma sa che non può farlo. È impossibile impedire a una palla di neve che rotola giù per la montagna di non trasformarsi in una valanga.

Anche se sei Peter Parker.

Il peggio è che suo padre non sembra intenzionato davvero a lasciarlo andare.

«Come immaginavo» sembra dire fra sé e sé, per poi tornare a rivolgersi a lui. «Comunque, domani finalmente inizi, eh. Nuova scuola, nuovi amici, magari qualche ragazza… sei praticamente guarito!»

A Brian vanno di traverso gli spinaci che non ha mangiato. Scambia un'occhiata desolata con il merluzzo nel piatto.

«Ovvio. Sano come un pesce.»

«Sento del sarcasmo, Brian» replica lui, con aria afflitta. «Ho detto qualcosa di sbagliato, forse.»

«Veramente…»

«No, perché ti ricordo che io e tua madre ci siamo sforzati di capire. Abbiamo annullato le vacanze estive per restare qui, visto che non ne volevi sapere di uscire di casa. Ed era già tutto pagato, se ti ricordi. Abbiamo assecondato ogni tua strana mania. Meritiamo un po' di rispetto, penso… ma sentiti libero di correggermi, se sbaglio.»

Brian china il capo sul piatto, la mascella serrata. Fanculo, pensa. Una parte di lui spera che suo padre si ingozzi con la cena. E un'altra, un'altra piccolissima, si dice che tutto sommato ha ragione. È lui l'anello debole della famiglia e, nel vocabolario di papà Ruggero, essere fragili è sempre una colpa.

Non reagire, non rispondere, non respirare.

Sente il piede di sua mamma picchiare contro il suo, sotto il tavolo.

«Bibi, se non hai fame ti metto via il piatto per domani.»

Tradotto: lascia stare, lo finisco io più tardi.

Ci sono madri sempre a dieta e poi c'è mamma Adele, sempre impegnata a fare scorte per l'inverno. È la persona più docile e devota che Brian abbia mai conosciuto. Un cielo di un azzurro accecante, è vero. Alzi la testa e te lo ritrovi sempre lì. Ma terso, privo di inquietudini.

Gli fa un occhiolino complice, uno sventolio di ciglia, al quale Brian risponde con un sorriso piccolo di scuse.

Quando non è troppo dispiaciuto per sé stesso, riesce a sentirsi in colpa anche per mamma Adele. Non deve essere facile amare un figlio come lui.

Vittoria

Cosa non è mai importante.

Può essere una mela, un dentifricio, un pacco di pasta, uno snack. Vittoria ha sviluppato una certa predilezione verso il settore fai-da-te per la casa, colle e fissanti in particolare.

Quegli strumenti, insomma, che aiutano a rimettere insieme i cocci, a far tornare le cose rotte, intere. Anche se ci sono cose che non possono mai più tornare com'erano, proprio come le persone, e Vittoria lo sa meglio di chiunque altro.

Comunque.

L'importante non è cosa, ma *come* ti fa sentire.

In questo preciso momento, in sella a Maya che tocca i cinquanta all'ora sulla Gold Street e un rotolo di nastro adesivo rubato nella tasca degli shorts, si sente da dio. Le braccia forti di Seb le cingono la vita e il suo petto le aderisce con naturalezza alla schiena. C'è questa cosa, di Seb, che le toglie il fiato: il modo in cui il ragazzo sembra conoscere le linee del suo corpo come nessun altro. E sotto il suo tocco proibito, a Vittoria sembra di volare.

Sa che durerà poco. Il senso di vertigine placherà la sua rabbia e riempirà lo squarcio dentro al petto per un'ora al massimo, e poi tornerà a sentirsi vuota. Vuota, in colpa e di nuovo incazzata.

Ma adesso... accidenti, adesso è sul tetto del mondo.

Stringe su una curva a sinistra, supera un incrocio e poi parcheggia in un'area periferica abbandonata, come ha già fatto altre volte. Spegne il motorino. Seb balza giù, si toglie il casco e sfoggia il sorriso malizioso di chi l'ha fatta franca. Un sorriso davvero sexy, che le fa provare certe cose che non dovrebbe.

Vittoria capisce che è meglio rimanere salda in sella a Maya.

«Ahhhh. Vorrei sempre sentirmi così.» Il ragazzo allarga le braccia. «Forte. Invincibile.»

«Sei in pieno delirio di onnipotenza» lo prende in giro lei.

«E ti piace?»

Vittoria rompe il contatto visivo.

«Cos'è che avevi tanta urgenza di dirmi?»

Il sorriso di Seb curva all'ingiù in una smorfia delusa.

«Guastafeste.»

«Allora?»

«Villa Thompson.»

Vittoria contrae la mascella. Si è sbagliata. Non si tratta di loro due, ma di quell'altra follia: il bagno di mezzanotte. È stata la più stupida dell'estate, seconda soltanto alla notte con Seb. Certo, all'inizio non sapeva che si sarebbero introdotti in maniera illegale in una proprietà privata, ma questo non la rende meno colpevole.

Villa Thompson è l'abitazione da sogno, incuneata su una collina ai margini della città, dello scaltro imprenditore William Thompson, che ogni anno la lascia disabitata da giugno a fine settembre. Seb e Zorro avevano scelto una notte afosa di fine luglio per intrufolarsi. Era stato pazzesco, una scarica di adrenalina da spaccarti il cuore. Per un momento Vittoria aveva pensato di essersi trasformata in un corpo fatto d'elettricità e che sarebbe morta a contatto con l'acqua della piscina.

La ragazza del guardrail prima le aveva riso malignamente in faccia, poi si era tuffata in mutande e reggiseno.

Seb le sfiora un braccio, riportandola a galla, nel presente.

«Cosa c'entra?»

«Forse siamo stati poco prudenti.»

«Zorro ha fatto saltare tutti gli antifurti.»

Era portato, il loro amico. Uno di quei talenti che non puoi mettere a curriculum, però.

«È stato meno attento con le telecamere. L'altra sera è tornato alla villa, voleva portarci la nuova tipa, per impressionarla. Cretino.» Seb ghigna fra sé e sé. «Ma si è accorto che c'era un'altra telecamera. Minuscola, installata su un albero. Praticamente invisibile.»

«Ci ha ripresi?»

«Improbabile, secondo lui. L'angolatura è diversa rispetto al punto in cui siamo entrati.»

«E secondo te?»

«Lo scopriremo quando tornerà il signor Thompson.»

Vittoria resta in silenzio.

Come dovrebbe sentirsi? Dispiaciuta? Pentita? Spaventata? *Preoccupata*, almeno?

La verità è che non prova nessuna di queste cose. È come un contenitore con il fondo bucato, non trattiene nulla, se non per pochi istanti.

«Nemmeno una parola.» Seb strizza gli occhi, studiando la sua reazione. «Davvero non ti importa di essere beccata? Di cosa sei ricoperta tu, materiale impermeabile?»

Vittoria si stringe nelle spalle. Si sente sfibrata, l'euforia la sta già abbandonando. Cosa stanno facendo, lì, loro due?

Prende il nastro adesivo dalla tasca e glielo lancia. Non porta mai in casa ciò che ruba, come a preservare lo spazio domestico dai suoi sbagli. Un trucco da due soldi per prendere la distanza dalle sue pessime decisioni.

«Me ne vado a casa. Ci vediamo domani a scuola.»

Seb afferra al volo il rotolo di scotch e lo rigira in mano con un sorrisetto scanzonato. Poi si avvicina, le solleva il mento con la punta delle dita e la tira a sé. La sua bocca è vicina, troppo. Le loro labbra si sfiorano, trasmettendole una breve scossa elettrica. Vittoria chiude gli occhi per un istante, sarebbe così facile lasciare che… ma un altro paio di occhi, di un dolcissimo color nocciola, fa capolino tra i suoi pensieri.

No.

Si scosta con un movimento brusco. Accende Maya, sgasa una, due, tre volte per riscaldare il motore e raffreddare gli spiriti bollenti. Seb rimane immobile, a fissarla con una smorfia compiaciuta sulla faccia da schiaffi.

«Puoi fingere quanto vuoi, ragazza del guardrail. Ma di qualcosa ti importa ancora.»

Brian

È disteso a quattro di bastoni sul pavimento della stanza, sotto un cielo d'intonaco puntellato di fluorescenti stelle adesive.

Il telefono sulla pancia, le cuffie bluetooth nelle orecchie, Brian ascolta *Satellites*, di Dotan, sparata a tutto volume. Accanto a lui, l'incarto colorato della tavoletta di cioccolato bianco che si è spazzolato al posto della cena. La stanza è al buio e, allo stesso tempo, non lo è affatto. Gli stickers sono ovunque: decorano le pareti blu, girano intorno a quadretti che incorniciano stampe pop di citazioni e serie tv, giocano con le ombre della libreria che invade il muro opposto al letto e fanno capolino persino sulla cover del portatile di ultima generazione, che giace sulla scrivania sotto la finestra.

Il risultato è che, anche se sono le dieci passate e fuori è buio, camera sua è un pianeta solitario appeso all'universo, illuminato a giorno, e lui un alieno umanoide in contemplazione. Quando abita il Pianeta Brian, niente e nessuno lo può raggiungere. I commenti passivo-aggressivi del padre, la remissività della madre, le donne enigmatiche che conoscono il tuo nome, anche se tu non conosci il loro.

Il passato.

Sì, soprattutto quello.

E le sue tre paure, quelle da cui non vuole più scappare: buio, fuoco, acqua.

«Tutto quello che vuoi è dall'altra parte della paura.»

Chi l'aveva detta?

Brian fruga tra i cassetti della memoria, strabordanti di parole e citazioni lette. Era un certo Canfield... James forse? Ah, no. Jack!

Aveva proprio ragione, il buon Jack, Brian lo sente nelle ossa. Se non trova un modo per affrontarle, resterà sempre fermo, e il mondo andrà avanti. Non avrà più senso volere, desiderare, sognare persino.

Pensa al giorno seguente. A John Locke, a Martha che si era trasformata in una penna bic e al cuore infranto di Kev. Non pretende poi tanto, da questa sua nuova avventura a Layfield: un paio di buoni amici, va bene anche uno solo, che non si sentano in diritto di farti del male, solo perché non sei come ti vorrebbero. Insegnanti che non si voltano dall'altra parte. E magari... magari una ragazza, sì. E non per una storia superficiale, quelle le ha già avute prima che la sua vita diventasse un incubo. Adesso vorrebbe qualcosa di diverso, qualcosa di più... vero. Una ragazza priva di irrisolti e di bagagli emotivi ingombranti, al contrario suo. Che gli faccia provare emozioni che per ora ha solo conosciuto tra le pagine di un libro, o dentro la puntata di una serie tv.

E poi, e poi, in questo scenario dentro la sua testa, Brian immagina che non esistano eclissi. Il mondo non può spegnersi. *Lui*, non può spegnersi.

Chissà cosa si prova, pensa. Non tanto a non avere paura, no, ma a non dare alla paura il potere di definire tutto ciò che fai. Tutto ciò che sei.

Se ci riflette bene, alla fine è questa l'unica cosa che vorrebbe davvero per sé stesso.

Unico abitante del Pianeta Brian, chiude gli occhi e si addormenta.

Vittoria

Vittoria apre piano la porta della Casa dei Fantasmi.

Il piccolo appartamento, al secondo piano senza ascensore, di un vecchio condominio.

Casa.

Il salotto silenzioso è avvolto nella penombra e l'unica luce accesa proviene dalla cucina, uno spazio separato, dalla parte opposta all'ingresso.

Ha fatto di nuovo tardi per la cena.

Lascia le scarpe vicino alla porta, attraversa la sala con il solito passo rapido e leggero, come se non calpestasse il pavimento, lo sfiorasse appena. Da qualche tempo, lei e suo padre hanno imparato a scivolare tra gli ambienti di casa senza fare rumore.

Sua madre è morta, ma sono loro a essere diventati due fantasmi.

Raggiunge la cucina e il cuore le precipita in fondo allo stomaco. La tavola è apparecchiata per due. Papà doveva averla aspettata a lungo, prima di gettare la spugna. Aveva sbocconcellato dal suo piatto, dove adesso restano i rimasugli di salsa al pomodoro, e poi aveva coperto quello della figlia con una ciotola, per tenerlo al caldo.

Giusto. Suo padre.

Nel silenzio sente un sibilo, un fischio leggero. Si interrompe per un attimo, poi ricomincia. Vittoria si affaccia di nuovo dalla cucina.

Un uomo corpulento, poco sopra i quarant'anni, ronfa placido come un bambino, accartocciato sul divano con una mano grossa quanto una padella sotto la guancia e la bocca storta, leggermente aperta.

Da quando mamma non c'è, papà Wyatt sembra essersi ristretto come un maglione dopo un lavaggio sbagliato.

Sbagliato come tutte le lavatrici che aveva fatto da solo, dopo di lei.

Vittoria rimane a osservarlo per qualche secondo nella penombra, quell'omone pieno di vita con qualche ruga di troppo, il marito innamorato, il meccanico brillante, capace di aggiustare tutto, sempre.

«Dove sei?» chiede Vittoria sottovoce.

Perché quella che ha davanti è soltanto una versione appannata del suo papà. Appannata e triste.

Ma che diritto ha, lei, di chiedere a suo padre di tornare a essere suo padre? Vittoria tornerà mai a essere soltanto Vittoria?

Forse è questo che succede, quando una persona amata se ne va. Porta via con sé la parte migliore della tua vita, e a te tocca sopravvivere con ciò che resta. A loro era rimasto un sacco d'amore. Tra gli scaffali, nei vestiti appesi nell'armadio, dentro le canzoni preferite di mamma, gli appunti dell'ultima lezione lasciati a metà, negli appuntamenti già fissati sul calendario in cucina. Troppo amore, dappertutto, e padre e figlia non sapevano proprio cosa farsene.

Vittoria prende posto a tavola. Ingurgita un paio di forchettate di pasta – scotta, collosa e senza sale –, poi ci rinuncia e la butta nella spazzatura.

Infila piatti, posate e bicchieri nella lavastoviglie, pulisce tavolo e piano cottura, ed è così stanca che si addormenterebbe lì in piedi.

Torna in salotto. Suo padre è esattamente dove l'ha lasciato. Si avvicina e si piega verso di lui. La barba ispida odora ancora di salsa bruciacchiata.

«Mi faccio una doccia e vado a letto» gli sussurra.

Suo padre mugugna qualcosa con gli occhi chiusi.

«Com'è andata?»

«Forse è meglio che torni a cucinare bistecche.»

Un sospiro deluso.

«Va tutto bene, pa'. Almeno finché i vicini non chiamano i servizi sociali...»

Un minuscolo sorriso sotto la barba. Una parentesi, no, una virgola, di normalità.

«Resto qui ancora un po'.»

Vittoria gli appoggia sulla fronte un bacio leggero e lo lascia riposare sul divano, come ogni sera. Infine, scivola in cameretta. Una stanza bianca, spogliata di tutto, tranne per un armadio rovinato, una scrivania, un comodino e un letto. I fantasmi non hanno grandi necessità, dopotutto. Chiude la porta e si piega verso il comodino. Smonta l'ultimo cassetto. In fondo, ben nascosto, c'è un portatile così vecchio che definire preistorico equivarrebbe a fargli un complimento. Lo estrae, si sdraia sul materasso e lo apre sulle gambe. La password è il suo nome, seguita dal punto esclamativo. Vittoria!

«Potevi impegnarti un po' di più, mamma» sussurra con un accenno di sorriso.

Il desktop ritrae una gigantografia dei suoi genitori, abbracciati su uno sfondo montuoso. In primo piano, una dozzina di cartelline azzurre. Vittoria clicca su quella in alto a destra, nominata: Lezioni_InBozze.

Eliza è stata un'insegnante di musica sensibile, capace ed espansiva per tutta la sua carriera, ma nessuno sapeva quanto fosse timida e insicura nella vita privata.

Quando non si sentiva a suo agio nel preparare una nuova lezione, si esercitava a casa, davanti alla telecamera del suo laptop. Vittoria non se lo era mai immaginato, fino a quando, qualche giorno dopo il suo funerale, aveva deciso di seppellirsi sotto le cose di sua mamma. Tra vestiti e cianfrusaglie, aveva trovato il portatile. Dentro il portatile, i suoi video. Le era sembrata una cosa magica, sacra, destinata a lei. A lei e basta. Non lo aveva confidato nemmeno a suo padre.

La ragazza del guardrail è un'egoista all'ennesima potenza.

Seleziona un video a caso, datato gennaio di un anno non specificato, e preme play.

Sullo schermo, sua madre tossicchia nervosamente e si sistema l'elegante golfino a collo alto che indossa. Il cuore di Vittoria fa un doppio carpiato prima di sprofondare in un abisso di nostalgia. Le dava prurito, quel maglione, eppure mamma lo metteva comunque; era stato il suo primo acquisto online ed era riuscita a sbagliarlo.

Svampita e romantica. Due aggettivi che, questi sì, Eliza vestiva benissimo.

«Oggi ci distacchiamo dalla lezione frontale. Voglio parlarvi della magia della musica…» Sua madre fa una pausa a effetto. Vittoria pende dalle sue labbra. «Vi farò ascoltare tre melodie, e per ognuna vorrei che mi… mi raccontaste quali… sì, quali emozioni vi susci… cioè, cosa avet… *eddai, Eliza!*»

Si stropiccia il viso, rilassa le spalle e ricomincia.

«Alla fine di ogni melodia, mi dovrete dire… *sì, è più chiaro*… cosa vi ha fatto provare. Felicità, rabbia, paura… potete dirmi tutto. Be', tranne che non avete provato niente, perché è impossibile!»

Si piega sulla destra, forse c'è un foglio lì accanto. Poi torna a guardare in camera.

«Johann Sebastian Bach, un compositore classico di cui vi parlerò più avanti, una volta disse una cosa bellissima.» Prende un respiro. «Disse che la musica ci aiuta a non sentire dentro il silenzio che c'è fuori.»

Sua madre sorride e incastra gli occhi color primavera in quelli identici della figlia, a mesi, forse anni, di distanza dai suoi.

«Alla vostra età succede di sentirsi completamente svuotati. Pieni di nulla. Ricordatevi che non lo siete mai per davvero: c'è sempre una nuova melodia, da qualche parte, che è stata scritta apposta per voi. Dovete solo lasciarla entrare.»

Brian

Una vasca mastodontica, piena di squali.

Brian ha quest'immagine stampata nel cervello, mentre cammina a passo svelto verso la scuola nei ventitré gradi anomali di metà settembre, che sembra di stare a luglio e che hanno ragione quelli che dicono che siamo sull'orlo del baratro e quando faremo qualcosa non sarà abbastanza e sarà comunque tardi.

Okay, rallenta, si dice. Una cosa per volta.

Prima la vasca di squali, poi la crisi climatica.

La John Locke School, stamattina, non è desolante come la ricordava: frotte di studenti si riversano da ogni dove e con ogni mezzo. Macchine, motorini, biciclette, monopattini elettrici. Chi, come lui, è arrivato in treno, si affretta a piedi lungo Kensington Road, che dalla stazione porta direttamente nella bocca dell'istituto.

«Santa Teresa, Bibi. Sei proprio sicuro di volerti fare tutta questa strada, tutti i giorni, avanti e indietro?»

Brian vorrebbe tanto che la voce di sua madre fosse solo dentro la sua testa. Invece.

«Ma', era proprio necessario?»

L'aveva svegliato alle sei, già pronta nel suo vestito migliore, rigorosamente a fiori, i capelli raccolti in uno chignon e un velo di trucco, senza rossetto. Il biglietto per il treno stretto in una mano, e nell'altra la pochette.

«Te l'ho detto. Devo consegnare gli ultimi documenti in segreteria.»

Non le crede, Brian, ma lascia cadere il discorso.

Oltretutto, il vestito di sua madre è giallo e arancio, due tra i colori che, aveva letto, attraggono di più gli squali. Sospira, si sistema la tracolla sulla spalla, tira le maniche lunghe del maglioncino con il logo scolastico giù fino alle nocche. Sarà un'impresa, passare inosservati.

Il cancellone d'ingresso, questa volta, è spalancato. Brian sguscia al suo interno senza dare nell'occhio, seguito dalla madre che, tra il vestito variopinto e la borsetta in pendant che ballonzola a destra e manca, è tutto tranne che discreta.

Il cortile brulica di pesci. Se ne stanno in banchi compatti, oppure in solitaria, quasi smarriti, con l'aria di chi preferirebbe nuotare altrove.

Ma tutta la sua attenzione è rivolta al primo squalo in vista.

È un esemplare imponente. Sta pomiciando con, immagina, la sua fidanzata, con tanta dedizione alla causa che Brian si domanda come riusciranno a districarsi da quel groviglio di facce, mani e labbra.

Quando, contro ogni aspettativa, è il ragazzo a interrompere per primo il bacio insaziabile, si accorge di essere osservato.

Bravo genio, si complimenta tra sé e sé Brian, proprio il risultato che cercavi.

Lo squalo lo punta, poi fa scivolare i suoi occhi scuri, due lame inox inossidabile, su qualcosa vicino alla sua spalla, anzi, qualcuno: mamma Adele. Esibisce un ghigno che mette in vetrina i denti affilati.

Maledetto vestito a fiori. Maledetto lui, e la sua mania di osservare tutti e tutto.

Brian china il capo e prosegue spedito verso l'atrio.

«Aspetta, Bibi!»

Il ragazzo inchioda e fa dietrofront. Sua mamma è sulla soglia, incerta. Se fare un passo avanti, se dire qualcosa, una frase a effetto magari. Se abbracciarlo. Brian sa quanto è difficile per lei, lasciarlo andare. Nuotare fuori dalla vasca e mollarlo lì. Glielo legge in faccia. E non importa se quella dei documenti era tutta una farsa, se Adele è apprensiva ai massimi livelli, se lo squalo l'ha puntato. Non importa davvero.

«Ci vediamo a casa!» la saluta, stiracchiando un sorriso.

E si dilegua in fretta, per evitare di sgretolarsi nel bel mezzo dell'atrio.

Sarebbe un gran primo giorno di merda, vero?

La prima persona che vede in aula, è lei.

La signora fatta di spigoli è appollaiata in cattedra. Non dietro, sulla sedia. È proprio *sulla* cattedra, seduta con le gambe accavallate, in una salopette rosa confetto.

A Brian, per poco, non viene un coccolone.

«Buongiorno, Riva.»

Sotto il rovo di ciuffi fuliggine che sparano in ogni direzione, un paio di occhi grigi e intelligenti incontrano i suoi. L'ha riconosciuto? Ovvio che sì.

Allora perché lo chiama per cognome e lo tratta come se non lo avesse mai visto?

«Benvenuto nella tua nuova classe.»

Gesù, Brian è in classe!

Getta un'occhiata panoramica davanti a sé e tutt'intorno. Una dozzina di studenti, fra ragazzi e ragazze, ricambia il suo sguardo, pochi con curiosità, molti altri con aria annoiata.

«Buongiorno, prof.»

Dietro di lui sfila una ragazza dai fluenti capelli biondi. È la tipa di poco fa. Ora che può vederla in volto, e non con la schiena strizzata tra le mani del suo ragazzo, ne scopre la bellezza raggiante. I suoi occhi, due nocciole, si spostano dall'insegnante a lui. Un istante, poi va a sedersi in fondo all'aula, accanto a un banco vuoto.

«Riva?»

«S-sì?»

«Ti ho dato il benvenuto. Hai perso l'uso della parola, o sei soltanto maleducato?»

«Mi scusi. Grazie, prof...?»

«Percivall, storia della filosofia» si presenta, sbrigativa. Poi fa un cenno sulla fila di banchi disposti a due a due, sull'ala sinistra. «C'è un banco libero per te, di fianco a quel chiacchierone del signorino Romero.»

Un ragazzo in camicia bianca e pantaloni sbiaditi, occhi vetrosi, due biglie sotto la fronte ampia, una spruzzata di acne sulle guance, scatta sull'attenti.

«E, Riva?»

«Sììì?»

«Buona fortuna.»

A Brian sfugge un sorriso. In gamba, questa Percivall. Gli ha anche evitato il supplizio di presentarsi davanti all'intera classe, come succede in tutti i telefilm per teenager. Cento punti per lei.

Si siede accanto a Romero, appoggia lo zaino a terra e ne tira fuori un quaderno per gli appunti intonso. Il nuovo vicino di banco gli porge la mano. In lui c'è una formalità pomposa che è tutta sbagliata.

«Brian» si presenta, stringendogli la mano sudaticcia.

«Romeo» replica.

«Romeo Romero? Amico, i tuoi devono volerti proprio male» scherza, per rompere il ghiaccio.

«Non saprei. Non li ho mai conosciuti...»

A Brian cade la mascella. Ma il ragazzo scoppia in una risata grossa, di pancia.

«Ah ah! Scusa, non ho resistito! Ci sei cascato di brutto!»

Brian lo segue un secondo in ritardo, ed è come se un macigno gigantesco fosse scivolato giù dalle sue spalle, lasciandogli addosso un piacevole senso di leggerezza.

Sull'ultimo suono della campanella, la Percivall chiude la porta dell'aula. Brian getta un'altra rapida sbirciata alla classe per assicurarsene. No. Nessuno squalo in vista.

Due secondi dopo, però, la porta si spalanca di nuovo.

Entra *lei*.

Vittoria

Stamattina è solo un *giorno*, perché se fosse buono, non dovrebbe andare a scuola.

E invece le tocca andarci, eccome.

Apre la porta dell'aula con calma, come se l'ultima campanella non fosse già suonata.

Come se si trovasse lì per puro caso. Un caso molto sfortunato.

«Quando vuoi farci il piacere, Morgan.»

Oddio, è vero. Alla prima ora c'è la Percivall. L'anno prima, dopo averle quasi messo l'insufficienza nella sua inutile materia (Vittoria si era salvata per un soffio nell'ultima settimana di scuola), la Percivall aveva avuto la faccia tosta di presentarsi al funerale della madre.

Vittoria la odiava, per questo. Perché se tutti gli altri, Gill compresa, lo avevano interpretato come un gesto umano e affettuoso, lei no, per niente. Per Vittoria la presenza della sua insegnante significava che il lutto si stava espandendo dappertutto; come una macchia nera di petrolio, avrebbe inquinato ogni sfera della sua vita, intaccandone ogni cosa finché non le sarebbe rimasto più niente, niente che non avesse a che fare con la morte. Da quando è iniziato il nuovo anno scolastico, non riesce più a guardare la Percivall senza pensare a quel maledetto giorno.

Ed è tutta colpa sua.

Vittoria sfila in mezzo ai banchi con lo sguardo ben dritto davanti a sé. Raggiunge il posto accanto a Gill, toglie lo zaino, e si lascia cadere sulla sedia.

«Non mi hai chiamata ieri sera.»

Se mamma è in paradiso (e lo è di sicuro), e lei andrà all'inferno (è un dato di fatto), questo dev'essere il suo purgatorio personale.

«Scusa» bofonchia, poco convinta. «Mi sono addormentata di botto.»

Come no.

La verità è che era rimasta a guardare il video di mamma in loop per quasi due ore, aveva fatto una doccia di lacrime, e poi era scivolata da un incubo all'altro per tutto il resto della notte. Sempre lo stesso film. Il paesaggio oltre il guardrail che prende fuoco all'improvviso, le urla, il suo corpo incastrato nelle lamiere dell'utilitaria, la testa che scoppia, il dolore alla spalla. E, in sottofondo, la stessa domanda a ripetizione, come un disco rotto.

Cosa è successo davvero, Vittoria?

«Winnie.»

«Che c'è?»

«Dico, l'hai visto?»

Vittoria si riscuote. La prof sta attaccando a contestualizzare il primo filosofo che affronteranno quest'anno con una delle sue presentazioni enigmatiche.

«Secondo me è molto carino. Quell'aria da cane bastonato ha un non so che...»

«Ma chi?»

Gill sbuffa spazientita e con un cenno della testa indica una coppia di banchi sulla sinistra, in seconda fila. Lì c'è Romeo, che è in assoluto il più paraculo tra tutti i compagni. Ma il banco accanto, in effetti, era vuoto fino a ieri.

Stamattina, invece, qualcosa è cambiato. Dalla sua postazione, Vittoria vede il nuovo arrivato soltanto di profilo. Indossa un maglioncino a maniche lunghe che gli copre le braccia per poi, risalendo, fasciare i bicipiti delineati e le spalle larghe. Il suo viso pallido e scarno, incorniciato da una massa bionda di capelli in disordine, ha la bellezza distratta di un disegno appena accennato. Lo sguardo di Vittoria indugia sulle labbra piene, piegate in un'espressione pensierosa, inaspettatamente seducente. Fa a pugni con le due fossette, piccole parentesi che sono appena spuntate agli angoli della bocca, sulle guance scavate del ragazzo. Vittoria si perde per un momento in quella contraddizione e, come se avesse percepito il suo sguardo, il nuovo arrivato si volta di qualche centimetro. Quel poco che basta perché i loro occhi si incontrino a metà strada. Quel poco che basta perché Vittoria non sia più lì, in classe, ma dentro quei pianeti color oceano, di un blu profondo, quasi nero. Persa in mezzo al mare, lì dove non si tocca, dove il fiato si spezza.

E fa una cosa che non le succedeva più da tempo. Turbata da quell'imprevisto maremoto di emozioni, abbassa lo sguardo per prima.

«Ma tu pensa un po'.»

È raro che a Gill sfugga qualcosa. Deve avere un radar ormonale, nascosto da qualche parte.

«Che?»

«Niente, niente!»

Lo vorrebbe anche Vittoria, che fosse niente, quel sentirsi sottosopra. Una cosa assolutamente irrilevante. E vorrebbe che il ragazzo dagli occhi oceano non fosse mai capitato nella sua aula. E allo stesso tempo vorrebbe sapere tutto di lui.

Ma no, no. Meglio cambiare argomento ora, prima di subito.

«Gli allenamenti?» chiede sottovoce. Di seguire la Percivall ne ha zero voglia. «Come sono andati?»

Gill scrive una frase sul suo quaderno già fitto di appunti.

«Benino» corruga la fronte. «Senza di te è diverso.»

Fa un sospira melodrammatico e gioca con la penna tra le dita. Vittoria, che la conosce meglio di chiunque altro, capisce che il suo stato d'animo è nuvoloso, stamattina.

«Ehi, Pimpi» le sfiora il braccio. «Che succede?»

Gli occhi dell'amica si fanno lucidi.

«Seb.»

Oh, merda.

«Non so come spiegartelo.» Gill si morde il labbro, come fa sempre quando è angosciata. «Quando stiamo insieme va tutto bene. È sempre il mio Seb. Esisto solo io. Ma quando siamo separati…»

«…»

«Lo sento distante. Come se per la testa avesse altro.»

Silenzio.

«O un'altra.»

Vittoria vorrebbe sprofondare. Proprio lì, seduta al suo banco, *pufff*, inghiottita dalle tenebre e giù giù giù, nell'anticamera del suo inferno personale.

Si sente un'impostora, una persona orribile, l'amica più sleale al mondo.

Poi Gill fa una smorfia impacciata, impacciata e adorabile, come se si fosse già pentita di quel momento di vulnerabilità. Lo fa spesso, da quando Vittoria ha visto la morte in faccia. Come se le sue pene fossero insignificanti, rispetto a quelle dell'amica. Il che, pensa lei, tutto sommato è la verità.

«Mi sto facendo pare inutili, vero?»

Diglielo. Dille che ha ragione, che sei tu, l'altra. Prima o poi lo scoprirà da sola.

«Voi due, amichette del cuore! Se disturbo le vostre chiacchiere, posso anche smettere di fare lezione. Basta saperlo!»

Vittoria lancia uno sguardo colpevole all'insegnante. La Percivall sarà anche una stronza, ma questa volta l'ha proprio tirata fuori dai guai.

Brian

Ha sempre avuto una fantasia audace, un vocabolario che funziona per immagini direbbe Fleur, ma non era mai riuscito a immaginare *lei*.

Non era mai arrivato a disegnare nella testa panorami così mozzafiato, di quelli che la bellezza ti afferra all'improvviso mentre li stai osservando e ti scuote fortissimo.

Lei ha un nome.

Si chiama Vittoria Morgan e nei suoi occhi c'è il cielo d'Irlanda. Il momento prima sono verde terso, quello successivo, senza avvisaglie, diventano pioggia.

È questa, forse, la cosa che più lo ha colpito, un pugno dritto per dritto, ma che dice, un missile terra-aria, alla bocca dello stomaco.

Più della sua cascata di ricci dai riflessi ramati, indomabili, ancora più delle sue sopracciglia disordinate e selvagge, della piccola cicatrice poco sotto quello destro, del naso delicato, una curva verso l'alto.

Ancora più della sua corporatura minuta, infagottata in abiti neri sbiaditi indossati come per svanirci dentro, ma una come lei è impossibile che *puff*, svanisca, semplicemente perché esiste, esiste fortissimo.

Lui l'ha sentita. Fortissimo.

E non sa se è un bene.

Non si era tolto di dosso la profondità del suo sguardo per l'intera mattinata a scuola, che era scivolata via per inerzia, come una pallina su un piano inclinato.

Aveva scambiato quattro chiacchiere qua e là ma era rimasto sulle sue, perché quello era l'atteggiamento che aveva deciso di adottare: non fare il simpaticone, o sembra che sei alla disperata ricerca di attenzioni, dosa l'ironia, non intervenire in discorsi che non ti riguardano, tieni sempre giù le maniche, ridi quando conviene, svia quando puoi.

Non era andata male. Se solo fosse riuscito a parlare con Vittoria, per dirle: *Ho visto il cielo limpido ma anche la pioggia dentro i tuoi occhi, cosa ne pensi delle eclissi?*

Brian pensa a tutto questo mentre s'incammina fuori da scuola. Il sole del primo pomeriggio picchia parecchio, il maglioncino si appiccica alla pelle nuda. Si sistema la tracolla e raggiunge il parcheggio pullulante di motocicli.

Qui, però, inchioda di colpo. Strabuzza gli occhi, incredulo.

È *lui*? Il motorino che spicca fra gli altri? Quello che l'ha quasi investito?

Brian gira intorno al veicolo, lascia scivolare le dita sulla sua carrozzeria. Impossibile dimenticare quelle strisce gialle e nere. Terribili. La sua presenza lì fuori può voler dire solo una cosa: chiunque ieri abbia tentato di trasformarlo in carta da parati sulle strisce pedonali, viene nella sua stessa scuola.

«Ehi! Che diavolo stai facendo?»

Gli squali hanno un olfatto sviluppatissimo, sentono l'odore delle prede anche a distanza. Brian ritrae la mano dal motorino e si volta a fronteggiare il suo interlocutore.

Che, ovviamente, è il ragazzo di Gill, il tipo affamato di baci. Scortato da un altro esemplare più esile, uno squalo lanterna: un fascio di nervi scattanti con le occhiaie così profonde sotto gli occhiali da vista da sembrare disegnate apposta per dargli un'aria malaticcia.

A completare il quartetto, loro due. Le amiche del cuore. Gillian (Gill) Brady e Vittoria Morgan.

Vittoria, Vittoria, Vittoria.

«Io? Niente.»

«A me semb*r*avano p*r*eliminari» lo prende in giro lo squalo lanterna. Pronuncia la R in modo leggermente arrotondato, come se gli restasse attaccata alla lingua.

Occhiate complici. Risatine ormonali.

Ti sembra male, pensa Brian, mi sa che non te ne intendi granché.

«Fa' il bravo, Zorro» lo riprende il ragazzo di Gill (Zo*rr*o? Veramente?). Poi compie un gesto pericolosissimo: si avvicina.

Brian rimane lì, in piedi, come un albero di Natale fuori stagione.

«Scusalo. È un tipo fantasioso, il nostro amico» gli porge la pinna. Cioè, la mano.

Fantasioso. Brian non definirebbe così Zorro. «Coglione» gli sembra più appropriato. Ma lo squalo bianco si sta rivelando sorprendentemente amichevole. Non ha nemmeno tentato di azzannarlo, non ancora almeno. Così, Brian gli stringe la mano, una morsa di calli e contratture.

«Sebastian. Seb per tutti. E tu sei...?»

«Lui è Brian, amore. È il tipo nuovo di cui ti parlavo!»

Gill lo affianca e gli appoggia una mano sulla spalla. Di natura, Brian si ritrarrebbe come una testuggine secolare, ma il tocco della ragazza è gentile.

«Già. È il mio primo giorno.»

«Primo giorno!» Seb ammicca con aria di chi comprende, senza aver compreso. «Ora capisco perché ti sei portato i rinforzi. La mamma è sempre la mamma, vero amico?»

Ouch.

Brian allunga le maniche, nervoso, il tessuto arriva fino alle nocche delle mani. C'è una cosa che gli fa paura quasi quanto l'elenco che custodisce nelle note del cellulare: le persone che, come lui, sono case abbandonate nel bosco, senza porte né finestre. Indecifrabili.

Sebastian pare una di quelle. E ha anche l'aria di uno che potrebbe stamparlo sulle strisce pedonali.

«Lascialo perdere.» Gill smorza la tensione. «Allora, Maya ha conquistato anche te?»

«Chi è Maya?»

«Lei!» La ragazza appoggia la testa sul muso giallo del motorino. «La amiamo tutti. Ma Maya è monogama. È impegnata in una relazione a lungo termine con Vittoria.»

Finalmente, Vittoria si schioda da dov'è. Estrae le chiavi dalla tasca dei pantaloni, apre il sottosella, afferra il casco. Tutto senza dire una sola, singola, parola.

Brian non ci crede. Non può essere *davvero* lei. Ma quando la ragazza indossa il casco, allacciandolo stretto sotto il mento, non ha dubbi.

«SEI TU!!!» non riesce a trattenersi. Perché non riesce *mai* a trattenersi?

Vittoria sgrana gli occhi, presa alla sprovvista. «Scusami?»

«Ieri mi ha quasi investito davanti alla stazione!»

Un colpo di vento spazza via la sorpresa dal suo volto. Lo ha riconosciuto.

«*Io* ti ho quasi investito? *Tu* ti sei buttato in mezzo alla strada come un deficiente!»

Sono così grotteschi, lui indispettito, lei furibonda, che Seb, Zorro e Gill si sganasciano dalle risate. Brian apre una nota nella testa e si appunta che:

1) Nemmeno nei suoi scenari più fantasiosi, avrebbe immaginato un primo approccio così catastrofico.
2) Vittoria è stupenda anche mentre sceglie se farti fuori subito o infliggerti una lunga agonia.
3) Vittoria è stupenda *e* molto pericolosa. Sarebbe meglio starle alla larga.

«Era scattato il verde per i pedoni.»

«Allora devi farti vedere da un oculista, ma da uno bravo.»

Io ci vedo alla grande, e sei bellissima!, vorrebbe dirle.

«E tu devi stare più attenta» gli esce, invece, in tono seccato.

Vittoria si posiziona con calma sul sellino prima di rispondere, glaciale: «Nemmeno mio padre mi dice più cosa devo o non devo fare».

E Brian lo sente, lì, dentro e tutt'intorno, quello strappo. Come se Vittoria appartenesse a un pianeta lontano, distante galassie. Vorrebbe, *dovrebbe* fermarsi, ma...

«È meglio che qualcuno inizi a farlo, visto che guidi come una pazza.»

Il silenzio che segue la sua rispostaccia è letale. Sebastian, Zorro, Gill, guardano tutti altrove, per evitare di guardare lui. Brian sa di avere esagerato. Sta per dire qualcosa, chiedere scusa forse, quando il suo udito capta un *click*, minuscolo e, allo stesso tempo, assordante.

Zorro, a pochi passi da lui, si è appoggiato una sigaretta tra le labbra e sta facendo scattare l'accendino. Una, due, tre volte, poi la fiamma.

Il cuore di Brian precipita. Nelle braccia sente centinaia di spilli invisibili che gli fanno un male cane.

Dimentica la figuraccia e si ricorda che anche lui, come Vittoria, appartiene a un altro pianeta.

«Devo andare.»

Via, via, più veloce che può.

Vittoria

«Strano è proprio strano.»

«Ma è anche carino. *Mooolto* carino!»

«Ne parli come di un cucciolo abbandonato, lo sai?»

«Cosa c'è di male? Hai visto come si è dileguato di punto in bianco? Prima fa quello con la risposta pronta e poi… sembrava aver visto uno spettro.»

Vittoria si stringe nelle spalle e addenta il sandwich morbido, ancora caldo. Un rivolo di formaggio fuso cola dalla bocca, giù fino al mento, e finisce sulla tovaglia linda.

È seduta al tavolo della cucina perfetta della casa perfetta della famiglia perfetta: quella di Gill. Papà Stephen, avvocato, mamma Charlotte, architetta, Gill e sua sorella Lily. È tutto così in ordine, nella loro villetta a schiera color pesca, e nelle loro esistenze in generale, che è come abitare in un museo.

Secondo Vittoria è un bel complimento, soprattutto se paragonato alla Casa dei Fantasmi infestata da lei e suo papà.

«Macché. Quello non ha retto il confronto. Non sapeva come uscirne.»

Gill inarca il sopracciglio, scettica. La conosce così bene, Gill, da sapere che non ha detto ciò che pensa veramente. Succede sempre più spesso, ormai, che Vittoria si trinceri dentro la sua testa, distribuendo diversivi come caramelle per non esporsi e, cosa ancora più importante, non lasciarsi coinvolgere.

La verità, comunque, è che gli occhi di quel Brian se li sente ancora addosso, potenti come uno tsunami. Le torna in mente la sua schiena larga e il fisico asciutto, una V perfetta, dio, davvero perfetta, dentro il maglioncino fuori stagione che si allungava sempre sulle braccia, e quel naso da pugile, un poco storto e ingobbito, una nota stonata in un insieme così armonico.

Armonico. L'ha pensato sul serio?

Per non parlare delle sue labbra.

Vittoria!

Per distrarsi, si getta sul sandwich con la stessa voracità di chi non mangia da settimane. Gill la fissa facendo schioccare la lingua in modo eloquente.

«Piantala» mugugna, con la bocca piena. «Ho fame. Papà sta ancora sperimentando.»

«Sperimenta chi???» Una voce giovane e allegra le coglie alle spalle. «Sperimenta cosa??? Si può dire??? È un segreto???»

Gill rotea gli occhi al soffitto.

«Niente che ti riguardi.»

Il volto paffuto della sorellina si affaccia alla porta della cucina, seguito dal resto del corpo.

«Ehilà, Lily» la saluta Vittoria, ingoiando l'ultimo morso di sandwich.

«Ciao, musona!»

«LILY!» la riprende la sorella maggiore.

Vittoria scoppia a ridere. Lily ha cinque anni in meno di loro, ma è un vero portento. Se Gill è la figlia perfetta, quella che non disturba mai e segue i bordi della vita disegnata per lei dai genitori, la piccola di casa è il caos. Un tornado di arguzia e iperattività concentrato in un metro e quarantadue. Cercare di starle dietro è come inseguire un aquilone sulla spiaggia. Divertente, sfinente, a volte completamente inutile.

Sopra ogni cosa, Lily è sincera. Quel tipo di sincerità priva di filtri, capace di investirti come un camion. Al funerale di sua madre, si era avvicinata a Vittoria e le aveva detto: «Accidenti, che brutte facce avete tutti. Ai funerali bisognerebbe essere contenti, invece. Siamo qui per augurare buon viaggio alla tua mamma, mica per piangere e farla intristire!».

E questo è tutto ciò che Vittoria sa sull'ottimismo.

«Spostiamoci di sopra.» Gill si alza da tavola e mette i piatti in lavastoviglie. «Prima che miss iperattività ci faccia scoppiare la testa con la sua parlantina.»

Anche Vittoria si alza. Lily mette il broncio. Quando fa così è identica a Gill alla sua età. Le sfila accanto con un sorriso complice.

«A me interessa quello che hai da dire» sussurra a mo' di scusa, scombinandole i capelli dorati. «Sempre.»

Anticipa l'amica su per le scale.

Taylor Swift la squadra dalla testa ai piedi con aria vagamente accusatoria.

La sua gigantografia, appesa sopra la testiera del letto, le cover dei magazine incorniciate alle pareti, il cd autografato in bella mostra sul comodino e in sottofondo *Exile*, perfetta combinazione della cantante con Bon Iver; se casa Brady fosse davvero un museo, la camera della sua migliore amica sarebbe adibita a celebrare la carriera della regina del pop.

«Che ne pensi?» Gill, distesa sul letto accanto a lei, le mostra il cellulare. «Se uso questo filtro Instagram, la foto mi diventa un po' stile annuario americano?»

Vittoria stacca gli occhi dalla dea del pop per incontrare quelli di Seb e Gill, allacciati stretti in uno scatto recente, fuori da scuola. Distoglie subito lo sguardo.

«Come no. Appena usciti da una puntata di *Uno di noi sta mentendo*.»

Ci sono momenti in cui vorrebbe trapiantarsi in testa i pensieri e le preoccupazioni della sua migliore amica. I filtri da usare per l'ennesima foto da postare sul profilo (il suo è in silenzio da mesi), le feste, la media scolastica, la pallavolo, Seb. Pensieri leggeri come nuvole, non pesanti come piombo, che ti trascinano giù, giù, giù.

«Proprio quello che volevo!» Gill ride, lancia il telefono in fondo al letto e si distende sul fianco, rivolta verso di lei. «Come stai, Winnie? È da un po' che...»

Da almeno un mese. Dalla notte con Seb, Vittoria non aveva più avuto il coraggio di restare a tu per tu con l'amica. Anche se i loro pomeriggi insieme, una accanto all'altra sul letto da una piazza e mezzo che le aveva viste crescere, erano già stati spazzati via dall'incidente. Come tutto il resto.

Vittoria sente la rabbia scorrere nelle vene e si pente di aver accettato l'invito.

«Va tutto bene.»

«Guarda che ti ho chiesto una cosa diversa. Tu, come ti senti?»

Sta per dire «bene, grazie», Vittoria, ma il suo volto decide di fare quello che gli pare, e si accartoccia in una smorfia. Gill le sfiora una guancia in silenzio, risalendo con la punta dell'indice fino alla piccola cicatrice sotto il sopracciglio. Un gesto così pieno di cose, di tutte le cose più belle del mondo, che per Vittoria è insopportabile. Chiude gli occhi reprimendo l'impulso di scostarsi, mentre Bon Iver e la Swift duettano in sottofondo.

«*I've seen this film before...*» ripete l'amica. «Sai di cosa parla questa canzone?»

Lei scuote la testa.

«Della fine di una storia d'amore. Gli innamorati l'hanno capito, che è arrivato il momento, ma questo non impedisce loro di soffrire.»

Vittoria riapre gli occhi.

«Pensavo parlasse di esilio. Di una persona che tiene fuori l'altra.»

Gill gioca con i capelli, assorta, e non risponde.

La piega della conversazione non le piace per niente, meglio correre ai ripari. Vittoria rotola giù dal materasso e si rimette in piedi.

«Sai che ti dico? Apro ufficialmente il momento gossip!» Spalanca le braccia, un sorriso stirato sulle labbra. «Coraggio, Pimpi: tira fuori il nome!»

«Eh?»

«Pensi che Seb sia distratto da un'altra ragazza.»

Proteggere il proprio segreto rischiando il tutto e per tutto. Non è psicologia inversa, ma nei film funziona sempre. Il viso di Gill, infatti, prende di nuovo colore.

«Ne sono sicura. È Ariel!»

«La Jenny Ortega tatuata? Quella che ci ha invitate alla sua festa domani sera?»

Capello lungo nero, fisico morbido e sinuoso, tatuaggi sulle braccia e davanzale in bella mostra, Ariel non è nella loro squadra, né nella loro scuola e non è nemmeno una loro amica. In effetti, Vittoria si è chiesta perché uscisse con loro, e perché mai avesse invitato tutta la compagnia al suo compleanno. Che Pimpi ci abbia visto giusto?

«Vuole comprarci. Quelle come lei fanno le amicone e poi *taaac*. Ti fottono il ragazzo.»

A Vittoria si accappona la pelle.

«Quindi possiamo non andare? Alla festa?» chiede, per deviare il discorso.

«Ci andiamo proprio per questo, invece. Ci presentiamo e ci annoiamo a morte. Così mostriamo a tutti quanto è pallosa.»

«Ah, che piano malefico, amica. Degno delle menti più criminali al mondo.»

Gill inizia a ridere. In modo squillante e così scomposto che a un certo punto si deve tenere lo stomaco. A Vittoria viene da sorridere solo a guardarla.

Cos'è che le aveva detto, Seb, il giorno prima?

«Puoi fingere quanto vuoi, ragazza del guardrail. Ma di qualcosa ti importa ancora.»

Vittoria vorrebbe ammettere che sì, la risata sollevata di Gill le sembra proprio una di quelle cose per cui vale la pena, ma non è così semplice.

Niente è più *così* semplice.

Brian

«Me la sono filata appena ho visto la fiamma. Gesù, ci mancava poco che mi mettessi a correre. Sono proprio un coglione, Fleur.»

«Pensavi fosse più facile.»

«No. Sì… non lo so. Forse pensavo soltanto che non fosse *così* difficile. Perché è sempre *tutto* così difficile?»

«Difficile non significa impossibile. Pensa a dov'eri solo fino a qualche mese fa.»

«Odio guardarmi indietro. A che serve? Se non guardi dove metti i piedi, va a finire che ti stampi contro un palo, prima o poi.»

«Vero. Ma ricordare cosa ti sei lasciato alle spalle ti può anche aiutare a evitarlo, quel palo. Vedi, tu non sei solo tu, in questo momento, nel mio studio. Sei anche la persona che eri, e la persona che diventerai.»

«Il ragazzo che ero non piaceva a nessuno. I miei amici l'hanno reso davvero molto chiaro, sai, in caso mi fosse venuto un dubbio, tipo no, magari non faccio così schifo. E invece no, spoiler, lo faccio eccome.»

«Devi avere cura di quel ragazzo, Brian.»
«Ci sto provando.»

E non lo sa, se è stata una buona idea.

In quella casa, un enorme appartamento su due livelli, c'è troppo di tutto. Troppo volume, troppe gambe, braccia, mani che volteggiano sopra teste, decisamente troppe luci, che se non è ancora saltata la corrente nell'appartamento sarà merito di un qualche santo protettore delle feste di compleanno adolescenziali.

Brian se ne sta al sicuro in un angolo vicino alla libreria, tra le mani stringe un bicchiere con dentro quella che dovrebbe essere birra ed è invece un gin tonic.

Avrebbe dovuto chiedere istruzioni a Romeo, prima di dirgli sì. Il suo vicino di banco gli aveva chiesto il numero di cellulare a scuola, poi l'aveva tartassato di messaggi tutto il pomeriggio, anche durante la seduta con Fleur.

Dai, vieni, bro. Ci divertiamo di brutto!
Se non vieni stai più fuori dei pazzi. Devi venire!
No, sul serio. Sei quello nuovo. Devi.

Alla fine, oltre tutti quegli imperativi, Brian aveva capito che la festa era di una non meglio identificata Ariel.

Ariel chi?

Ma come chi! Quella che se la fa con Carol.

E chi è Carol?

Bro, quella che esce con la gente di Seb. Zorro e quelli lì, quelli del Drake, no?

Non aveva idea di cosa fosse il Drake, non aveva tutta questa voglia di vedere Seb e Zorro anche fuori da scuola, ma alla fine si era convinto. Se voleva far funzionare le cose, riprendere il controllo sulla sua vita, non poteva fare nient'altro che questo. Uscire dalle quattro pareti della sua stanza e provarci.

Chissà, forse stasera ci sarà anche Vittoria. Brian non ci si era più avvicinato, in classe: c'è qualcosa in lei che gli fa venire una gran voglia di conoscerla, di sapere cosa nasconda dietro ai modi insofferenti e allo sguardo tempestoso. Eppure, allo stesso tempo, un presentimento a cui non sa dare nome gli suggerisce di farsi i fatti suoi, di lasciar perdere e, per quanto possibile, starle lontano.

Vittoria non potrà mai essere *quella* ragazza. Giusto?

Mentre pensa a tutto questo, in sottofondo attacca Yungblud, seguito da una serie di gridolini eccitati. Romeo è al centro dell'ampio soggiorno, trasformato in una pista da ballo improvvisata. Saltella abbracciato a Seb e a quelli che, immagina, siano parte della gente del Drake. Il suo vicino di banco si amalgama con tipi come quelli come una goccia d'olio in un bicchiere d'acqua, ma lui non è proprio nessuno per giudicare.

Poi lo sguardo di Brian viene catturato da un ragazzo che non ha mai visto, in piedi in fondo al salone. È appoggiato allo stipite della porta d'ingresso chiusa, l'attenzione rivolta a un foglio di carta che ripiega più e più volte tra le dita. Alza il capo, incontra il suo sguardo e gli sorride affabile, con l'aria di chi riesce a essere a suo agio dappertutto. Brian ricambia con un sorriso sbilenco, molto meno sicuro di sé.

L'attimo dopo, la porta dell'appartamento si spalanca.

Sa che è lei ancora prima che entri. Prima di accorgersi di quanto le stia bene addosso quella salopette nera, larga, con top abbinato, che le risalta il fisico tonico. Lo sa il suo cuore, che inizia a tambureggiare fuori controllo.

E forse se n'è accorta anche Vittoria, perché all'improvviso volta la testa nella sua direzione. I loro sguardi si incrociano per un istante.

Ma anche qualcun altro si dev'essere accorto di loro. Qualcuno che si mette in mezzo, interrompendo il contatto visivo.

«Primo giorno! Ci sei anche tu!» Seb deve gridare per sovrastare la musica. «E sei anche venuto da *solo*!»

Già, campione, proprio come te. Dove hai lasciato il tuo unico neurone?, vorrebbe rispondere Brian, ma qualcosa gli dice che no, non può, meglio evitare. Si chiama istinto di sopravvivenza: quello che ti impedisce di metterti contro ai prepotenti di turno se prima non hai in mente un piano di fuga.

«A quanto pare. Bella festa!» urla, di rimando.

«Puoi dirlo forte! Guarda quanti siamo.» Seb allarga le braccia con un sorriso affilato sul volto. «A Layfield ci conosciamo tutti. In effetti, l'unico fuori dal giro sei tu.»

Non metterti sulla difensiva, non azzardarti a metterti sulla difens…

«È stato Romeo a invitarmi.»

Brian, che cazzo.

«Ohi, Primo giorno, mica ti sto dicendo niente. Io sono contento che ci sei. Volevo solo assicurarmi che sapessi come funziona da queste parti.»

Se tutto funziona come quando chiedi una birra e ti viene offerto un gin tonic, non benissimo, pensa Brian. Ma anche questo se lo tiene per sé.

«Be'. Grazie.»

«Conta su di me!» Seb gli mette un braccio intorno al collo. «Diventeremo amici. Conosco un po' di gente della nostra età a Londra, ci scommetto che abbiamo qualche conoscenza in com...»

«Fratello, ecco dov'eri!» Una voce lo interrompe. È il ragazzo del foglio di carta. Seb scioglie la morsa attorno al collo di Brian.

«Ehi, Cloud! Come stai?»

«Non c'è male. Ho appena visto Gill, ti stava cercando.»

Seb non sembra particolarmente entusiasta della notizia. Alza le braccia e incrocia i polsi, come se fosse ammanettato.

«Queste ragazze...» Un cenno di saluto strafottente. «Ci si becca.»

Speriamo di no, vorrebbe dire Brian.

«Sicuro» gli esce, invece.

Lo squalo bianco attraversa la pista da ballo e s'inabissa tra altre teste, gambe, braccia, mani. Cloud lo guarda allontanarsi, mentre Brian lo studia senza farsi notare. La carnagione scura, il fisico ben proporzionato, nascosto sotto un paio di pantaloni neri attillati e una camicia celeste, aperta sul petto. Un marsupio a tracolla gli taglia a metà il petto. Gli occhi, neri, brillano come scintille nell'oscurità.

Tutto, in Cloud, gli trasmette fiducia.

«Io sono Brian.»

«Lo so» ribatte lui, continuando a guardare gli invitati scatenarsi a ritmo di musica. «Su una cosa Seb c'ha ragione. Qui ci conosciamo tutti.»

«Quindi funziona così da queste parti? Diventeremo buoni amici anche noi?»

Cloud sfodera un sorriso dolce. I lineamenti del suo volto sono delicati, femminili.

«Ho detto "su una cosa".»

«Giusto, giusto.»

Ovvio, no? E poi vuole davvero entrare nella schiera della «gente di Seb»? No. Be'. Sì. Forse. Forse *non* vuole sentirsi più così. Tagliato fuori. Disamato.

«Andrà bene, fratello» lo rassicura Cloud, come se avesse intuito il suo stato d'animo.

Troppo tardi: il cervello di Brian ha già cominciato a macinare pensieri su pensieri, che diventano ricordi, brutti ricordi che lo portano indietro, indietro, alla persona che era, quella che non piaceva a nessuno.

Adesso c'è più rumore dentro la sua testa che fuori.

Quanto dura la festa? Perché la musica è così alta? Perché la gente urla, e si abbraccia, e si bacia, e beve birra che in realtà è gin tonic? E perché mai ha accettato di venire? Cosa voleva dimostrare?

Per placare i morsi dell'angoscia, Brian prende il cellulare e scrive rapido un messaggio.

Invia.

Adesso l'unica cosa di cui ha bisogno è mettere in pausa il mondo per un po'.

Circumnaviga il salone, scavalca un divanetto affollato e, senza dare nell'occhio, raggiunge la rampa di scale.

Vittoria

Sentirsi sola in una stanza piena di gente.

Vittoria non sapeva nemmeno cosa significasse, prima. Alla ragazza del guardrail, invece, capita sempre più spesso.

E fa schifo.

Non schifo come te lo raccontano, no. È molto peggio. Perché non è solo la sensazione di essere lì, ma di non esserci per davvero. È anche che ti chiedi cosa accidenti non funzioni per stare così male. Cosa ci sia di guasto, dentro di te.

Vittoria, seduta sul piano da lavoro della cucina, prende un sorso rabbioso dal suo bicchiere. Aveva chiesto un gin tonic, un amico di Ariel le aveva rifilato una birra.

Ma che cazzo.

«Winnie, che ci fai ancora qui? Vieni di là, scateniamoci!»

Nel suo tubino blu indaco, stasera Gill splende di luce propria.

«Non avevi vietato ogni forma di svago? Qualcosa

tipo "Winnie non ti azzardare a divertirti alla festa se tieni alla nostra amicizia"?»

Gill scoppia a ridere e le prende la mano libera.

«Ti devo troppo mostrare una cosa.»

Vittoria mette giù il finto gin tonic e la segue, tanto non ha niente di meglio da fare. Oltretutto, ha perso di vista anche Primo giorno. Un momento prima stava parlando con Cloud, il Cloud amico di tutti, e quello ancora dopo *puff*, sparito nel nulla.

«Dove mi porti?»

«Shhh.»

Attraversano il salone affollato e raggiungono la porta-finestra. Fuori, sul terrazzino, c'è Ariel.

Ariel, sì, quell'Ariel, la pantera tatuata vogliosa di allungare gli artigli su Seb, sta baciando con trasporto un'altra persona. Una persona che loro due conoscono molto bene, la paladina dell'abnegazione di squadra.

Carol.

«*Uao!* Questo sì che è un colpo di scena! Quindi frequenta il Drake per una lei, non per un lui...»

Gill annuisce, eccitata. Ecco spiegato il suo repentino cambio di mood.

«Romeo mi ha detto che le stava dietro da un po'. Non è magnifico?»

«Certo che lo è! Ma non solo per i motivi che pensi tu, Pimpi.»

L'amica le dà un buffetto sulla spalla.

«Per chi mi hai presa? Sono molto contenta per Car... ehm, per entrambe.»

«E per te, anche.»

«Questo l'hai detto tu, non io...»

Carol si scosta da Ariel e si accorge di avere spettatori al di là del vetro. Le saluta sventolando la mano, sorpresa e felice. Gill ricambia il saluto con i pollici all'insù.

«Mi stavi cercando, piccola?»

Vittoria si gira per trovarsi davanti l'errore più sexy della sua vita. Seb.

«No, perché?» risponde Gill.

«Cloud mi ha...» Seb si passa spazientito una mano sulla nuca. «Vabbè, lascia stare.»

Gill lo abbraccia, si solleva sulle punte e gli dà un bacio sulle labbra.

«Ma già che sei qui... Balliamo!!!»

Lo trascina per un braccio e spariscono, inghiottiti dagli altri invitati.

Rimasta sola, Vittoria si volta per guardare di nuovo fuori, al di là del vetro. Carol e Ariel si sono spostate su un divanetto in fondo, dove si stringono per infondersi un po' di calore. Le temperature, di sera, hanno iniziato ad abbassarsi. L'autunno è alle porte.

L'estate peggiore della sua vita ha i giorni contati e questo significa una cosa soltanto: il mondo sta andando avanti. Solo lei, la ragazza del guardrail, è rimasta ferma. Bloccata. Incastrata. Svuotata.

Nella zona living le luci si abbassano e in sottofondo parte una melodia romantica. La folla si scompone in coppiette che ballano lente sulla canzone di Lewis Capaldi.

Vittoria resta inchiodata dov'è, lo sguardo perso oltre la finestra. Non sa se è colpa della birra o quello che sta vedendo è reale, ma il vetro riflette il volto di Sebastian. Le mani avvinghiate alla schiena di Gill, il mento appoggiato sulla sua testa. Ma gli occhi. Quelli sono soltanto per lei. E la stanno accarezzando.

Lo stomaco ribolle un fiotto acido di birra. Vittoria prova un moto di disgusto verso sé stessa che non riuscirebbe a spiegare nemmeno se ci fosse qualcuno pronto ad ascoltarla.

«Non avere paura, amore mio.»

La voce di sua madre fa capolino tra i suoi pensieri. Il cuore le arriva in gola, la voragine nel petto comincia ad allargarsi, di nuovo.

«Mi manchi, mamma» sussurra tra i denti, con la fronte appoggiata al vetro. «Mi manchi da morire…»

Una lacrima si avventura giù lungo la guancia, senza permesso, e Vittoria sa cosa viene dopo; non vuole che qualcuno la veda, quando succede.

Scivola verso la rampa di scale che porta al piano superiore e si arrampica sui gradini a due a due perché non c'è tempo, non c'è mai tempo prima che il cielo cada. Si fionda dentro la prima camera da letto che trova, in cima alle scale.

Si lancia sul materasso, affonda la testa sotto il cuscino e comincia a urlare, urlare, urlare mentre le lacrime precipitano copiose e bagnano il lenzuolo, e sono dappertutto, e forse anche lei è fatta di lacrime e forse annegherà e non le importerà.

Tiene la testa sotto il cuscino aspettando che il cielo smetta di cadere.

All'improvviso tutto diventa buio. Buio e silenzioso.

Al piano di sotto scoppia un'ovazione generale.

«È saltata la corrente! Arieelllll!» grida qualcuno, in lontananza. «Arieeeeeel!»

«No, no, no!» geme qualcuno, molto più vicino.

Vittoria sbuca da sotto il cuscino.

«Chi c'è?» chiede, esitante.

«Non si vede niente, non vedo niente, è tutto buio...»

Se è uno scherzo, è uno scherzo di merda, pensa Vittoria.

Recupera in fretta il cellulare nella tasca della salopette e accende la torcia. Per un istante è tutto confuso, poi qualcosa si distingue dalle tenebre. Il profilo di un ragazzo, sdraiato supino sul pavimento, braccia e gambe larghe. Vittoria gli punta la luce addosso. È Brian. I suoi occhi, un oceano blu da perderci dentro, sono inconfondibili.

E impauriti.

Dura un attimo, un attimo che non sa se è stato reale oppure no. Poi la luce soffusa della stanza si riaccende, la musica riparte, seguita da un'altra ovazione degli invitati.

«Merda.» Brian si mette a sedere, passandosi una mano tremante tra i capelli in disordine. «Scusami. Scusami se ti ho spaventata.»

Solo adesso Vittoria realizza che il ragazzo deve averla sentita urlare, e piangere, e disperarsi. Si fionda giù dal letto come una furia e si siede di fronte a lui.

«Che diavolo ci facevi lì disteso? Sei uno di quelli strambi che spiano le ragazze???»

È già passata all'attacco, come quando fuori da scuola l'ha accusata di averlo quasi investito. Questa volta, però, lui non risponde. Piega invece leggermente la testa, studiandole il volto.

«Stavi piangendo.»

Non è una domanda.

«Io non...»

«Mi dispiace.» La voce del ragazzo è poco più di un sussurro. «Mi dispiace che nella tua vita ci sia qualcosa di così doloroso da farti piangere.»

Colta di sorpresa, Vittoria sente gli occhi inumidirsi un'altra volta. Fa per voltarsi, ma Brian glielo impedisce; in un gesto carico di tenerezza, appoggia una mano sulla sua guancia e con il pollice le asciuga una lacrima. Poi risale su, fino a sfiorarle la piccola cicatrice.

Vorrebbe dire qualcosa, apre la bocca, non esce niente; la sua voce rotta dal pianto aprirebbe una diga e causerebbe un'inondazione. Brian sembra capirlo, quel silenzio, e abitarlo con naturalezza. Le prende una mano e l'appoggia sul suo petto all'altezza del cuore. Lo sente, Vittoria. Tremare, fremere, palpitare veloce sotto le sue dita.

È per lei?

Il ragazzo si appoggia un indice sulle labbra, sugellando una promessa di silenzio. Qualunque inciampo nella loro vita li abbia condotti lì, resta in quella stanza.

Vittoria annuisce e chiude gli occhi per cacciare indietro le lacrime.

Quando li riapre, lui non c'è più.

Brian

Fuoco, acqua, buio.

Questa volta è stato il buio. Maledetto buio.

Brian ordina in fila i respiri e vorrebbe fosse altrettanto facile fare lo stesso con i pensieri. Il volto di Vittoria, le emozioni che ha sentito lì con lei, sono un tornado inaspettato che mette a soqquadro ogni cosa, nella stanza che c'è dentro la sua testa.

È uscito da casa di Ariel, ha bisogno di prendere aria. Si è avvicinato troppo a lei, lei a lui, e ora deve andarsene. Anche perché, senza volerlo, Vittoria lo ha sorpreso in un momento di fragilità e questo non gli piace affatto. Non è pronto a farsi vedere in quel modo da qualcun altro, soprattutto non da *lei*.

Stretto nel suo giubbotto di jeans leggero, Brian se ne sta in piedi sotto la luce calda di un lampione. Sua madre dovrebbe arrivare tra una manciata di minuti e portarlo via da lì. È così concentrato sul suo piano di fuga, che non sente i passi in avvicinamento.

«Brian?»

Gesù.

È Vittoria. Brian si impone di continuare a fissare dritto, davanti a sé. Non risponde.

«Sei andato via in fretta» continua la ragazza. «Volevo solo...»

«Lo so cosa vuoi» la interrompe Brian, sforzandosi di restare impassibile. «Sapere cosa ci facessi steso sul pavimento della stanza.»

Qualche secondo di silenzio.

«In realtà volevo solo dirti grazie» ribatte Vittoria. La sua voce tradisce una punta di risentimento.

Cretino, si rimprovera Brian. Poi, finalmente, si gira a guardarla. Il suo volto, parzialmente illuminato dal fascio di luce pigra del lampione, porta ancora i segni della sofferenza che lui ha intravisto, chiaramente, in camera di Ariel. Chissà cosa le era successo, chi le aveva spezzato il cuore, si chiede Brian. Vederla piangere aveva spezzato anche il suo. E questa è una cosa che non può permettersi.

«Okay, prego» dice, in tono neutro. «Ti conviene rientrare, comunque.»

Silenzio.

Vai via, pensa Brian a denti stretti.

«Brian?»

«Che c'è?»

«In stanza, prima, quando è andata via la luce...»

Brian scatta sulla difensiva. «Devi lasciarmi stare, d'accordo?»

Colpita e affondata. Anche questa volta, Brian sa di avere esagerato. Ma non può rischiare, non può e basta. E, comunque, è già tardi per chiedere scusa.

«Allora va' a farti fottere.»

I passi rabbiosi di Vittoria spariscono nel buio, alle sue spalle.

Poco dopo, Brian è seduto accanto a sua madre, nell'abitacolo della loro utilitaria. L'auto viaggia a velocità sostenuta mentre, fuori dal finestrino, i lampioni ai bordi della strada, feriscono il buio della notte.

«Allora, Bibi, è stata una bella festa?»

Brian continua a guardare fuori. Le spirali della notte accarezzano la vettura, senza toccarla. Lui, dentro l'abitacolo con sua madre, si sente bene, al sicuro. Tutto l'opposto di ciò che aveva provato nella camera di Ariel, quando era saltata la corrente.

«Mmm. Strepitosa» mugugna.

Mamma rallenta, scala la marcia, imbocca l'entrata per la M1, direzione Hatfield/Londra.

«Con te non si può mai sapere quando scherzi o quando fai sul serio.»

«Siamo fatti così, noi favolosi. Ci piace sguazzare nell'incertezza.»

Mamma ride e accelera. Adesso Brian sposta lo sguardo su di lei e finalmente se ne accorge. Era convinta di trovarla mezza addormentata e in pigiama, e invece.

«Ma tu sei vestita.»

«Sant'Andrea, certo che lo sono!»

«No, intendo...» Brian fa scorrere lo sguardo sul suo abbigliamento. Indossa un paio di pantaloni in tessuto a zampa di elefante, e un maglioncino morbido e abbondante, azzurro cielo. Ha addirittura il rossetto. Mamma Adele?

«Ti sei messa in tiro, ecco. Non lo fai mai.»

«Macché» minimizza lei, gli occhi incollati alla strada.

Gesù, l'amante!

«Mamma?» la incalza. «C'è qualcosa che mi devi dire? Qualcosa che... be' sì, che non vuoi che qualcun altro... come papà...»

«Bibi, la tua fantasia supera sempre di gran lunga la realtà» sbuffa. «Quando mi hai scritto ero già a metà strada. Avevo appena finito con il book club.»

Brian scatta sull'attenti.

«È tipo un nome in codice?»

«Certo che lo è!»

«Allora???»

«Sta per book club.»

Brian ride. A volte dimentica che sua madre sa essere spiritosa. A volte dimentica che è anche figlio di Adele, non solo di Ruggero dal cuore di pietra. Si sente più leggero, anche se il brutto scambio avuto con Vittoria gli risuona ancora nelle orecchie. Restano in silenzio per un po'; il viaggio prosegue tranquillo, a quell'ora non c'è molto traffico all'ingresso della grande città.

«Mi spiace» si scusa Brian a un certo punto. «Non avrei dovuto essere così sorpreso.»

Sua mamma si stringe nelle spalle.

«Lo capisco, se lo sei» replica. «Avevo solo bisogno di uno spazio tutto mio.»

«Hai scoperto che ti piace leggere, quindi?»

«Ho scoperto che mi piace non pensare alla mia vita per un po'.»

«Ahia, mamma!»

«Senza offesa!»

Brian si massaggia il petto, fingendo di essere stato trafitto da una freccia invisibile. Una domanda gli frulla in testa, svolazzando qua e là tra i suoi pensieri.

«Ti è capitato di pensare che tu saresti rimasta sempre tu? Che tutto di te sarebbe rimasto uguale e non potessi farci proprio niente?»

«Come se fossi bloccata?» sospira. «Certo, tesoro.»

«E poi cos'è successo?»

«Poi una persona è entrata nella mia vita. E, per come la vedo io, sono sempre le persone a fare la differenza.»

Brian fa una risatina. Chi l'avrebbe detto, sua mamma è ancora così romantica.

«Papà!»

Lei si lascia sfuggire un sorriso, una leggera piega all'insù delle labbra, ma non risponde. Brian torna a guardare fuori dal finestrino, riflettendo su ciò che la madre gli ha appena detto. E se anche per lui la sua unica speranza fosse una persona? Riuscirebbe ad affrontare ciò che lo spaventa, a prendersi finalmente la vita che vuole?

Se è così, c'è poco da stare sereni. Perché, cosa succederebbe se lui e quella persona non si incontrassero mai?

Brian strizza gli occhi. Adesso il paesaggio è solo uno sfondo privo di contorni. In primo piano, bene a fuoco, c'è il suo riflesso pensieroso.

Cosa succederebbe se invece quella persona l'avesse già incontrata?

Vittoria

Ha fatto anche tante cose terribili, nell'ultimo periodo, non c'è dubbio.

Ma Gill in versione detective privato, alle otto e trenta del mattino, non pensa di meritarsela.

«È vero, Winnie? Tu e lui in camera? Avete...?»

Tra parentesi, cara Ariel, che idea di merda dare una festa in settimana, quando il giorno dopo c'è scuola. Tra il sonno arretrato, il mal di testa, il cielo arrugginito che promette tempesta e la pioggia di punti interrogativi dell'amica, Vittoria vorrebbe solo battere la ritirata nella sua stanza, distendersi a quattro di bastoni sul letto e spararsi tutti i video sul portatile della madre. Addio interrogatori di prima mattina (illegali!), addio lezione di storia della filosofia alla prima ora (altrettanto illegale), addio mondo.

«Mi rispondi, sì o no?» la incalza l'amica, in un bisbiglio.

Vittoria mangiucchia distratta il tappo di una penna. Sarebbe una buona idea iniziare a prendere qualche appunto, a un certo momento della sua carriera scolastica.

«Cos'è che vuoi sapere?»

«Seb mi ha detto che vi ha visti. Siete scesi dal piano di sopra.»

«E allora?»

«ALLORA?» L'amica sgrana gli occhi. Due nocciole tostate, tondeggianti. «Dice che è riapparso prima Brian, che però ha lasciato immediatamente la festa. E poi sei scesa tu, e l'hai pure seguito fuori. Sappiamo tutti cosa vuol dire!»

«Pimpi, non vuol dire proprio niente.»

«Io non credo. L'ho visto, come ti guarda.»

«Fidati.»

Vittoria non vorrebbe, ma le sfugge una smorfia delusa sul volto. È che le è appena venuto in mente quel gesto, quello a cui ha pensato tutta notte. Occhi negli occhi, la sua mano appoggiata sul cuore di Brian. Un gesto che le è rimasto addosso, rovinato dall'atteggiamento improvvisamente scostante del ragazzo.

«Appunto!» esplode Gill.

La Percivall le fulmina con un'occhiataccia. Mannaggia all'amica e al suo radar ormonale sempre attivo. E mannaggia ai muscoli della sua faccia, che fanno il cavolo che gli pare.

«Vuoi farci sbattere fuori?» sussurra.

«Be', dipende. Mi diresti la verità?»

Vittoria inizia a pasticciare sul quaderno degli appunti, sperando di scoraggiare ogni tentativo di Gill di tornare all'attacco. Poi, solleva appena lo sguardo. Brian sta ascoltando con interesse quella megera della loro insegnante, la penna tra le dita. È arrivata di nuovo tardi, Vittoria, e non si sono nemmeno incrociati. Avrebbe tentato di nuovo di parlargli? E lui magari le avrebbe chiesto scusa? O l'avrebbe respinta di nuovo?

Quella notte, prima di cadere tra le grinfie dei soliti incubi, Vittoria ha riflettuto a lungo sulla parentesi intima e inaspettata che avevano condiviso. Si era resa conto che Brian aveva fatto di più che asciugare le sue lacrime; aveva impedito che il cielo le franasse addosso. Vittoria non sa come sia possibile, come abbia fatto. Sa solo che non era mai successo prima.

Non può fare a meno di chiedersi cosa abbia significato per lui, il loro incontro. Cosa abbia pensato, vedendola così sconvolta. Ma soprattutto, per quale assurda ragione il ragazzo si trovasse chiuso in camera, disteso al buio, solo, nel bel mezzo di una festa.

Una cosa è certa. Quel Brian non somiglia a nessuno dei ragazzi che ha conosciuto in vita sua. È diverso in tutto, a partire dal fascino misterioso che porta cucito addosso con naturalezza, come se non gli importasse. Un Timothée Chalamet biondo finito per chissà quale errore in una scuola di periferia, a confondersi tra persone insignificanti come lei.

Ma è lì.

Nella sua stessa scuola, nella stessa classe, nel suo stesso angolo di mondo. Una parte di lei sente che qualcosa, l'arrivo di Brian nella sua vita, dovrà pur dire, ma non sa ancora *cosa*, di preciso.

Come se percepisse i suoi pensieri, come se avesse tirato a sé il filo che li lega tutti, Brian si volta verso di lei.

Vittoria gli fa un cenno rigido di saluto, mentre al di

là delle vetrate un lampo accecante squarcia il cielo, seguito da un violento scroscio di pioggia.

Brian si gira, di scatto, come se non l'avesse nemmeno vista.

O peggio: come se l'avesse ignorata di proposito.

Brian

Fuoco, buio, acqua. Maledetta acqua.

Quanto era stato stupido a non portarsi l'ombrello dietro. Brian ha trascorso l'intera mattinata a sperare. *Ti prego, smetti di piovere, se non ora, tra un po' ma, per favore, lasciami tornare a casa.*

Con il meteo come pensiero fisso, Brian si era rifugiato nel suo fortino immaginario, inavvicinabile dal mondo esterno.

È stufo, stufo marcio di sé stesso.

Adesso, sotto la tettoia del patio d'ingresso, guarda studenti e studentesse correre sotto l'acqua, i pochi previdenti con l'ombrello, altri riparandosi con le braccia o una felpa, qualcuno sotto un volume scolastico; personaggi involontari del film apocalittico dentro la sua testa.

Dal cielo dispera una pioggia incessante, che è tipo un muro d'acqua, che è tipo una barriera invalicabile che lo bloccherà lì per il resto dei suoi giorni.

«Ohi, amico, muoviti che piove di brutto! Cosa fai lì impalato?»

Il suo vicino di banco, fradicio sotto l'acquazzone, gli fa cenno di andare.

«Io ho… ho dimenticato una cosa in classe!» mente, Brian. «Vai, ci vediamo domani!»

Romeo non se lo fa ripetere due volte: inizia a correre verso l'uscita, saltando da una pozzanghera all'altra.

Brian resta immobile per un tempo indefinito. L'unica cosa che può fare è aspettare che smetta di piovere, perché è sicuro che compiere un solo passo sotto il diluvio significhi morte certa. E, intanto, la scuola si svuota tornando l'edificio senza anima della prima volta in cui c'è stato. Alla fine, rimane soltanto lui.

«Primo giorno?»

Forse no. Dalla cappa tempestosa di Layfield, Brian si ritrova sotto l'imprevedibile cielo di Irlanda. Gli occhi di Vittoria sono solo più piccoli del solito, stretti in un'espressione dubbiosa, intatti nella loro forza. Non si parlano dalla sera precedente. Il suo cuore sprofonda di qualche centimetro.

«Ehi.»

Eccoci qui, ci sei tu, ci sono io e c'è una situazione che, di nuovo, non saprei spiegarti.

«Va tutto bene?»

Chissà se lo sai quanto sei bella. Anche se ti nascondi sotto strati di insofferenza e i tuoi vestiti fuori misura ti fanno apparire così minuscola che il mondo potrebbe romperti.

«Alla grande, sì. E tu?»

«La Percivall mi ha trattenuta» sbuffa scocciata, spostandosi il ciuffo di capelli dalla fronte. «Non ce la fa proprio a lasciarmi in pace.»

«Mi sembra una che ci tiene.»

«Se lo dici tu» taglia corto lei.

Sei arrabbiata per ieri sera. Ci sta, mi dispiace.

Vittoria sposta lo sguardo sul cortile inzuppato. La pioggia non accenna a diminuire.

«Questo è un temporale estivo in piena regola» dice, forse più a sé stessa. «Ma i complottisti diranno che sono solo due normalissime gocce d'acqua.»

Un sorriso ironico fa capolino sulle labbra di Brian.

«E tu, da che parte stai?»

Di' qualcosa di sensato, ce la puoi fare.

«Prima voglio occuparmi della vasca degli squali.»

Coglione.

Vittoria arriccia le labbra, perplessa. Ha l'aria di una che non si aspettava di finire in una conversazione del genere. È comunque adorabile, così esitante.

«Come no» fa un cenno con la testa verso il cancellone. «Allora… andiamo?»

Hai detto «andiamo». Forse non ce l'hai con me, dopotutto.

Brian inizia a tremare. Fuori non si vede, ma dentro di lui c'è il terremoto. Non riesce a muoversi. Il suo corpo vorrebbe, la sua testa dice no, sei pazzo, non hai idea di quello che potrebbe accaderti. Il ragazzo sospira, è così stanco di fuggire. Oltretutto, adesso non potrebbe scappare proprio da nessuna parte. È bloccato, lì, sotto una tettoia. La metafora perfetta della sua vita.

Ma non è solo. C'è di nuovo lei. Una ragazza che gli fa provare certe cose. Cose belle. Cose *diverse*, da cui, ormai l'ha capito, sembra non esistere via di fuga.

«Io non posso» ammette infine, a denti stretti.

Vittoria, che stava già facendo un passo verso il cortile, si blocca a metà.

«In che senso?»

«Se lo faccio, se ti seguo sotto la pioggia… non so cosa mi accadrebbe.»

La ragazza rimette il piede dov'era, all'asciutto, e gli si avvicina.

«Non capisco se sei pazzo o sei solo… tipo, allergico?»

Brian scuote la testa. È più difficile di quanto pensasse. Dire le cose ad alta voce, da solo o a Fleur è un conto. Dirle a Vittoria, è tutta un'altra storia. Soprattutto se lei gli sta così vicino che può respirarla.

«Nessuna delle due» ammette. «Be', forse un po' pazzo sì.»

«Ma non mi dire.»

Il bel viso di Vittoria si contrae in una smorfia scettica. Forse si sta chiedendo perché dovrebbe restare lì con un mezzo sconosciuto che straparla di squali e pioggia, eppure… non se ne va. Vittoria resta.

A Brian tornano in mente le parole che ha scambiato con sua madre in auto, la sera prima. La persona, quella persona che fa la differenza, che ti dà la possibilità di un nuovo inizio, che riempie la tua vita di un nuovo significato.

E se quella persona l'avesse già incontrata? E se adesso fosse proprio lì, davanti ai suoi occhi?

«Facciamo così.» Pesca il cellulare dalla tasca con un gesto cauto. «Voglio farti vedere una cosa.»

Vittoria si fa ancora più vicino. Profuma di pioggia e vaniglia, di frammenti di vita sparpagliati chissà dove. Brian deve impegnarsi per non perdere il filo del discorso.

«È una lista.»

«Merda, sei uno di quelli!»

Brian corruga la fronte. «Scusa?»

«Uno di quelli che fanno liste stupide pensando di mettere ordine nella propria vita e in quella degli altri» sbuffa lei, indolente. «Spoiler: la vita è solo caos, caso chiuso.»

Lui scuote la testa.

«Puoi almeno dargli un'occhiata?»

Vittoria piega il capo e incastra gli occhi nei suoi. Come se cercasse di leggergli dentro, per capire se non sia tutto una gigantesca presa per il culo. Brian non sa cosa trova, ma l'espressione del suo volto cambia. Un cambiamento impercettibile, ma lui se ne accorge. Se ne accorge sempre.

Vittoria gli sfila il cellulare.

«Buio, fuoco, acqua» legge sullo schermo, sottovoce. Glielo restituisce rapida. «Mi spiace, non capisco.»

«Queste parole racchiudono le mie tre paure più grandi. Quelle per cui ieri sera, in camera di Ariel, ero così spaventato. O per cui scappo appena vedo una fiamma accesa. Per cui oggi non posso camminare sotto la pioggia.»

Vittoria infila le mani nelle tasche, la testa bassa, lo sguardo fisso a terra.

«Perché mi stai dicendo tutto questo? Perché proprio adesso?»

«Voglio affrontarle. E credo che tu possa darmi una mano.»

Lei solleva il capo, gli occhi sgranati. «Sì, sei ufficialmente pazzo.»

«Non ti sto chiedendo ti aiutarmi a vincerle. Pazzo sì, scemo no. Ti chiedo solo di aiutarmi a non scappare più.» Brian prosegue, e più parla, più è convinto che sia l'unica cosa giusta da fare. «Mi sono rotto di stare così. Non voglio essere definito dalle cose brutte che mi sono successe. Voglio essere definito da quelle belle.»

Silenzio. La pioggia, intorno a loro, continua incessante a cadere.

«Cosa ti fa pensare che io possa aiutarti?» obietta Vittoria, tagliente, dopo qualche secondo.

Brian le prende una mano e non risponde. Sente le dita di Vittoria tremare al suo tocco. Ci sono connessioni troppo evidenti per essere spiegate a voce alta. Restano nascoste tra i gesti, come un segreto.

«Per favore.»

Vittoria osserva la mano che tiene stretta la sua, poi lo sguardo indugia sull'avambraccio. Senza fiatare, sfila la mano da quella di Brian e con le dita gli sfiora il polsino della felpa. Brian deglutisce. Ogni cellula del suo corpo gli sta urlando di fermarla. Di lasciar perdere. Ma Brian ha letto gli occhi di Vittoria. E sa anche che il dolore, per tanti come lui, come loro, è un bel posto in cui riconoscersi.

Mentre il suo cuore batte all'impazzata, con un gesto lento la ragazza tira su la manica fino al gomito, scoprendogli l'avambraccio. Lascia la presa di botto l'istante dopo e si copre la bocca con la mano.

«Brian, cosa cazzo…»

Sulla sua pelle, bianca come il latte e fredda come pietra, le piccole cicatrici lampeggiano, minuscole stelle senza cielo. Sono sempre lì, a ricordargli che le persone possono scegliere di farti del male. Ma Vittoria no, non può, o almeno così spera Brian, così prega. E commette un errore, e forse ha osato troppo, perché lo sguardo della ragazza adesso è una porta chiusa, l'ha lasciato fuori.

«Ti sei sbagliato, mi spiace. Io non posso proprio aiutarti.»

E prima che lui riesca a dire un'altra parola, Vittoria scivola via, sotto il cielo che piange, abbandonandolo lì. Spogliato di tutto.

Vittoria

«Sì, mamma, lo so. Sono una persona orribile.»

Continua a ripeterselo, Vittoria, seduta a cavalcioni sul guardrail.

Il cielo sopra la sua testa comincia ad aprirsi. Una crepa, una spaccatura tra i banchi di nuvole color del piombo. Da lì a momenti, il sole tornerà a splendere per tutti.

Per tutti ma non per lei, si dice, perché le persone come Vittoria non riescono a sopportare la luce. Vivono nelle tenebre, sono ombre, vampiri. E, soprattutto, se ne stanno ben lontane dal dolore altrui.

Quelle cicatrici: chi se le aspettava?

Era convinta che fosse uno scherzo, una specie di insulsa superstizione, ciò che le stava raccontando Brian, mentre tremava come una foglia e pensava che lei non se ne accorgesse. E invece, quei solchi l'hanno riportata alla realtà di un dolore che spezza le gambe.

Qualcosa a cui lei non può più avvicinarsi.

O forse non vuole.

Vittoria ha già avuto la sua parte di sofferenza, la sconterà per l'eternità, e davvero le basta così, per una vita sola è più che sufficiente. Che senso ha mescolarsi a quella di qualcun altro?

Ma Brian...

Il cellulare inizia a vibrare nella tasca dei pantaloni. Gill la sta chiamando. Probabilmente è preoccupata, e vuole sapere cosa si sono dette lei e la Percivall. La solita tiritera del «ti stai buttando via, Morgan, la tua vita non è finita, sei una ragazza intelligente, io ti conosco...».

Pazzesco come nessuno si sia accorto che lei non è più *quella* Vittoria. È la ragazza del guardrail, e la ragazza del guardrail non la conosce nessuno.

Soltanto Seb, forse. Il pensiero di lui, di lei e di lui, di lei, lui e Gill è una caduta libera dal terzo piano.

«Sono *davvero* una persona orribile.»

Vittoria guarda per terra. Tutt'intorno a lei la pioggia ha sciolto i biglietti d'addio, le frasi patetiche strappate a metà, ha distrutto ciò che era rimasto dei fiori. Distoglie lo sguardo da quel teatrino desolato, ma il cuore le è già salito in gola. L'orologio da polso scandisce il tempo sotto il quadrante infranto. È lento, troppo lento. Ha l'impressione che se non si toglierà da lì fra poco, se non si metterà a distanza di sicurezza, morirà di dolore.

«Se lo faccio, se ti seguo sotto la pioggia... non so cosa mi accadrebbe.»

Le parole di Brian risuonano dentro la sua testa come un'esplosione di senso. Come quel raggio di sole timido che ha squarciato le nuvole all'improvviso e illuminato due occhi uguali ai suoi, per terra, sotto di lei.

Salta giù dal guardrail. Raccoglie la foto di sua madre, rovinata dalle intemperie, e si cerca lì dentro perché non sa dove altro trovarsi.

«Non avere paura, amore mio.»

Lei più di tutti dovrebbe capire cosa prova Brian. La sta vivendo sulla pelle da mesi, l'incapacità di venire a patti con il dolore, la disperata ricerca di stratagemmi per sopravvivere, per tenere fede alle ultime parole di sua madre. Mesi in cui ha fatto un sacco di cazzate pur di fuggire da quel guardrail a cui alla fine torna sempre, da ciò che sa dell'incidente e non vorrebbe sapere; da ciò che non sa dell'incidente e invece vorrebbe conoscere. Mesi in cui ha mentito spudoratamente, rubato in modo irresponsabile, corso rischiando la pelle, tradito senza esitare.

Sta mandando a rotoli la sua vita e le sta bene così, perché la voragine che ha dentro al petto si è presa tutta Vittoria.

Ma Brian. Brian sembra così puro e sincero. Brian è capace di impedire al cielo di cadere.

E forse è per questo, perché nessuno dovrebbe vivere nella paura, perché tutti noi abbiamo bisogno di qualcuno che impedisca al nostro cielo di franarci addosso; sì, è soprattutto per questo, che decide di aiutarlo.

A modo suo.

Tre minuti
e ventidue secondi

Brian

«Ti va di tornare a quella sera?»

«Quanto di girare nudo a Buckingham Palace. Dobbiamo proprio?»

«Dipende solo da te. Se vuoi il mio parere, penso possa esserti utile.»

«D'accordo, d'accordo. Allora... eravamo alla festa di uno della nostra scuola, in un cottage di campagna abbandonato. Io non volevo andarci, però alla fine ho accettato. L'ho fatto per il motivo più banale del mondo. Non essere tagliato fuori.»

«Cosa è successo alla festa?»

«Hanno deciso di fare un gioco, alcuni di loro l'avevano visto sui social. A turno, un ragazzo pescava da una ciotola il biglietto con il nome di una ragazza e si chiudeva con lei nello scantinato per tre minuti, a luci spente, mentre tutti gli altri uscivano. Chi si rifiutava subiva una punizione. Io non ero convinto; mi sembrava sbagliato, scorretto. Ma nessuno diceva niente, e... ho pensato che stavo ingigantendo la cosa. Quando è stato il mio turno, ho pescato il nome di una ragazza che non conoscevo. E lei mi ha guardato in un modo... era terrorizzata, impotente. Era chiaro che avesse accettato di partecipare a quel gioco soltanto per seguire le sue amiche. Non avrebbe osato opporsi, così l'ho fatto io per entrambi.»

«Sei stato punito per la tua scelta?»

«Ovvio. Mi hanno detto che sarei rimasto nello scantinato al buio, da solo. Mi hanno preso il cellulare e sono usciti tutti. Non mi sono preoccupato, mi sembrava una punizione innocente. Mi sono messo a contare i secondi. Ne sono passati una ventina, quando ho visto la porta aprirsi e qualcuno sgusciare dentro. Erano in tre, incappucciati. Prima che potessi reagire, uno mi ha infilato un berretto in testa, per essere sicuro che non vedessi. Poi hanno preso a spintonarmi. Ho provato a reagire ma ero completamente disorientato, restavo in piedi solo perché continuavano a strattonarmi.»

«Dev'essere stato terribile.»

«Non abbastanza. Uno di loro mi ha preso con forza la mano destra e ha appoggiato sul palmo qualcosa, che mi ha obbligato a stringere con le dita. Ho sentito un oggetto... liscio, freddo. Ho avuto un presentimento orribile. Intanto qualcuno si è fatto avanti e mi ha slacciato i pantaloni... qui ho iniziato a dare di matto, a dimenarmi come un ossesso. Quando ho percepito il freddo sulla pelle nuda delle cosce... ripetevo "basta, smettetela, vi prego"...»

«Si sono fermati?»

«Non per volontà. Chi era rimasto fuori ha cominciato a battere contro la porta. Era finito il tempo. Mi hanno lasciato lì e sono usciti. Mi sono tolto il berretto dopo non so quanto tempo. Tremavo come una foglia. Avevo i jeans abbassati quasi al ginocchio. Per terra, alle mie spalle, c'era un manico di scopa abbandonato. Credo che volessero… cazzo, Fleur. Hai capito.»

«Ti capita ancora di ritrovarti in quello scantinato al buio, Brian?»

Brian esce dallo studio di Fleur con un gigantesco lecca lecca colorato in mano. È una peculiarità della sua psicologa: una scatola di kleenex da una parte e una di lecca lecca dall'altra. Lascia l'edificio sotto il cielo indeciso del pomeriggio londinese e s'incammina verso casa, da cui lo studio, nel quartiere di Euston, non è molto distante. Aveva previsto che con Fleur, prima o poi, sarebbe iniziato un percorso a ritroso, lungo gli eventi più sofferti dell'ultimo anno, fino ad arrivare all'eclissi, però saperlo non l'aveva reso meno difficile.

Guardare indietro per andare avanti.

Chissà se funzionerà. Lui, comunque, ha messo in atto un piano B. Un piano a cui ha pensato tutto il pomeriggio, da quando Vittoria gli ha mandato *quel* messaggio.

«Ohi, fratello!»

Un ragazzo in berretto da baseball, con un trancio di pizza tra le mani, lo saluta dall'altra parte della strada. A tracolla porta un marsupio che gli taglia a metà il petto.

«Cloud!»

Aspetta il via libera per attraversare e lo raggiunge in poche falcate, davanti a una piccola bakery dall'aspetto accogliente.

«Cosa ci fai da queste parti?» chiede Brian. «Aspetta… abiti anche tu in città?»

Cloud scuote la testa e indica la panetteria. A servire al bancone c'è una ragazza giovane, dalla corporatura robusta, i lunghi capelli castani raccolti in una treccia e il viso più gentile che abbia mai visto.

Brian annuisce, comprensivo. «E lei lo sa che esisti?»

Il ragazzo arriccia le labbra unte in un'espressione da cucciolo ferito, poi si sistema meglio il marsupio con la mano libera.

«Ti accompagno, fratello? Non ho niente di meglio da fare.»

«Be', grazie tante, *fratello*» replica lui, sarcastico. «Sto tornando a casa. Andiamo.»

Si avviano fianco a fianco.

«Ti offrirei un pezzo di pizza, però...» Cloud accenna divertito al lecca lecca che Brian tiene ancora in mano. Non se lo ricordava nemmeno più!

Per un po' non scambiano neanche una parola. A pensarci bene, sono due completi estranei che hanno deciso di condividere un pezzo di strada insieme. Brian scopre di non sentirsi a disagio, tutt'altro. Sarà che Cloud indossa sempre quell'aria serena di chi possiede tutte le risposte nella tasca dei pantaloni. O meglio, in quella del suo inseparabile marsupio.

«Non ti vedo tanto in giro» se ne esce a un certo punto. «Non vieni al Locke, vero?»

«Ero in classe con Seb e Zorro.» Cloud dà un ultimo morso al trancio di pizza e butta l'involucro in un cestino lì vicino. «Ma ho mollato l'anno scorso. Tanto non sarei mai andato all'università.»

«E come mai? Se posso...»

«Soldi» fa spallucce. «Io li odio, i soldi. Ma, ehi, pare siano abbastanza utili per stare al mondo.»

Brian fa una risata incerta.

«Quindi ora lavori?»

«Diciamo così» ammicca Cloud.

«Diciamo» ripete, sovrappensiero. «E di cosa ti occupi?»

«Ribellioni gentili!»

Brian inchioda in mezzo al marciapiede.

«Mi prendi in giro.»

Cloud scoppia in una risata contagiosa, che è tutta un tintinnio di bicchieri e Brian non sa se seguirlo o se sentirsi offeso. Poi il ragazzo gli appoggia una mano sulla spalla. «Andiamo, o farai tardi al tuo appuntamento.»

E riprende a camminare, lasciando Brian lì, a bocca aperta dallo stupore. L'attimo dopo, è dietro di lui.

«Come fai a saperlo?» chiede, sbigottito. «Te lo ha detto Vittoria? Ti ha parlato di me?»

Cosa ti ha detto?, vorrebbe domandare, ma non osa.

«Calma, fratello. Dritto, destra o sinistra?» chiede Cloud, fermandosi a un incrocio affollato. A quest'ora, le strade brulicano di pendolari frettolosi che corrono verso King's Cross.

«Sinistra.» Brian lo supera e gli fa strada, districandosi fra i passanti. «Allora?»

«In realtà ho tirato a indovinare» spiega l'amico, affiancandolo. «Ci siamo accorti tutti che vi siete appartati al piano superiore, a casa di Ariel. Tra voi due c'è qualcosa, non è così?»

Brian avvampa. Cloud gli ispira così fiducia che per

un secondo pensa di raccontargli la verità. Quello dopo si dà del cretino e si butta su una mezza bugia.

«Mi sta solo aiutando con una… una *ricerca*.»

Lui gli lancia un'occhiata eloquente.

«Giuro!» si precipita a giustificarsi. «All'inizio non voleva, anzi. Mi ha respinto.»

«E poi?»

Brian si arresta davanti alla stazione dei treni, intasata da turisti in contemplazione del binario diventato leggenda. Con la mano libera dal lecca lecca, pesca il cellulare dalla tasca, cerca il messaggio e glielo mostra.

Vittoria
Io e te, domani, al Cupid Spot. Sei in punto. Ti mando posizione quando arrivo. Una sola condizione: niente domande.

Oh, ne avrebbe tante da riempire una lista intera. Cosa le ha fatto cambiare idea, perché non può farle domande, cos'è il Cupid Spot, come mai proprio un luogo dal nome così… romantico?

«E così la ragazza del guardrail si è interessata a te. Sei molto fortunato» commenta Cloud. Poi una nuvola scura gli attraversa il volto limpido. «Oppure per niente.»

Brian mette via il telefono e s'infila il lecca lecca in bocca. «Non ti seguo. Che significa "la ragazza dal guardrail"?»

«Davvero non lo sai? Persino Romeo ha tenuto la bocca chiusa?»

«Evidentemente. Allora?»

Ma lui scuote la testa, serio. «Non sta a me» borbotta. «Non sta a me.»

Brian è confuso. Tra i suoi pensieri si fa largo l'immagine di Vittoria in lacrime, chiusa nella camera da letto di Ariel.

«Non sta a te *cosa*?»

Cloud gli sfila il lecca lecca dalla bocca e si avvia verso l'ingresso di King's Cross.

«Ci vediamo in giro, fratello.»

Vittoria

Nella Stanza dei Fantasmi della Casa dei Fantasmi tira aria di indecisione.

E c'è indecisione anche sul perché, ci sia quell'indecisione.

Vittoria se ne sta dritta in piedi, davanti all'armadio con felpe, maglioni e pantaloni in giro dappertutto. Sta scegliendo cosa indossare per quell'idea che ha avuto, e di cui si è già pentita.

Dare appuntamento a Brian al Cupid Spot.

Anzi, ancora prima: aiutare Brian.

Sceglie un paio di cargo verde bosco, una maglia anonima e una felpa oversize, con cappuccio. Ai piedi, delle false Dr. Martens, e il pacchetto full option anticascamorto è al completo.

«Tesoro? Posso entrare?»

Vittoria si veste in fretta. Poi raccoglie i ricci in disordine in una coda alta.

«Vieni.»

Papà apre la porta e scivola nella stanza senza fare rumore. Dev'essere appena rientrato dalla carrozzeria:

la tuta è macchiata di grasso, la faccia sporca di nero, gli occhi piccoli e stanchi. Sono loro a compiere un viaggio panoramico per il disordine caotico della stanza. Per fortuna il laptop di sua madre è al sicuro, dietro il cassetto del comodino.

«È passato un uragano, da queste parti?»

Vittoria fa un'alzata di spalle. «Sistemo quando torno.»

Papà non replica. Ciondola lì nella sua cameretta, a piedi scalzi, senza dire nulla. È così fuori posto che a Vittoria viene da ridere. Si trattiene.

«Stai uscendo di nuovo?»

«È venerdì sera, pa'!»

«Guarda che non ti ho detto niente.»

Ha ragione, maledizione. Da quando mamma non c'è, a suo padre non è mai importato in quale sera della settimana uscisse la figlia, né dove andasse.

Registrava l'informazione, la salutava e al suo rientro l'accoglieva russando sul divano.

«Ognuno ha il suo modo di affrontare il dolore» le aveva detto Gill, una delle tante sere d'estate in cui era andata a trovarli nella Casa dei Fantasmi dopo l'incidente, prima di partire per le vacanze.

Il fatto, secondo Vittoria, è che suo padre non lo ha ancora trovato, quel modo. Deve essere così. Altrimenti, perché non ha più voluto parlare di Eliza con lei?

«Okay.»

Vattene, rimani, vattene, rimani.

Resta impalato lì, un fantasma smarrito a forma di papà. E allora le viene il dubbio che finalmente suo padre possa aprire uno spiraglio. Forse questa volta…

«Pà? Che c'è?»

Lui le rivolge un sorriso sbilenco.

«Volevo avvisarti che sto partendo.»

«Eh? Per dove?»

Suo padre fa un passo verso il letto, sposta una giacca in pelle e si siede. Il materasso nemmeno affonda sotto il suo peso. Un fantasma, appunto.

«Ci hanno chiamati poco fa in officina» sospira con aria stanca. «C'è una macchina da andare a recuperare con il carroattrezzi a Birmingham e riportare qui, tipo, subito.»

«Come mai tutta 'sta fretta?»

«È un potenziale cliente, uno che non bada a spese. Credo sia una specie di chef celebrity, di quelli che passano alla tv… insomma, una cosa così.» Suo padre sfiora il coprimaterasso con una mano, osservandosi pensieroso le dita sporche, come se non sapesse che farci.

«Brutta cosa essere il meccanico migliore della città, eh?»

Si stringe nelle spalle. «Sì, be'. Torno domattina. Te la cavi…?»

«Senza te e mamma?»

Papà si irrigidisce. Lo fa ogni volta che la parola «mamma» finisce in una loro conversazione. Raccoglie le dita in un pugno e se lo infila in tasca.

«Puoi chiedere a Gill se dorme qui» taglia corto.

Vittoria annuisce, anche se sa benissimo che non lo farà.

Suo padre si alza dal letto.

«Bene, allora. Buona serata, non fare tardi.»

Aleggia verso la soglia della stanza e si ferma solo quando si è già quasi chiuso la porta alle spalle. Vittoria spera che stia per dirle qualcosa, qualsiasi cosa, purché le faccia intuire che sotto quegli strati di indifferenza, lui esista ancora.

«O almeno non *troppo* tardi» ammicca, fingendo un atteggiamento complice.

Quando la porta si chiude, Vittoria si lascia cadere distesa sul letto. Afferra un cuscino, se lo spiaccica sulla faccia e ci soffoca un urlo che le svuota i polmoni.

Quando le sembra di essersi svuotata, guarda l'ora. Mezz'ora all'appuntamento. Si sporge dal materasso, pesca lo zaino da trekking da sotto il letto e controlla ancora una volta il suo contenuto.

Si è ricordata tutto. Ricorda ancora tutto. E papà non aveva buttato niente; può sfuggire ogni discorso che la riguardi quanto vuole, ma mamma è ancora lì, in ogni oggetto, dietro ogni loro gesto, nelle cose che dicono, ancora di più in quelle che *non* dicono.

Il cuore piomba da qualche parte, giù nello stomaco.

Meglio andare.

Brian

Di romantico, al Cupid Spot, non c'è *niente*.

È una zona imboscata e incolta nel quartiere di Green Grove, dietro a uno skatepark deserto, disseminata da bottiglie di plastica e vetro, sacchetti in vari formati e pacchetti di sigarette, tutte cose che hanno due caratteristiche in comune: sono abbandonati e vuoti.

Bell'accoglienza, comunque.

«Sei arrivato alla tua destinazione» gli annuncia trionfante la voce di Google Maps, che aveva attivato quando era giunto in stazione.

«Grande! Adesso torniamocene a casa.»

Blocca il telefono, lo infila nella tasca posteriore dei pantaloni e guarda in alto con apprensione. L'ultima luce del giorno sta per affievolirsi. Guarda un po' in che razza di situazione si è cacciato, con le sue idee brillanti.

«Ti arrendi di già?»

Brian si volta. Alle sue spalle, Vittoria lo scruta con un'espressione contrariata sul volto. È adorabile anche quando lo considera una rottura di scatole. Stasera ha raccolto i capelli in una coda alta, che le lascia scoperto il viso, bello e delicato anche quando è accartocciato in una smorfia di disappunto. Qualche riccio ribelle sfugge dalla stretta per finirle, dispettoso, sulla fronte.

Adorabile sì. Adorabile e pericolosa.

«Ciao anche a te» gli esce.

«Forza, non startene lì impalato» fa lei.

Brian si accorge che sulla schiena porta uno zaino più grande di lei. Cosa cavolo…?

«Prendilo e comincia a svuotarlo.»

Brian muove un passo verso di lei, le sfila lo zaino dalle spalle cercando di dissimulare lo sforzo.

«Cosa ci hai messo qui dentro? Mattoni?»

Ma Vittoria non lo sta ascoltando. A carponi, saggia il terreno con le dita delle mani. Si rimette in piedi, si sposta un po' più in là, e replica il gesto. Una, due, tre volte… Brian intanto è rimasto lì come una statua di sale, lo zaino pesante tra le braccia. Getta un'occhiata fugace tutt'intorno a loro. Le luci delle abitazioni più vicine distano almeno un chilometro, i rumori dei veicoli sono smorzati dagli alberi che separano lo spiazzo dalla strada. Ci sono solo loro due. Loro due nel mondo.

«Allora… perché "Cupid Spot"?»

Nessuna risposta. Brian ha afferrato il messaggio. Niente domande. Ci riprova.

«Mmm… potrebbe essere stato teatro di un'intensa storia d'amore appena sbocciata… anche se non so come possa sbocciare qualcosa, in un posto del genere.»

Vittoria non abbocca. Invece, gli fa cenno di andarle incontro. Si è fermata davanti a due alberi alti e scheletrici.

«Grazie tante per l'aiuto, Primo giorno.» Gli toglie lo zaino dalle braccia. «La tua idea è fin troppo sdolcinata. Andresti d'accordo con Gill, sai?» Apre la cerniera e inizia a rovistarci dentro. «Il Cupid Spot è diventato famoso per le coppiette che venivano qui a imboscarsi.»

«Sì, ecco. Così è molto *meno* romantico.»

Un lieve pizzicore alla base del collo; Brian comincia a sentirsi a disagio. Sposta lo sguardo in alto. Il cielo è sempre più cupo e inquietante. Chiude gli occhi, ogni muscolo del suo corpo gli sta implorando di girare sui tacchi e tornare indietro, dove c'è ancora luce. È lo sguardo fermo di Vittoria addosso a impedirglielo. Apre gli occhi e focalizza l'attenzione sul contenuto dello zaino riversato a terra. Una coperta, un plaid pesante, diversi rotoli di spago, mollette, la scatola di un materassino gonfiabile, un telo ampio, un cuscino morbido, pacchetti di patatine e due bottiglie d'acqua.

«E noi invece siamo qui per difenderci dall'invasione degli Infetti, dico bene?»

«Scemo. Noi costruiamo un fortino.»

«Appunto! Comunque ero convinto si facessero solo in casa. In cameretta, tipo, da bambini.»

Vittoria butta lo zaino ormai vuoto di lato e comincia a raccogliere il materiale.

«Ma che infanzia hai avuto?»

«Al chiuso, direi. Televisione, libri. Musica. Ah, e tante, decisamente troppe messe in chiesa.»

Lei si blocca, il braccio che sta tirando lo spago dal ramo basso di un albero all'altro rimane sospeso a mezz'aria.

«Oddio, sei uno di quelli. I *fedeli*.»

Lui ride e la raggiunge, prende il ramo del secondo albero e lo piega delicatamente verso la mano di lei.

«Mamma lo è. Dovresti sentire l'elenco di santi che sciorina quando qualcosa va storto. È come una Wikipedia per credenti.» Fa spallucce. Prova a legare lo spago al ramoscello senza riuscirci. «Io non lo so. Per ora mi accontento di credere in cose più… a portata di mano, diciamo.»

«Ad esempio?» indaga Vittoria. «Sono sicura che avrai la tua lista.»

I tuoi occhi che parlano, vorrebbe dire.

«Be'… credo che Spider-Man sia fortissimo, la verdura verde sia immangiabile, che siamo tutti, noi umani, fatti di storie e che questa sia una gran figata. Credo che la scuola sia una gigantesca vasca di squali, che mio padre volesse un figlio diverso e…» Ammutolisce, scuote la testa. Ha detto troppo. Perché dice *sempre* troppo?

Vittoria lo scruta con la coda dell'occhio. Brian gioca con lo spago che gli si è attorcigliato attorno alle dita. «E credo di essere una frana con i fortini.»

Lei si lascia sfuggire un sorriso e gli fa cenno di togliersi di mezzo. Gesù, quanto è bella. Una carezza prima di un pugno nello stomaco.

«Hai detto niente domande, quindi non chiederò in cosa credi *tu*» continua Brian mentre inizia ad appendere le lenzuola allo spago teso usando le mollette. «Posso provare a indovinare, però.»

Vittoria dispiega il telone in plastica.

«Tanto per cominciare, credi che impedirmi di farti domande ti permetta di tenere una distanza di sicurezza.» Fa un passo verso di lei, prende l'altro lembo del telo e l'aiuta a sistemarlo. «Poi, è ovvio… credi che la lista delle paure sia una scusa penosa per uscire con te.»

Vittoria arriccia il naso. «Mi sbaglio?»

Brian fa ruotare l'indice, indicando lo spazio invisibile attorno a loro. La sera è scesa come pioggia silenziosa. Lo sente, il peso sul suo petto, i polmoni che cominciano a restringersi, mozzandogli il fiato, il cuore che trema. L'espressione sul volto di Vittoria si fa incerta. Dev'essersene accorta anche lei, che qualcosa non va.

«Su entrambe.»

Vittoria

Ci sono cose che non ti dimentichi mai per davvero. Lo aveva letto da qualche parte in rete: le attività che rientrano nella memoria a lungo termine, più nello specifico in quella procedurale, sono quelle che la nostra mente non cancella. Andare in bicicletta, scrivere o, come le diceva sempre sua mamma, suonare il tuo strumento preferito.

Vittoria non ha mai imparato a suonare nemmeno il flauto, a scuola, ma come costruire un fortino all'aperto con tutti i crismi no, non l'ha scordato.

E poi c'è un'altra cosa che non dimenticherà facilmente. Questa serata.

È stesa sul materassino gonfiato – male – da Brian. Le mani dietro la testa, appoggiata al cuscino umido, e lo sguardo in alto, a fissare il soffitto di lenzuola.

Intorno al fortino, una zattera sospesa in un mare di terra umida e di niente, il silenzio vibrante è interrotto solo dal rombo lontano delle automobili, e dal richiamo di qualche rapace notturno. La luce della torcia, appoggiata vicino al cuscino, è l'unico antidoto a un'oscurità quasi accecante.

E l'antidoto per Brian, qual è?

Le basta respirare, per avere la consapevolezza del corpo del ragazzo accanto al suo, le braccia che si sfiorano, le gambe che si toccano appena sotto la coperta. L'impulso di voltarsi e perdersi dentro quegli occhi oceano le preme nella pancia. S'impone di restare calma. Del resto l'ha detto anche lui, poco fa: la lista delle paure non è una scusa per uscire con lei. Quindi con ogni probabilità nemmeno gli piace. La sta usando e basta. E lei? Cosa sta facendo, invece?

Vittoria si mette a sedere e si fionda su un sacchetto di patatine.

«Penso dovresti spegnerla, la torcia, a un certo punto.»

«Ma così restiamo proprio al buio.»

«L'intento è quello.»

«Posso sempre accendere quella del cellulare.»

«Brian!»

Brian stringe a sé la torcia. I pensieri di Vittoria frullano rapidi, alla ricerca di un metodo per allentare l'ansia spropositata del ragazzo.

«Mmm, okay» mastica a bocca aperta. «Facciamo un gioco. Ti va?»

Lui si avvicina rapido e pesca una manciata di patatine dal sacchetto.

«Dipende. Prima dimmi di cosa si tratta.»

«L'ho visto su TikTok, è un format che si chiama *Notes from strangers*. Di solito si fa lasciando dei biglietti anonimi in un contenitore, noi cambiamo un po' le regole.»

«Uuuh. Audace!»

Vittoria sbuffa e nasconde il pacchetto di patatine dietro di sé, per allontanarlo dalle grinfie di Brian.

«Raccontami la cosa più stupida che tu abbia mai detto a qualcuno.»

«Manco morto.»

«Senti, Primo giorno. Ho scelto di aiutarti e per farlo mi sono chiusa in un fortino con te, un ragazzo che conosco da una settimana, di sera, nel bel mezzo di uno spiazzo deserto. Avrò diritto almeno a questo? E poi mi hai detto che ti piacciono le storie, che sono...» Apre delle virgolette invisibili con le dita. «"Una gran figata." Sbaglio?»

Il ragazzo le rivolge una linguaccia che la fa quasi scivolare dentro un sorriso. Mannaggia a lui.

«Accetto solo se poi mi dici la tua.»

«Vediamo.»

Brian scuote la testa. Poi con un guizzo rapido si sporge verso di lei, vicino al suo viso, così vicino che Vittoria per un momento si trova sott'acqua. Respira il profumo della sua pelle calda, la punta del naso di lui sfiora il suo. Se solo allungasse la mano, Vittoria, potrebbe accarezzare le fossette ai lati della bocca... e proseguire, senza fermarsi, fino a tracciare con un dito il contorno delle labbra piene, così invitanti. Infine chiudere gli occhi, alzare appena il mento, basterebbe un centimetro e...

«Queste me le prendo io, però.» La voce del ragazzo la riporta alla realtà, spezzando l'incantesimo.

Ha recuperato le patatine ed è tornato al suo posto, ignaro dello sconvolgimento interiore che le ha causato.

Dio mio, Vittoria, ripigliati, si sgrida da sola.

«Allora?» lo incalza, cercando di ricomporsi.

Brian mastica il suo bottino senza fretta, con aria trionfale. Sembra che goda, a tenerla sulle spine, almeno quanto lei a stuzzicarlo.

«Dunque… la cosa più stupida che ho detto a qualcuno.» Piega la testa, sovrappensiero. «Sono certo di aver detto cose abbastanza sconcertanti alla mia prima fidanzatina.»

«Spara.»

«Abitava nel mio palazzo, avevamo sette, otto anni al massimo. Una domenica mattina mi sono svegliato presto e mi sono presentato al suo campanello tutto in ghingheri. Mi ero messo in testa di farle capire che ero pazzo di lei.»

Vittoria prova a immaginarselo, un Brian in miniatura, tirato a lucido con la criniera biondo cenere ben pettinata, dichiararsi alla sua prima ragazzina. Una ventata inaspettata di tenerezza la sorprende.

«E com'è andata?»

«Alla grande. Penso di averle detto qualcosa tipo…» Si schiarisce la gola, usa la torcia per indirizzare il fascio di luce sul proprio volto e assume un'area teatrale. «"Jasmine, tu per me sei tanto bella che nemmeno mia mamma è bella come sei tu."»

A Vittoria casca la mascella. Si copre la bocca con la mano e inizia a ridere. A ridere di gusto, di cuore, pancia, polmoni, fegato, di tutto quello che ha, come non le succedeva da tempo.

Brian la osserva immobile, sbattendo le palpebre, nella sua posa da attore consumato.

«Sì, be', ridi quanto vuoi. È comunque una reazione migliore di quella di Jasmine.»

Vittoria si asciuga le lacrime che le pizzicano gli angoli degli occhi.

«Cosa ha fatto?»

«Una cosa atroce» sospira, come se il ricordo lo ferisse ancora. «Ha risposto che secondo lei mia mamma non era poi così bella.»

«Poco carino da parte sua...»

«Poi mi ha chiuso la porta in faccia e non mi ha più rivolto la parola.»

«Molto ragionevole.»

Vittoria studia il volto di Brian per qualche secondo, prima che lo sguardo anneghi nel suo. Il ragazzo si distende di nuovo e scoppia a ridere. Una risata scomposta, sincera. Anche lei si sdraia, al suo fianco. Il materassino è zuppo di umidità, come lo sono il cuscino e la coperta. Non resisteranno lì ancora per molto. I loro corpi vicini, troppo, sembrano però di un altro parere. Nel fortino vibra l'attesa. Vittoria si sporge verso Brian. Allunga il braccio, gli sfiora il volto e afferra la torcia accanto alla sua testa.

Click.

In un istante, il buio si prende ogni cosa.

E nel buio, Brian cerca la sua mano, intreccia le dita alle sue e stringe forte, aggrappandosi a lei come se fosse la sua ultima ancora di salvezza.

Brian

Buio, fuoco, acqua.

Buio, buio, buio.

È al buio e vuole scappare. È al buio, ma non è *lì*. Non dentro lo scantinato abbandonato di una casa di campagna.

Brian non ha il coraggio di muovere un solo muscolo. Se ne sta lì, disteso, con le braccia lunghe – da quando le ha così lunghe? – abbandonate ai fianchi, la testa pesante – è normale che sia così pesante? – affondata nel cuscino bagnato.

Sta cercando di concentrarsi sul respiro, per essere sicuro che i polmoni continuino a funzionare. È così assorto che gli sembra di riuscire a sentire lo scorrere del sangue nelle vene, su e giù lungo il corpo, dalla testa ai piedi, dai piedi alla testa.

«Stai bene?»

La voce di Vittoria arriva da un posto che sembra irraggiungibile; eppure la mano che stringe è la sua, è reale, reale e bellissimo, e significa che anche il resto del corpo di lei dev'essere lì.

Non è solo.

Espira tutta l'aria, svuota i polmoni. È tutto calmo. Dentro di lui e fuori da lui.

«Credo… credo di sì.»

Con cautela, come se avesse paura di rompersi, Brian si muove. Si gira sul fianco, trovandosi faccia a faccia con Vittoria, nella stessa posizione.

Lo sta osservando con una mano sotto la guancia, l'altra stretta nella sua.

E a Brian viene in mente una cosa, un pensiero che solo pensarlo gli dà la pelle d'oca. Vittoria è la luce di cui ha bisogno; quella che continua a brillare anche nell'oscurità.

«Hai un aspetto tremendo.»

«Menomale che di solito sono bellissimo.»

Vittoria fa una smorfia incerta. Brian sorride per rassicurarla.

«Davvero, va bene. Così bene che ora metto su un po' di musica, ed è praticamente come stare in camera mia.»

Fruga con la mano libera sotto il cuscino, alla ricerca del cellulare. Lo trova, sblocca lo schermo, la luce bianca gli ferisce gli occhi. Senza farci troppo caso, inserisce la playlist di musica folk su Spotify, blocca lo schermo e lo abbandona a terra.

Il rifugio si riempie di una melodia dolcissima. La delicata voce di Ed Sheeran attacca a cantare una delle sue ballad. Tenera, romantica e… terribilmente sentimentale.

Brian si lascia sfuggire un lamento strozzato, imbarazzato. Vittoria sfila di scatto la mano dalla sua, a disagio.

«Sì, lo so. Fuori luogo. Ricevuto.»

Recupera il cellulare alla svelta. Riapre la playlist per cambiare canzone.

«È tutta colpa della riproduzione casuale, sia chiaro!»

Clicca play.

Vittoria

«*Gli uomini saggi dicono, solo gli sciocchi sono precipitosi, ma io non posso fare a meno di innamorarmi di te…*» canta la voce di Elvis.

La concezione di tempo e di spazio è tutta sbagliata.

Un attimo prima è in un fortino al buio, accanto a un ragazzo misterioso che le fa provare sensazioni altrettanto sconosciute.

Quello dopo, è seduta sul lato passeggero della vecchia auto di famiglia.

La cintura allacciata le attraversa il torace in diagonale, lo sguardo si perde oltre il finestrino, in mezzo ai colori del paesaggio che si mescolano tra loro. Fa caldo, è giugno ma sembra luglio. L'autoradio gracchia in sottofondo.

Vittoria stacca lo sguardo dal finestrino e per poco non le viene un infarto.

Accanto a lei, al posto di guida, c'è Eliza. Mamma.

Ma sua madre non è sua madre. È una versione che non riconosce, il volto accartocciato dalla preoccupazio-

ne, il cipiglio severo, la mascella serrata, lo sguardo annebbiato. Le sue mani stringono forte il volante, tanto forte che le nocche sono diventate bianche. «Dobbiamo parlare, Vittoria.»

La sua voce. Quanto le manca la sua voce. Anche se trabocca di tristezza.

«Prima mi fai mettere qualcosa sotto i denti?» risponde Vittoria, senza averne davvero intenzione. «Abbiamo tutto il tempo del mondo, mamma.»

Sua madre apre la bocca per replicare, quando dalla radio parte una canzone. L'ha già sentita, e più di una volta. L'ultima adesso, insieme a Brian.

Can't help falling in love *di Elvis Presley.*

«STAI ZITTO!»

Eliza ammutolisce la radio con un gesto scattoso, così estraneo per lei…

C'è qualcosa di sbagliato, ma cosa? Cosa non riesce a ricordare?

E cosa voleva dirle, sua madre?

«Vittoria!»

Vittoria stringe forte il braccio di qualcuno, le unghie infilzate nel tessuto della felpa.

Precipita nel presente. È una delle prime, fresche sere d'autunno. Si trova al Cupid Spot. Dentro un fortino improvvisato.

Con Brian.

Sua madre è sempre morta.

E lei deve uscire da quel bunker minuscolo.

Si alza in piedi di scatto, scosta brusca il lenzuolo che fa da porta rischiando di far crollare l'intera struttura, e si ritrova all'aperto. Naso all'insù alla ricerca di una risposta, l'unica che abbia senso per lei.

Sì. Il cielo se ne sta lì in alto, un abisso immenso e spaventoso. Non è ancora caduto, almeno per il momento.

«Ma che ti è preso? Sei diventata assente tutto d'un tratto e...»

Brian l'ha seguita. Vittoria si stropiccia il volto e si ricompone in fretta.

«Niente domande.»

Il ragazzo le si para davanti. Il plaid ampio e pesante, che tiene sulle spalle, lo fa apparire minuscolo.

«Ho rispettato questa stupida condizione anche troppo.» L'espressione sul volto è dolce e preoccupata al tempo stesso. «Ho fatto qualcosa di sbagliato?»

Lei scrolla le spalle, lo sguardo ancorato al suolo.

«A volte i ricordi mi giocano brutti scherzi. Tutto qui.»

«So cosa vuol dire.»

Un movimento cauto, poi sente un leggero peso sulle spalle. Vittoria solleva il capo. Il ragazzo fa un passo indietro. L'ha avvolta nella coperta per tenerla al caldo. Un gesto così spontaneo che le fa quasi male. Si stringe nel torpore del plaid. È strano avere Brian vicino. Le fa venire una voglia matta di passare la notte insieme, soltanto a parlare, semplicemente a parlare, e spogliarsi di tutto, sì, anche solo in senso metaforico. I vestiti, quelli sono facili da togliere via, il problema è tutto il resto. Pensieri, ansie, ricordi, traumi che ti trasformano in un fantasma, i suoi, e paure che ti bloccano, quelle di Brian.

E prima di rendersene conto, inizia a parlare.

«Era da tanto che non mi capitava di costruirne uno.» Indica il rifugio con un cenno della testa. «Sono stati i miei genitori a insegnarmi come fare. Quando ero piccola, a volte si concedevano una pausa da tutto per portarmi a fare una gita fuori porta, al Deaf Dyke. Mentre loro montavano la tenda, io provavo a costruire il mio angolino di mondo.» Sorride. «Mi impegnavo un sacco per riuscirci. Una vera testona!»

«Non stento a crederci.»

«E poi la sera, prima di dormire, mamma suonava qualcosa. Riusciva a creare musica con qualsiasi oggetto avesse a disposizione. Una roba pazzesca.»

«Musicista?»

«Insegnante di musica, alla secondaria. Ha seguito metà dei ragazzi che hai conosciuto… Cloud e Gill, ad esempio.»

Brian piega appena il capo, come se fosse intento a raccogliere i tasselli del racconto e ricomporli in un unico puzzle. I suoi occhi, adesso, hanno lo stesso colore del…

«Buio!» esclama Vittoria, all'improvviso, battendo forte le mani. «Il buio!»

Brian sussulta.

«Cosa???»

«Ce l'hai fatta, Primo giorno» annuncia lei e con le dita della mano forma la V di vittoria. «Siamo ancora qui!»

Brian sgrana gli occhi, mentre la consapevolezza della situazione si fa strada sul suo viso. Ruota rapido su sé stesso, una, due, tre volte. Preso dall'euforia, fa un passo verso di lei con le braccia larghe per stringerla a sé, poi se ne rende conto, inchioda impacciato, dissimulando l'intenzione con scarsi risultati.

«Ed è tutto a posto» bofonchia. «È tutto a posto» ripete, con più fermezza.

L'attimo dopo, pesca il cellulare dalla tasca, lo solleva sopra la testa per far rientrare nell'inquadratura anche Vittoria, ancora con le dita a V. Uno scatto rubato.

«Ma che fai?» sbotta lei, troppo tardi.

«Nel caso mi dimenticassi» fa lui, il naso vicino allo schermo per vedere meglio il selfie. «Gesù!»

«Adesso che c'è?»

«Sei stupenda.»

Il cuore di Vittoria percorre la rampa di lancio e prende il volo.

«Sarà uscita tutta scura» minimizza. «Non hai usato il flash.»

«Ancora meglio. Così posso immaginarti» ribatte lui, allegro.

Vittoria sente il volto prendere fuoco. Dà le spalle a Brian per nascondere il rossore.

«Forza, smontiamo» lo esorta, la voce malferma. «È ora di tornare a casa.»

Brian obbedisce, inizia a sganciare le lenzuola e a slegare lo spago dai rami.

«Comunque, grazie.»

«Quando vuoi» ribatte lei, ironica.

Lui solleva il sopracciglio, con l'aria furba di chi ha già un piano in mente.

«La prossima volta invitiamo anche i tuoi» butta lì. «Mi piacerebbe un sacco ascoltare tua mamma suonare.»

Vittoria sente le gambe cedere sotto il peso di quelle parole, di quel futuro che non può esistere. Il cuore s'infrange in un milione di pezzi. Brian se ne accorge subito.

«Io… forse non… dovevo starmene zitto?»

Lei traffica con il materassino. Spinge con le ginocchia per far uscire l'aria e poi lo piega, spinge e piega, piega e spinge e non ha intenzione di sollevare la testa. Che stupida, cosa credeva? Aveva dato per scontato che il ragazzo sapesse, che qualcuno l'avesse messo in guardia. Qualcosa tipo:

ATTENZIONE!
FIGLIA SOPRAVVISSUTA AD AMATA INSEGNANTE MORTA.
GIRARE ALLA LARGA.

Se così fosse stato, adesso non si troverebbe a dire quello che sta per dire.

«Mia mamma non c'è più. Un incidente d'auto, qualche mese fa.»

E non si troverebbe ad ascoltare quello che Brian sta per rispondere.

«Accidenti, non lo sapevo… mi sento un idiota, scusami. Mi dispiace moltissimo.»

Vittoria finisce di ripiegare il materassino e lo ripone, con qualche difficoltà, nella scatola. La rabbia, sua vecchia amica, monta come un uragano dentro di lei, prendendosi in un battibaleno tutto ciò che le appartiene. Tutto ciò che le è rimasto. Fronteggia decisa Brian, rimasto pietrificato.

«Avanti, chiedimelo» ordina, asciutta. «Chiedimi qual è la cosa più stupida che io abbia mai detto a qualcuno.»

Brian la guarda addolorato, non osa. Così è costretta a rispondersi da sola.

«“Abbiamo tutto il tempo del mondo”» sputa fuori a labbra strette.

«Non potevi saperlo» risponde cauto lui.

Ma Vittoria è tornata a essere fantasma, adesso. È la figlia dell'insegnante morta.

È solo, soltanto, la ragazza del guardrail.

«Andiamo via» sbotta, piena di risentimento. «Qui non c'è più niente da fare.»

Brian

Maledetto chi ha inventato le spunte blu.

Maledetto chi le ha inventate e poi ha dato la possibilità di toglierle.

Maledetta Vittoria.

Venerdì sera lo aveva accompagnato alla stazione in motorino, così finalmente Brian aveva potuto fare amicizia con Maya, che tanto comoda non era, sicura neppure e ciò nonostante Gill aveva ragione: ti ci affezionavi subito.

Comunque.

Il fatto che Vittoria gli avesse dato un passaggio in stazione non aveva aggiustato quel qualcosa – qualunque cosa fosse – che si era rotto tra loro a fine serata. Quindi, tutto sommato, il maledetto è lui, che ha i pensieri nella testa che vorticano in senso centrifugo e alla fine per forza gli escono dalla bocca, contro la sua volontà.

Aveva scritto un messaggio a Vittoria sabato mattina, dopo la notte nel suo letto comodo e asciutto, sotto un lenzuolo di stelle adesive, spesa a rivivere ciò che era successo e a rimirare il loro selfie rubato.

Brian aveva fronteggiato la paura del buio, e questo lo fa sentire un drago.

Brian aveva fatto la figura dell'insensibile, e questo lo fa sentire un imbecille.

Brian aveva sentito una connessione sottopelle accanto a Vittoria, sperava che l'avesse sentita anche lei, e questo lo fa sentire… irrequieto.

Una parte di lui ha ancora tutti i sensi in allerta: il modo in cui Vittoria lo fa sentire è pericoloso. È un salto nel vuoto. Ma poi c'è *quell'altra* parte: quella che l'ha spinto a fidarsi di lei, innanzitutto, e poi a uscire dal fortino, al buio, per capire cosa l'avesse turbata tanto. La stessa parte che si sente uno schifo per il lutto che la ragazza ha subito e vorrebbe farle da scudo contro il dolore del mondo.

Che cazzo di casino.

In un simile stato d'animo, è arrivata domenica.

Brian siede al tavolo da pranzo. Sta scorrendo su Instagram il profilo di Gill e si rende conto che non ci sono foto sue e di Vittoria, tra le più recenti che ha pubblicato. L'ultima che le vede insieme sorridenti risale a metà maggio, in un pomeriggio inondato di sole. C'è anche sul profilo di Vittoria. Poi, il vuoto. Brian sospira e getta un'occhiata intorno. Sua madre rassetta con cura maniacale la cucina mentre suo padre è già appollaiato sul divano, il ronzio del televisore acceso in sottofondo; oggi gioca la Premier e questo significa che il soggiorno è diventato il suo regno.

Il classico schieramento di una tradizionale domenica pomeriggio in casa Riva.

«Qualche programma per oggi?» gli chiede sua mamma, armeggiando con lo sgrassatore.

Brian fa spallucce.

«Pensavo di aprire una bisca clandestina nel quartiere. Raduno un po' di gente e...»

«Bibi!»

«No, mamma, niente di che.»

«Puoi sempre guardare la partita con il tuo vecchio!» urla suo padre, dal divano. «Altro che Spider-Man, vieni qui ad assistere alle acrobazie di Haaland...»

«Ho detto niente?» corre ai ripari Brian. «Ho un sacco di cose da studiare. Così tante che ho perso il conto, anzi...» Uno sguardo al cellulare per controllare l'ora. «Sono già in ritardo sulla tabella di marcia.»

Sullo schermo del telefono compare una notifica Whatsapp. Il cuore di Brian s'impenna per tornarsene depresso al suo posto quando vede un numero sconosciuto.

Ohi, fratello, vieni alla partita?
Seb e gli altri giocano tra un'ora.

Com'è che hanno tutti il suo numero di cellulare?

Dev'essere stato Romeo a spacciarlo, prima a Vittoria, ora a Cloud – è lui di sicuro, l'appellativo «fratello» è la sua firma. Andare alla partita dello squalo bianco? È una buona idea? Meglio che stare a casa a spaccarsi la testa sui libri di scuola. Sta ancora rimuginandoci su quando...

Ci sarà anche Vittoria
Muoviti, ti aspetto in stazione

Brian salta su dal tavolo.

«Be', allora io esco.»

«Ma se avevi una *marea* di cose da studiare!» grida di nuovo suo papà.

«Mi sono sbagliato» urla in rimando. «Capita anche ai migliori!»

Sua madre distoglie l'attenzione da macchie e macchioline unte sui fornelli e gli fa una radiografia a raggi X istantanea.

«E dov'è che vai?»

«Veramente, a vedere una partita.»

«EUREKA! Era ora che cominciassi a interessarti al calcio.»

«È pallavolo, papà...»

«Non scherziamo, quello non è mica uno sport. Non c'è neanche contatto fisico, Brian!»

«Santo Teodosio, smettetela voi due!» li interrompe sua madre.

Suo padre grugnisce qualcosa, in soggiorno, poi più niente. Lei, invece, continua a fissarlo con una smorfietta compiaciuta.

«Non è che ci stai nascondendo qualcosa? O magari... qualcuno?»

«Mamma!» sbotta Brian, per poi sussurrare. «Anche se fosse, non sarei l'unico a *nascondere*...»

Sua madre si schiarisce la voce, indispettita. «Sono armata di sgrassatore, Bibi. E non ho paura di usarlo!»

Quindici minuti più tardi, Brian arriva trafelato in stazione.

Cloud lo aspetta sotto il tabellone delle partenze, indossando la solita aria disinvolta e l'inseparabile marsupio a tracolla. Tra le mani regge un sandwich farcito dall'aspetto appetitoso.

«Ma tu vivi a pizze e panini?»

Lui dà un morso.

«Io vivo di bellezza.»

«E la tua bella anche oggi lo sa domani, che esisti?»

Cloud ride, s'ingozza, sputacchia proiettili di panificato dappertutto.

«Andiamo, che la domenica i treni sono un casino.»

Arrivati ai tornelli, Brian striscia sul lettore elettronico il badge con l'abbonamento che – come sottolinea sempre suo padre – costa un occhio della testa. Cloud, invece, ficca il sandwich in bocca e, con la stessa nonchalance di un parkurist professionista, scavalca la barriera per proseguire tranquillo verso il binario.

Brian si lancia un'occhiata allarmata intorno, poi lo segue.

«Scusa, ma...»

«Stai sereno, l'ho preso il biglietto.»

«E perché hai scavalcato?»

«Perché non ce l'ho più con me. L'ho dato a una persona che ne aveva bisogno.»

«Un saltatore di tornelli infortunato?»

«Scemo.» Cloud sposta lo sguardo oltre la spalla di Brian. «Eccolo.»

Un secondo dopo l'aria si riempie dello sferragliamento del treno in arrivo. Le porte si aprono, liberando orde di tifosi e turisti della domenica. Brian e Cloud salgono e individuano subito due posti a sedere; il vagone è quasi deserto, a quest'ora vanno tutti nel senso opposto.

«Sono confuso.» Brian non ha intenzione di mollare l'osso. «Chi ne aveva bisogno?»

Cloud sbuffa, come se gli toccasse rispondere a una domanda molto ovvia.

«Allora, mentre t'aspettavo, ho visto una tizia tutta impanicata. Le ho chiesto "cosa hai", mi ha raccontato che finalmente, dopo quasi un anno, l'avevano chiamata per andare a lavorare. Ma non aveva i soldi per pagarsi il biglietto e presentarsi sul posto di lavoro. Non ha nemmeno un tetto stabile sotto cui vivere. Capisci?»

«Non ne sono sicuro.»

Il convoglio rallenta, si ferma. Persone scendono, altre salgono. La corsa riparte.

«Cioè, sta tizia non aveva un penny per campare ma, per averlo, doveva prima pagarlo. Per me è assurdo, fratello.» Scuote la testa. «Così le ho dato il mio biglietto. Io mi sono pagato il diritto di viaggiare, lei ha il biglietto per farlo, siamo tutti felici.»

Brian apre la bocca e la richiude senza dire niente. Cloud ha un modo originale di pensare, decisamente al di fuori di ogni tracciato. È un fuoristrada carrozzato.

«Ribellioni gentili» sussurra, guardandosi i palmi delle mani.

Cloud gli batte sulla spalla con un sorriso felino.

Superano un'altra stazione.

«Così...» riprende Brian, esitante. «Ci sarà anche Vittoria?»

«Sicuro. A proposito, a che punto state, voi due?»

«Direi al capolinea.»

Cloud ride.

«Mi ha raccontato di sua madre. Dell'incidente.»

E ora non ride più. I lineamenti del volto si allentano in un'espressione desolata.

«Era questo che non volevi dirmi?»

«È una brutta storia. Una di quelle a cui è impossibile trovare un senso» mormora. «La mamma di Vittoria era una donna speciale, sul serio. C'era lei, e la stanza si riempiva di luce. Quando abbiamo saputo dell'incidente, non riuscivamo a crederci. Per fortuna almeno Vittoria s'è salvata.»

Brian emette un gemito strozzato. Se Cloud gli avesse tirato un pugno nello stomaco, gli avrebbe fatto meno male.

«Era con lei quando è successo?»

«La ragazza del guardrail» annuisce lui. «Anche se credo... non so dirlo meglio. A volte mi pare che Vittoria non ricordi *come* essere viva.»

Brian si affloscia sul sedile, in silenzio. Un palloncino sgonfio.

«Cosa vuol dire, secondo te?»

Lo chiede perché Cloud gli sembra proprio una di quelle persone a cui domandare queste cose. Quelle che non si stancano di cercare un senso, anche quando niente lo ha.

«Forse la vera Vittoria non è ancora uscita da quell'auto.»

Vittoria

«È buonissimo!»

«Puoi ripeterlo, ma con aria meno sorpresa?»

Vittoria sminuzza una grossa fetta d'arrosto e se la caccia in bocca.

«Mifa l'hai fufinato tu» ribatte, con la bocca piena.

«L'ho messo nel microonde, ho scelto programma e temperatura» insiste suo padre.

«Questo non è saper cucinare.» Vittoria si versa un bicchiere d'acqua. «È sopravvivenza.»

«E ti pare poco?»

Vittoria e suo papà si sono visti pochissimo nel weekend. Hanno aleggiato per casa in tempi diversi, seguendo pensieri e incombenze differenti, forse persino grati di non incrociarsi. Lei, di sicuro, lo era. Non sapeva come affrontare la questione «canzone», senza il timore che lui si comprasse un biglietto di sola andata per fuggire sull'Isola di Pasqua.

«Da quando ti pagano gli straordinari con un catering a domicilio?» domanda stupita, afflosciandosi sulla sedia con la pancia piena.

Era andata proprio così: a orario di pranzo, papà si era presentato con un sorriso da un orecchio all'altro. Tra le mani reggeva una teglia in ceramica, a tema floreale, dove riposava un arrosto così grande che avrebbe potuto sfamare l'intero vicinato.

Suo padre fa spallucce. Ha mangiato poco o niente. Non è da lui, ma Vittoria decide di annotare il dettaglio nella lista delle cose superflue, dove ha rifilato anche il messaggio di Brian del giorno precedente.

«Mi dispiace un casino. Grazie per la bella serata» aveva scritto.

Questo ragazzo funziona per paradossi.

«A cosa pensi?» La voce di suo papà la riscuote.

«Nulla di che.»

«Stavi sorridendo.»

Maledetti muscoli facciali.

«Succede, quando mangi un pasto decente dopo mesi» mente. «Vorrei proprio ringraziare la cuoca e...»

«Chi lo dice che è donna?» la interrompe, in tono sbrigativo.

Vittoria inarca il sopracciglio e studia il padre con curiosità. È stata un po' precipitosa, la sua reazione. Lui guarda altrove e si sfrega nervoso la barba sale e pepe. Anche Vittoria si agita. Perché ha bisogno di chiedergli della canzone, ma teme di fare un passo falso, di fare impallidire ancora di più quel fantasma travestito da papà.

È proprio lui, però, ad anticiparla.

«Senti, volevo parlarti di una cosa. Probabilmente non è niente ma... mi è rimasta impressa.»

Presa alla sprovvista, Vittoria si raddrizza sulla sedia e aspetta.

«Qualche giorno fa ho visto il signor Thompson.»

Il pensiero schizza subito a Seb, alla villa, alle telecamere, alla stronzata che avevano combinato. Se l'era quasi scordato, quel casino pronto a esplodere loro in faccia. Come aveva potuto?

Ah, giusto. *Brian.*

«È tornato da poco ed è venuto in officina per la revisione della sua auto d'epoca, una Giulia Spider. Un gioiellino italiano, tesoro, dovevi vederla!» sospira sognante.

«Perché me lo stai raccontando?» taglia corto lei, impaziente.

«Thompson mi è parso strano.» Suo padre sfiora le posate accanto al piatto, pensieroso. «Ormai è un cliente affezionato, però...»

Vittoria si morde la lingua. Avrebbe potuto arrivarci anche lei. Tutti, in città, conoscono la sua passione per le quattro ruote.

«... non è mai andato oltre le chiacchiere formali. L'altro giorno invece mi ha chiesto di noi, della nostra estate. Soprattutto, di te. Cosa avessi fatto, se ti fossi *divertita*...» Solleva lo sguardo su di lei. «Non è da lui interessarsi così. C'è qualcosa che devo sapere?»

Un allarme acuto scatta dentro la sua testa. Il signor Thompson sa dell'intrusione. Vittoria cerca un appiglio per tirarsi fuori dalla conversazione, poi si rende conto che il pretesto è già lì, intorno a loro, e pronto all'uso.

«Avrà saputo dell'incidente» si sforza di mantenere un tono neutro. «Forse voleva mostrarsi un po' più umano, invece della solita macchina sfornasoldi. Sai cosa pensava mamma...»

Eliza apparteneva a quella schiera di persone di natura aliena che riescono sempre a vedere il lato bello delle persone. La loro luce, mai le loro tenebre.

A sentire parlare di mamma, papà schizza in piedi e inizia a raccogliere i piatti in tavola.

«Sì, hai ragione, non ci avevo pensato» replica, frettoloso. «Bene, se devi andare alla partita, vai pure. Qui sistemo io, non preoccuparti.»

E no, non così. Questa volta Vittoria non ci sta.

«Pa', aspetta… devo chiederti una cosa anche io.»

Suo padre resta fermo con i piatti a mezz'aria. Un cameriere in tuta e pantofole. È fatta, si è lanciata. Vittoria adesso prega che si apra il paracadute.

«Tu e mamma avevate la *vostra* canzone, giusto?» butta fuori, senza troppi giri di parole. «Mi domandavo quale fosse.»

Il volto si rabbuia. La bocca è una curva piegata all'ingiù.

«Che domanda è?»

«Una che vuole una risposta.»

Gli occhi di papà Wyatt vagano veloci per la stanza; Vittoria sa che stanno cercando una via d'uscita. Le viene una voglia immensa di abbracciarlo, quel padre ristretto in lavatrice. Quell'uomo che soffre e non ha le parole per dirlo.

«Mi dispiace, non ricordo» dice poi, guardando non lei, ma attraverso di lei. «Tua mamma aveva una canzone per tutto. Una persona, un oggetto, un momento perfino…» sospira. «Non so cosa dirti. Sai com'era fatta.»

«Sicuro? Magari… potrebbe essere una di Elvis

Presley?» si affretta Vittoria, in un ultimo, patetico, tentativo.

Papà scuote la testa, un no secco e definitivo. Poi, senza guardarla: «Perché me lo chiedi? Tu hai… ti sei ricordata qualcosa dell'incidente?».

A Vittoria schizza il sangue al cervello in un nanosecondo. Non ci vede più. Come si permette, *lui*, il maestro delle fughe, di chiedere qualcosa *a lei*?

«Cerco solo di non fare quello che stai facendo tu, pa'.»

Suo padre corruga la fronte, teso, tesissimo. «Cosa sto facendo?»

«Dimenticarla.» Le parole rotolano fuori da sole, cariche di rancore. «Per te è più facile. Non eri su quella maledetta macchina.»

Lui non fa una piega. Rimpicciolisce e basta, agli occhi di Vittoria, occupa meno spazio, sempre meno spazio, fino a scomparire.

Riprende a riordinare la tavola come se sua figlia non fosse già più lì.

Brian

La tensione, in palestra, si può tagliare con un coltello.

Tutto il pubblico assiste con il fiato sospeso alle due squadre che si fronteggiano a colpi di schiacciate che suonano come sassate, tenendo la partita in bilico.

Tutto il pubblico, tranne per un ragazzo, seduto sull'ultima fila di gradoni in alto assieme agli amici. Brian dà l'impressione che se quella davanti ai suoi occhi fosse una partita di golf, invece che di pallavolo, il suo entusiasmo sarebbe lo stesso.

Allunga il collo a destra, poi a sinistra e infine di nuovo dritto davanti a sé. Vittoria e Gill non si vedono da nessuna parte.

«Ohi, amico, mi stai facendo venire il mal di mare di brutto» lo punzecchia Romeo, alla sua sinistra. «Te ne stai un po' fermo?»

«Dai, Zorro, muovi il culo! Non puoi perderti su queste palle!» Carol è senza dubbio la più infervorata. Ha il temperamento di un drago sputafuoco. Anche Ariel, seduta accanto a lei, la squadra con una certa apprensione.

Il pubblico esulta con un boato spaccatimpani.

«COME ON, SEB!»

In campo, il ragazzo batte il cinque a Zorro e abbraccia i compagni.

«Che ha fatto?» domanda Brian a Cloud, seduto alla sua destra.

«Ha messo a segno una diagonale assurda, fratello» risponde pacato lui. «Se la piantassi di agitarti come una tarantola potresti anche goderti una bella partita.»

A Brian non va giù, ma Seb è proprio bravo. Un vero leader. Incita i compagni anche dopo una palla persa, non si risparmia mai e, con quel martello di Thor che si ritrova al posto del braccio, ogni sua palla è potenzialmente un punto per la squadra.

È come se in campo la sua spacconaggine trovasse un senso, un posto in cui incastrarsi. Forse è più di tutto questo, si trova a riflettere Brian, a fargli provare una certa invidia per quel ragazzo che sembra sempre viaggiare con il vento a favore.

«Guarda là.» Cloud gli dà una spallata leggera e Brian si riscuote.

Dall'altro lato dal campo, sull'altra ampia gradinata, c'è Gill, bella come il sole. E c'è Vittoria, un'ombra racchiusa in un maglione sformato che la fa apparire minuscola. Il cuore di Brian fa una capriola. Sta già per alzarsi e raggiungerla, ma Cloud gli posa una mano sulla gamba. Resta seduto e continua a fare finta di guardare la partita.

Il che è una pessima idea, perché quando il match finisce – con la vittoria al quinto set della loro squadra– c'è un muro di tifosi galvanizzati che non ha nessuna intenzione di levare le tende.

Anche Cloud, Romeo, Ariel e Carol chiacchierano in tranquillità sui gradoni, aspettando che Zorro e Seb escano dagli spogliatoi. Ma Brian tranquillo non lo è proprio per niente, anzi, è stufo di aspettare. Ha appena deciso di farsi largo tra la folla a gomitate, con il coltello fra i denti se necessario, quando…

«Che partita tosta, ragazzi!»

Tra loro spunta Gill, sfoggiando un sorriso a trentadue denti. Dà un bacio sulla guancia a tutti, lui compreso.

«Bello vederti qui» dice, e Brian lo sa che è sincera. Poi ammicca. «Ti hanno dovuto costringere?»

Lui fa un sorriso incerto. Non sa bene cosa voglia dire Gill: *Non hai l'aria di un tipo sportivo ma stai provando a integrarti e lo rispetto*, oppure, *Vittoria mi ha raccontato, so tutto, sei un po' un coglione, non trovi?*.

In tutto ciò, vorrebbe solo ribattere: *Ma dov'è Vittoria? Non era con te?*.

«Non è stato così terribile» gli esce invece.

Carol e gli altri ridono. «Adesso ti tocca venire a vedere anche noi!»

«Perché?»

«Per equità! La squadra maschile e femminile di Layfield sono legate a doppio filo» spiega Carol. «Dentro e fuori dal campo…» strizza l'occhio a Gill.

Lei annuisce, ma il volto si è appena adombrato.

«Non so come faremo, senza libero» borbotta, amareggiata.

«Tornerà, non ti preoccupare» la rassicura Carol.

«Chi?» chiede curioso Brian.

«Vittoria» s'intromette Romeo. Gill lo fulmina con un'occhiataccia. «Che c'è? Lo sanno tutti che ha mollato la squadra.»

«Non ci ha mollate *mollate*» interviene Carol. «È più una pausa di riflessione.»

«Baby, non vorrei dirtelo ma la "pausa di riflessione"» Ariel disegna virgolette invisibili «è, tipo, una scusa. Significa: "Voglio lasciarti ma spero che lo faccia prima tu".»

«Sei molto esperta sull'argomento» la provoca Carol, indispettita.

«Oh, senti,» Ariel si tormenta il ciuffo di capelli sulle spalle «non avevo idea di come dire al mio ex che mi ero presa una cotta per una ragazza!»

Il gruppetto scoppia in una risata che coinvolge anche Brian. È piacevole stare in loro compagnia; si sente a suo agio, e questa è una cosa che non gli capitava più da tanto tempo. Ma non è per loro, che è venuto fino a qui.

«A proposito, dov'è Vittoria?» Cloud esprime la domanda che lo tormenta.

«Ha detto che prendeva una bocca d'aria...» risponde vaga la sua BFF.

Il cellulare vibra nella tasca. Brian lo prende, speranzoso, ma...

«Esco un attimo, qui non si sente niente.»

Gli altri gli fanno un cenno distratto e continuano a chiacchierare. Brian scivola come un'anguilla fra i tifosi rimasti sugli spalti, poi raggiunge un'uscita secondaria, dove non c'è nessuno. Esce sulla scaletta antincendio e prende la telefonata.

«Che c'è?!»

«Bibi! Ti avevo detto di avvisarmi quando arrivavi. Ma cosa ti porti a fare dietro il cellulare se poi non lo usi?»

«Ero con i miei amici, mamma.»

«Uuuu. C'è anche lei?»

Brian fa un sospiro lunghissimo. Mamma Adele è cintura nera nel porre domande, perlopiù inopportune, e metterlo al tappeto per sfinimento.

«Torno a casa tra un paio d'ore.»

Sul suo cantilenante «Ti voglio beneeeeee!» chiude la conversazione e rimette il cellulare in tasca. Si appoggia al corrimano della scala d'emergenza. Sullo spiazzo del palazzetto, i tifosi iniziano finalmente a congedarsi. Sta facendo buio, e Brian scopre con sollievo che il pensiero non lo preoccupa tanto come prima. Non è a suo agio, ma almeno non sente l'urgenza di fuggire a gambe levate.

Una porta si spalanca bruscamente, sotto la sua scala.

Abbassa lo sguardo. Di sotto c'è un corridoio esterno stretto e sporco, che sembra percorrere il perimetro di tutto il palazzetto.

E proprio da lì, spunta un casco di capelli ricci. Vittoria si chiude la porta alle spalle con un gesto rabbioso.

Brian è così sorpreso di trovarsela lì che esita un secondo di troppo e perde il momento. La ragazza s'incammina rapida dalla parte opposta, senza accorgersi della sua presenza.

Il secondo dopo, dalla stessa porta esce qualcun altro. Un ragazzo. I capelli cortissimi, il piercing al lobo che brilla sotto la luce del neon, la maglietta a maniche corte che lascia scoperto l'inconfondibile tatuaggio maori sulla spalla.

Sebastian appoggia il borsone a terra e si passa una mano sulla testa, assorto.

I pensieri di Brian vanno in cortocircuito. Non è sicuro di quello che ha visto, ma vorrebbe con tutto sé stesso cancellarlo dalla sua memoria, così, per precauzione.

«Oh, Primo giorno!»

Troppo tardi.

Brian assume l'aria più naturale che gli riesce. Guarda in giù e incrocia lo sguardo spavaldo del ragazzo, che gli sorride dal basso.

«Ehi, Seb. Bella partita!»

«Eccome!» Sfoggia i bicipiti come un bodybuilder. «Li abbiamo proprio annientati.»

Brian vorrebbe rispondere che, da quel poco che ha capito della pallavolo, giocarsi il quinto set punto a punto non equivale proprio ad «annientare» l'altra squadra, ma la situazione gli pare già abbastanza spinosa per permettersi del sarcasmo.

«Dove sono gli altri?» chiede Seb in tono innocente.

«Ancora dentro.»

«E tu che ci fai qui fuori tutto solo?» Allaccia gli occhi ai suoi, sotto le sopracciglia inarcate. «Ti hanno trattato male? Devo mettere in riga qualcuno?»

Ma magari ti facessi una scorpacciata di cazzi tuoi, ogni tanto.

«No, no! Dovevo rispondere a una chiamata, e dentro non si sentiva nulla.»

La bocca di Seb si piega in un sorriso di scherno che vuol dire tante cose ma forse non vuol dire niente.

«Ora devo proprio tornare» continua Brian, fingendosi tranquillo. «Lo sai che i treni sono un casino la domenica? Assurdo.»

Seb annuisce, come se capisse perfettamente. «Assurdo.»

«Ci becchiamo. E grazie» butta lì, più per dovere che per convinzione. «Per… guardarmi le spalle.»

«Non dirlo neanche.» Il ragazzo gli strizza l'occhio con aria complice. «Sono sicuro che faresti lo stesso per me, Primo giorno.»

Solo di una cosa è sicuro Brian, mentre si allontana.

Lo squalo bianco può essere uno stronzo, ma è anche un predatore astuto.

Vittoria

Andare a parlare con Seb di nascosto, dopo la partita, è stato uno sbaglio.

Innanzitutto perché chiudersi in uno spogliatoio in disuso, tre metri per tre, con un bronzo di Riace appena uscito dalla doccia in una nuvola di bagnoschiuma alla menta, i muscoli ancora tesi e contratti sotto i vestiti, aveva messo a dura prova il suo autocontrollo.

Punto secondo perché non ha risolto niente. Zero al quoto. Alla notizia che il signor Thompson avesse parlato con suo padre, e fosse apparso molto, troppo interessato a Vittoria e alla sua estate, Seb aveva alzato a malapena le spalle.

«E se ci denuncia? I tuoi come la prenderanno?» gli aveva chiesto.

«I miei devono ringraziare se sono ancora qui» aveva ribattuto lui a denti stretti. «E che non me la sono filata come quello stronzo di mio fratello.»

Quel grido di abbandono lì, Vittoria lo aveva sentito forte e chiaro. Lo aveva riconosciuto, persino. E le aveva sciolto qualcosa, dentro. Si era ricordata perché Seb era Seb. Perché riuscivano a parlarsi dagli scampoli più oscuri delle loro anime.

«È bello quando ti preoccupi per me, però…» aveva abbassato la voce e le aveva sfiorato il viso. «Mi fai venire voglia di incasinarmi la vita, ragazza del guardrail.»

Vittoria aveva dovuto mettercela tutta per anestetizzare ogni senso, rifilando in un angolo remoto e freddo – soprattutto freddo – della mente il ricordo dei baci roventi di Seb sulle labbra, e su molti altri punti del suo corpo.

Si era allontanata con uno scatto.

«Non sai quello che dici. La tua ragazza è la migliore sulla faccia della Terra.»

«È vero. Ma non è te.»

«Abbiamo promesso, Seb» lo aveva ammonito Vittoria, dura. «Per lei.»

«Per lei?»

In risposta, gli aveva chiuso la porta in faccia e se n'era andata.

Un colossale errore, appunto. La ragazza del guardrail sarebbe stata più previdente. Ma qui doveva esserci lo zampino di Vittoria, dannazione.

Il cellulare vibra.

Ti fermi un secondo?!

Brian. Vittoria inchioda sul marciapiede e si guarda intorno. Le luci del complesso sportivo alle spalle, l'area cani sulla sinistra, il Drake a corto di clienti poco oltre. Nessuna traccia del ragazzo a East Gate.

Allora li leggi i miei messaggi!

Vittoria guarda la chat, scuote la testa e sorride. Quando la rialza, le si spezza il fiato.

«Sì, sei decisamente più tu quando sorridi.»

Brian è in piedi davanti a lei, il respiro ansimante, i capelli biondi appiccicati alla fronte e gli occhi oceano spalancati. Sotto il giubbotto di jeans, una felpa larga, dello stesso colore, e un paio di pantaloni strappati alle ginocchia.

Vittoria frena l'impulso, irrazionale, di stringersi a lui.

«Come hai fatto a trovarmi?»

«Ti ho vista uscire dalla palestra. Te ne sei andata senza salutare.»

A Vittoria si raddrizzano le antenne. Avrà visto anche altro?

Impossibile, si dice. È stata attenta, lo è sempre.

«Posso chiederti una cosa?»

«Vuoi sapere perché non ti ho risposto al messaggio?» lo anticipa, per portare la conversazione altrove.

Brian fa una smorfia che vuol dire «a quello arrivo dopo».

«Sebastian… lo so che vi conoscete tutti da una vita qui e siete amiconi.» Pausa, poi: «Non è che ti sta dando fastidio, vero?».

Merda.

Vittoria si stropiccia la cicatrice vicino all'occhio. Sarebbe facile rispondere di sì al viso preoccupato del ragazzo. Sarebbe strano chiedergli un abbraccio, adesso, confondersi con lui, e prendersi un po' del suo buono e mischiarlo alla sua parte cattiva? Sputare fuori tutto. Mostrargli la brutta persona che è diventata.

Ma no, no, no.

Riprende a camminare. Brian la segue. Sembra che tra loro funzioni così: uno fugge e l'altro rincorre.

«È che vi ho visti, prima e...»

«Non hai visto niente» ribatte Vittoria. «Non era niente. E non devi pensarci.»

«Sei sicura?»

Vittoria si blocca e si volta per fronteggiarlo.

«Senti, Seb ha alcuni mostri sotto il letto e io pure. Ogni tanto è come se ci conoscessimo meglio di chiunque altro, anche se non è così.»

«Mostri?»

Lei cerca il suo sguardo. Brian sembra il ragazzo più puro che abbia mai conosciuto. Si sta preoccupando per lei. Forse è giusto dargli almeno un po' di contesto.

«La sua famiglia non se la passa bene» spiega. «Il padre è un tipo irascibile, si è fatto dei debiti nel giro delle scommesse. Non so altro, giuro. Lui non ne parla mai. Ma un anno fa, il fratello maggiore, che lavorava per aiutare a casa, li ha mollati. Da un giorno all'altro. E Seb... per lui, suo fratello era una specie di supereroe.»

Le sopracciglia di Brian si sollevano a formare un arco unico, sopra gli occhi sgranati dalla sorpresa. Non se lo aspettava.

«Dev'essere stato uno schifo» commenta, dispiaciuto.

«Già» continua Vittoria. «Adesso sai perché vuole sempre essere al centro dell'attenzione. E perché pensa che tutto, qui intorno, sia di sua proprietà. È convinto che la vita gli debba qualcosa.»

«Ma non è vero.»

«Io non posso giudicare» ribatte aspra Vittoria.

Brian sposta il peso da un piede all'altro, esitante.

«A volte pensiamo di ritrovare un po' di noi dentro qualcun altro» dice, a un tratto. «Ma la verità è che stiamo soltanto cercando di capire chi siamo.»

«Io non lo so più, chi sono.»

Vittoria si copre la bocca con la mano. L'ha detto ad alta voce? Cosa diavolo le è preso?

Ma Brian non è per niente sconvolto da quella rivelazione. Le regala un sorriso disarmante, incluso di fossette.

«Siamo ragazzi di diciassette anni. Chi di noi lo sa davvero?»

Vittoria riprende a camminare, senza dire niente. Lui la affianca e questa volta lei glielo lascia fare.

«Mi dici perché mi hai seguita?»

«Volevo parlarti.»

«Se è per ripetermi che ti dispiace per mia madre, io...»

«No, promesso. Soltanto parlarti. Anzi, se vuoi parliamo stando in silenzio.»

Vittoria si asciuga il naso umido con la manica del maglione.

«Sei un tipo fuori dagli schemi, tu. Con le verdure verdi, la vasca degli squali, le tue storie e tutto il resto.»

Brian ride. «È un bel complimento.»

«Sei serio?»

«Il più bello che abbia ricevuto nell'ultimo anno...» Sta per dire altro, poi si blocca. «È perché ho un'immaginazione fervida, sai. Può essere un ostacolo.»

«A volte preferirei vivere in un mondo immaginario, invece che in quello reale.»

Brian annuisce.

«Se fossimo lì, potrei prenderti la mano finché non arriviamo…» Si guarda intorno, spaesato. «Ovunque tu voglia?»

Il cuore di Vittoria fa un tuffo acrobatico da dieci e lode.

«Sei gentile a chiedermi il permesso.»

«Il consenso è una priorità anche nel mio mondo immaginario.»

È così serio, mentre lo dice, che Vittoria non può fare a meno di scoppiare in una risata genuina, capace di spazzare via in una nuvola di polvere ogni cattivo pensiero.

Quando riesce a ricomporsi, fa cenno di sì con la testa.

Lui le sfiora il braccio senza smettere di guardarla, come se non avesse atteso altro che quel tocco per tutto il tempo.

«E adesso che c'è?» chiede Vittoria.

Il ragazzo scuote la testa con un sorriso che è a metà strada fra il rassegnato e il divertito.

«Adesso salto nel vuoto.»

Le prende la mano e, senza aggiungere altro, intreccia forte le dita tra le sue.

Vittoria lo sente con una chiarezza lampante. Brian si è appena preso molto di più.

Brian

Ci sta provando, Vittoria.

Glielo può leggere negli occhi, nei gesti, in quello che dice ma anche in quello che invece lascia al silenzio.

Cerca di tenerlo vicino come può, di dargli spazio come riesce in quel suo linguaggio fatto di cicatrici, e mancanze, e scatti d'ira improvvisi e momenti di inaspettata tenerezza.

È un pianeta a parte Vittoria, forse un Pianeta Brian proprio come lui.

Spediti in letargo i suoi sensi in allerta, Brian ha compiuto il salto nel vuoto. E ora, ci sta provando anche lui. A resistere. All'impulso di scriverle, di prenderla per mano quando, per un motivo o per un altro, si trovano a gravitare intorno alla stessa orbita.

Al desiderio, irrefrenabile, di baciarla. E poi baciarla ancora.

Non è facile. Per niente. Ma Gesù se è bella, sì, è stupenda questa fase. L'ha raccontato anche a Fleur, in una delle loro sedute recenti. Gli piace questa terra di mezzo, gli piace pensare che come Vittoria è con lui, non è con nessun altro.

Ama che abbia iniziato a scrivergli di notte, quando non riesce a dormire. Perché sì, ha scoperto che Vittoria non dorme quasi per niente e crede di essersi trasformata in un vampiro e a lui è tornata quella voglia matta di chiedere se anche lei abbia vissuto un'eclissi, perché un po' pensa le sia successo.

Ma no, no, no. C'è un tempo giusto per tutto e questo non lo è. Non ancora.

C'è un tempo anche per le uscite in compagnia. C'è il Drake, che è davvero un pub discutibile, in perfetto stile hooligans. C'è il buon Cloud, sempre dietro ai suoi cartoncini misteriosi, con cui si è sparato un numero infinito di viaggi in treno, pizze e sandwich. C'è Seb, che all'improvviso si comporta da amico, forse per controllarlo a vista, e lo invita a unirsi al gruppo, e lui che se ne frega e dice sì, anche se non ne ha voglia, o se la Percivall ha assegnato una caterva di cose da studiare per il prossimo test, perché stare con Vittoria lo fa sentire bene.

Gli fa sentire di esistere.

Guarda che non sei obbligato a venire

Scherzi? Se sopravvivo
alla terza bibita scaduta ne ho una in omaggio

Scemo

Ci vediamo dopo ☺

Ok

E la cosa più sensazionale di tutte è racchiusa lì, in quel «ci vediamo dopo».

Nel fatto che poi succeda per davvero.

Seduto al tavolino del pub con Seb, Cloud, Zorro e Romeo, con Jay-Z che rappa in sottofondo, Brian non ha più la sensazione di volersene stare su un pianeta solitario. Anzi, dopo ciò che Vittoria gli ha confidato su Seb, lo guarda in maniera diversa. Se non altro, adesso ha capito perché anche il ragazzo si sia chiuso dentro una casa nel bosco, priva di porte e finestre.

Il modo migliore per affrontare un pericolo, aveva letto da qualche parte, è conoscerlo. E nonostante l'atteggiamento amichevole di Seb, una parte di Brian continua a stare in guardia; però sono passate settimane dall'incontro in palestra e la situazione, tra loro, sembra pacifica, priva di increspature.

Forse anche Brian, che ha così tanta paura dell'acqua, sta imparando a nuotare nella vasca degli squali; quel tanto che basta per restare a galla, almeno.

«Te lo giuro, non sto esagerando. Aspettiamo due ore per entrare nel locale e dopo nemmeno mezz'ora 'sto deficiente si fa sbattere fuori dal tipo della sicurezza.»

«Ma che hai combinato, Zorro?»

«Ho puntato la tipa sbagliata» sbuffa lui, incrociando le braccia al petto. «Il *r*agazzo non l'ha p*r*esa bene…»

«Tu il suo cazzotto in faccia l'hai preso benissimo, però.»

L'aria frizzantina si riempie delle loro risate. È un pomeriggio di metà ottobre e trascorrerlo in quella cittadina raccolta, con i suoi spazi ampi, i ritmi lenti, la natura dipinta d'autunno e dal colore delle zucche intagliate già esposte fuori dai negozi, per Brian è cento volte meglio che rinchiudersi dentro ai rumori e alle luci artificiali della metropoli londinese. Layfield è una città di periferia dimenticata, eppure la sente più schietta e sincera di molte altre.

«Ecco le ragazze!» esclama Romeo.

Ariel, Carol e Gill li stanno raggiungendo, le ultime due con il borsone degli allenamenti a tracolla. Una cosa che ha imparato Brian, frequentando la gente del Drake, è che qui la pallavolo è uno sport dannatamente serio. Alla faccia di papà Ruggero e di quell'Haaland.

Di Vittoria, comunque, non c'è traccia. Il suo cuore sprofonda qualche metro più sotto. Dov'è finito il loro «ci vediamo dopo»?

«Sempre qui a cazzeggiare, eh?» li saluta Carol, con la solita schiettezza.

Cloud si stringe nelle spalle. «Io sono di turno stasera.»

«Prima o poi ci dirai che lavoro fai, fratello?» lo punzecchia Seb.

Brian e Cloud si scambiano un'occhiata d'intesa.

«Non posso. Altrimenti diventate tutti miei complici» risponde, in tono innocente.

Gill si siede in braccio al suo ragazzo e gli dà un bacio veloce sulle labbra. «Tu non dovevi restare a casa a studiare?»

Seb grugnisce, infastidito. Non sembra il tipo a cui dire cosa deve o non deve fare. «Magari ho già finito, che ne sai?»

Brian vede passare una nuvola scura sul volto di solito così limpido di Gill. Forse ci sono problemi in paradiso, pensa. Non sono affari suoi, certo, però gli è venuto facile affezionarsi alla migliore amica di Vittoria.

A proposito.

«Vittoria non è con voi?» butta lì tranquillo, come se parlasse del tempo.

Gill scuote la testa.

«Doveva passare da casa mia, ma non ho idea di dove sia finita.» Si stringe nelle spalle. «Succede spesso che sparisca, dopo...» lascia la frase in sospeso.

Alcune cose non hanno bisogno di essere spiegate, pensa Brian, anche se non può fare a meno di domandarsi dove sia finita Vittoria, e perché non glielo abbia detto.

Un pizzicore alla base del collo. Qualcuno lo sta osservando. Appena intercetta lo sguardo di Seb, però, lui lo distoglie.

«Sono fatti suoi» commenta poi, asciutto. «Smettetela di starle addosso, la soffocate.»

«E tu che ne sai?» ribatte Gill, alzandosi in modo brusco.

Una domanda come tante altre, eppure Brian lo percepisce, l'irrisolto. Seb guarda altrove e non risponde, lei raccoglie il borsone degli allenamenti e se ne va.

Il cellulare di Brian vibra. Un messaggio.

Scusa per il bidone, dovevo fare una cosa.

Figurati, io e lo squalo bianco
ci divertiamo un mondo 😜

Nuota a largo.
Comunque, so come farmi perdonare

Un appuntamento???

Molto meglio. Sei pronto ad affrontare la seconda paura della tua FANTASTICA lista?

Vittoria

Tra tutti i giorni possibili, Halloween è proprio un'occasione di merda per riconsegnare le prime verifiche dell'anno, ma la loro insegnante non è dello stesso avviso.

«I vostri test hanno fatto rivoltare Kant nella tomba» annuncia la Percivall dalla cattedra, estraendo dalla borsa un plico di fogli. «Perciò siamo perfettamente in tema, ragazzi.»

Un brontolio contrariato pervade l'aula. In due anni di studio, della filosofia Vittoria ha intuito un'unica cosa: la capisce solo chi ha voglia di spaccarsi la testa su una serie infinita di noiosissime domande esistenziali.

E lei no, decisamente, non è tra queste persone.

Stravaccata sul banco, lancia un'occhiata a Brian. Come spesso accade, è impegnato a scrivere sul quaderno degli appunti. Deve piacergli proprio un sacco, mettere in fila le parole. Le ha tenuto compagnia via messaggio fino alle due del mattino, ed è stato strano e piacevole avere qualcuno con cui dividere quel tempo sospeso. Strano come se fosse una cosa troppo intima, piacevole perché non si era sentita sola. Era stata così presa dai loro scambi che non aveva più pensato alla canzone dell'incidente, o alla tensione che c'è con suo padre dopo la loro discussione. Non aveva nemmeno aperto il computer di sua madre.

È la prima volta che succede, da quando lo ha ritrovato.

Il ragazzo alza il capo dal foglio e si volta verso di lei, in tempo per raccogliere il suo sguardo e regalarle un sorriso spontaneo, dove ci sono dentro un sacco di cose, quelle che dice e quelle ancora da scoprire.

Ecco, a lei Brian sembra uno che in filosofia potrebbe prendere voti alti.

«Riva, vieni a recuperare il tuo mezzo disastro, per favore.»

Oppure no.

Le labbra del ragazzo s'inclinano appena in una smorfia consapevole che la fa sorridere a sua volta.

«Di buon umore di primo mattino?» chiosa Gill. «I miracoli esistono davvero.»

Vittoria le dà un buffetto sul braccio. Ma l'amica ha lo sguardo altrove.

«Stai bene, Pimpi?»

«Benone.» Si tormenta il labbro, e Vittoria sa che sta mentendo. «Allora, stasera vieni al Falò degli spettri?»

Vittoria annuisce.

«Volevo chiedere a Brian di unirsi a noi.»

Gill arriccia il naso. «Lo sapevo.»

«Cosa?»

«Ti sei presa una bella sbandata. Vi siete già baciati, di' la verità!»

Vittoria arrossisce e scuote la testa in modo così frenetico che i riccioli vanno di qua e di là.

«Guarda che non è grave, se ti piace qualcuno» dice Gill, stizzita. «Non devi per forza dimostrarti superiore a tutto.»

Vittoria assorbe il colpo e non ribatte. Non capisce se l'amica la stia prendendo in giro o ci sia un velo accusatorio, che ricopre le sue parole con discrezione.

«Hai scelto il costume per stasera?» chiede infine, per cambiare discorso.

La Percivall la chiama alla cattedra: «Brady, vieni un attimo qui.».

Gill si alza mesta.

«Qualcosa mi dice che mi travestirò da insufficienza» borbotta, avviandosi.

La perfetta studentessa Brady? Impossibile!

Vittoria la segue con lo sguardo. C'è qualcosa fuori posto in lei, la conosce troppo bene per non accorgersene. I suoi movimenti non sono slanciati come al solito. Sono… sfibrati. Rassegnati, quasi. Il senso di colpa è una lama che trafigge il cuore di Vittoria. Più vorrebbe starle vicino, più sa che non può lasciarsi coinvolgere, che deve mantenere una certa distanza. Che sarebbe stupido, sbagliato, pericoloso mandare tutto all'aria. Quando Gill torna a posto, sta ancora cercando di sfilarsi il coltello dal petto senza spargere troppo sangue.

«Allora? Com'è andata?»

In risposta, le indica il foglio sul banco. È una distesa di scarabocchi in inchiostro rosso.

«Spero che le si sia scaricata la penna, almeno» borbotta Vittoria, indignata.

L'ombra di un sorriso appare e scompare dal volto tirato dell'amica. In sottofondo, la Percivall continua a mietere le sue vittime.

«A volte sei strana come Brian.»

Vittoria avvampa di nuovo. Su una scala da «zero» a «è il mio ultimo pensiero prima di addormentarmi», a che punto sta?

«Ti sembra un bel complimento da fare?»

«Sinceramente non ne ho idea» fa Gill, di rimando. «Sono solo contenta che lui sia piombato nel nostro buco di mondo, tutto qui.»

Vittoria le studia il volto.

«La tua faccia dice altro, però.» Le sfiora la mano. «E penso che l'ultima insufficienza che hai preso sia stata a dieci anni. Che ti ha detto la Percivall?»

Gill si attorciglia una ciocca di capelli sull'indice con aria annoiata. «Più o meno le stesse cose che ha detto a te qualche settimana fa» replica. «Buffo, vero? Siamo interscambiabili.»

Vittoria sbianca. Ci sono momenti, come questo, quando ciò che ha fatto torna a tormentarla non più solo nei suoi incubi, ma anche nella realtà, che Vittoria è sul punto di rivelarle tutto. Non importa come, non importa dove, basta che possa liberarsi di quel fardello di colpa galattico che si porta addosso ogni giorno. È giusto farlo? O scaricare questo peso su di lei sarebbe, in fondo in fondo, un atto di puro egoismo?

Perché non c'è mai una risposta semplice a *niente*?

«Pimpi...» sussurra.

Ma la sua amica non l'ascolta più. Si è appena infilata le cuffiette nelle orecchie e ha appoggiato la testa tra le braccia, sul banco, per non farsi scoprire mentre si rifugia nelle canzoni di Taylor Swift.

È questo che si prova, quando le persone ti tagliano fuori? Un senso di perdita ingiustificato?

Che strazio.

Se continua a porsi domande di questo tipo, con un po' di impegno Vittoria potrebbe anche diventare un'ottima studentessa di filosofia.

«Morgan, è il tuo turno.» La Percivall la fulmina dalla cattedra. «Che te ne pare al prossimo test di fare una cosa trasgressiva come… non so, arrivare preparata?»

Brian

«Te la senti, oggi, Brian?»

«Non è che un giorno me la senta più di un altro, eh. Questa strada va soltanto in salita!»

«Hai ragione. Potrei dirti una frase a effetto, tipo che dalla vetta il panorama sarà incredibile, oppure che dopo ogni salita c'è una discesa, ma... la verità è che è un viaggio molto, molto faticoso. E non sempre è facile vederne la fine.»

«Già. Grazie per avermi risparmiato il discorsetto motivazionale.»

«Preferisci che ci fermiamo qui?»

«Non posso, Fleur. Non voglio tornare nella mia cameretta, nella casa dentro al bosco.»

«Allora proviamo a uscire insieme. Dimmi del fuoco.»

«Dopo la festa in campagna, sono diventato un bersaglio facile. Avevano persino insinuato che mi piacessero i ragazzi, e che quello fosse il motivo per cui avevo boicottato il gioco. Anche se fosse stato vero, qual era il problema? Camminavo per i corridoi della scuola e mi rivolgevano gesti osceni, nemmeno troppo di nascosto.

Immagino che i miei aggressori avessero raccontato il loro piano con il manico di scopa. È diventato tutto… difficile. Pesante. Mi sentivo sempre sotto i riflettori, davanti a un pubblico spietato. Non andava bene niente di ciò che facevo, o dicevo. Non andava bene com'ero, non andava bene come non ero ma volevano che fossi. Ho… ho iniziato a essere meno presente, a rifugiarmi nel mio pianeta immaginario.»

«È normale voler fuggire da ciò che ci fa stare male. Sono una tua richiesta di aiuto?»

«Cosa?»

«I segni sulle braccia. Ho capito che vuoi tenerli nascosti, ma…»

«Sono bruciature di sigarette, Fleur. È fuoco che va a fuoco sotto la mia pelle, dentro la mia carne, per farmi più male possibile.»

«Tu fumi, Brian? Si tratta di questo?»

«No, io no. I miei vecchi amici sì.»

«Loro… le persone che ti hanno fatto queste cose. Non sono tuoi amici, lo sai questo?»

«Adesso lo so.»

Falò degli spettri. Un nome che è tutto un programma.

«È una tradizione della nostra città» gli aveva spiegato Vittoria, all'intervallo, davanti a un caffè rancido per lei, un muffin alla plastica per lui, arraffati dalle macchinette della scuola. «La notte di Halloween un gruppo di volontari allestisce un grande falò in piazza, il Falò degli spettri, appunto. E c'è questa sorta di rituale per cui le persone gettano tra le fiamme un biglietto con scritto ciò che vogliono lasciarsi alle spalle.»

«Il classico dolcetto o scherzetto no? Troppo banale per la gente di Layfield?»

Evidentemente sì, si risponde Brian, chino sulla scrivania. E pensare che a lui Halloween non è mai piaciuto. Infatti, per uscire, si è travestito da Brian. Il che può essere, o non essere, preso come un ottimo travestimento, a seconda dei punti di vista.

Manca poco all'appuntamento a King's Cross con Cloud, ma lui è in camera sua, circondato da foglietti stropicciati. Da mezz'ora buona sta provando a capire cosa scrivere nel biglietto che getterà tra le fiamme (ammesso che non decida di darsela a gambe prima).

«Bibi, che fai?» La voce della madre anticipa la sua comparsa sulla soglia della stanza.

«Finisco una cosa ed esco» risponde lui, senza staccare gli occhi dal foglietto intonso.

«Stasera? Ma tu lo detesti Halloween!»

Fa un passo in camera senza permesso. Perché entra sempre *senza* permesso? Brian sospira e alza il capo. Fare finta che non sia lì non risolverà nulla.

«E come mai, secondo te?»

«Facile!» Gli angoli della bocca di mamma si piegano all'insù in un allegro sorriso a barchetta. «Quando eri piccolo ti abbiamo portato in una città qui vicino, dove un gruppo di teatro aveva organizzato una festa in una vecchia casa abbandonata. Streghe, zombie, vampiri… finto sangue dappertutto! Ne sei uscito così traumatizzato che ti sei letteralmente arrampicato sulla schiena di papà. E non sei più voluto scendere, per nessuna ragione al mondo.»

A Brian prende un colpo.

«Di quale universo stiamo parlando, scusa? Il nostro?»

Lei fa un gesto infastidito con la mano.

«Lo so, che siete molto diversi.» Ritrova un piccolo sorriso. «Ma lui è sempre l'uomo che ti ha portato sulle spalle per tutta la sera, e tu… sei sempre il nostro Bibi, da proteggere.»

E senza aggiungere altro, lascia la stanza. Brian scrolla le spalle e torna al suo foglio. Impugna la penna e scrive.

BIBI

Quando, quindici minuti più tardi, lo raggiunge alla stazione dei treni, Cloud è assorto nell'atto di ripiegare un cartoncino verde, che infila rapido nel marsupio non appena lo vede arrivare. Non è la prima volta che Brian lo coglie indaffarato, ma qualunque attività sia, quella, è qualcosa che l'amico vuole tenersi per sé. Un po' come il suo vero lavoro, insomma.

Si squadrano entrambi dalla testa ai piedi e sorridono: hanno avuto la stessa idea.

«Cloud travestito da Cloud, eh?»

Lui fa un inchino elegante.

«Un giovanotto nero fa abbastanza paura da 'ste parti, non trovi?»

Brian è preso alla sprovvista, ma Cloud gli rivolge un sorriso scanzonato. Poi estrae un sacchetto di carta accartocciato dalla tasca dei jeans e gli offre un biscotto, con lo stampo di un fantasmino. Ha un aspetto delizioso.

«E lei, com'era?» chiede Brian dando subito un morso.

«Incantevole, fratello. Incantevole da fare spavento.»

Inizia a sentirsi agitato appena sbucano fuori dalla Layfield Railway Station. Anche se ancora non lo scorge, il falò, Brian sa che è lì, a poca distanza, e questa consapevolezza gli fa precipitare il cuore giù nello stomaco.

Tira giù le maniche della giacca, stringe i pugni nelle tasche e inizia a camminare a testa bassa lungo Kensigton Road, in direzione March Square, dove si concentrano i festeggiamenti. Intorno a loro sfilano persone in costume, bambini che s'inseguono con piccole zucche tra le mani e si radunano davanti ai cancelli delle case per il *trick or treat*, monitorati a distanza da genitori infagottati in cappotti lunghi e mantelli. Si respira un'aria cupa, magnetica, tutt'intorno. Qualcosa a metà tra il sacro e il profano. Cloud si ferma a scambiare un saluto con altri ragazzi e, di punto in bianco, Brian le vede.

Le fiamme. Alte, fameliche, pericolose. Il fuoco che divampa terribile dai tizzoni ardenti, sfidando il cielo. Chiamandolo a sé. Il ragazzo inizia a tremare.

«Ehi.»

Le dita di Vittoria si intrecciano alle sue e Brian si ritrova sotto il cielo d'Irlanda, in una serata spaventosa. È bello da togliere il respiro.

«Primo giorno!» La voce tuonante di Seb lo fa sobbalzare. «Tu e Cloud vi siete messi d'accordo per travestirvi da zero sbatti?»

L'attimo dopo si trovano circondati dai loro amici: Seb è truccato alla Joker, mentre Gill è, ovviamente, la sua Harley Queen dal fascino micidiale; Zorro è uno Zorro con gli occhiali, perché ha scambiato Halloween per un carnevale fuori stagione, Romeo è uno zombie con poca fantasia mentre Carol e Ariel sono la Shauna Shipman di *Yellowjackets* in versione cannibale, con la sua Jackie Taylor prima di diventare uno snack umano.

E Vittoria è Vittoria, con una mano più pesante di trucco e un vestito nero, più aderente del solito, che disegna le forme perfette del suo corpo. Il blu scuro della matita risalta la forma dei suoi occhi e il rossetto, color ciliegia, trasforma le sue labbra in una tentazione irresistibile. Labbra da baciare, baciare, baciare e…

«Ehi? Primo giorno?»

«S-sì?»

«Mi sembri un po' fuori fase. Mai stato a una festa di Halloween?»

Brian scuote la testa.

«Be', benvenuto!» lo accoglie Gill con un sorriso accogliente come un abbraccio. Sfodera il cellulare, per fare un video. «Sarà divertente!»

«Ragazzi, io ve l'ho detto, okay il falò, okay i costumi, okay tutto, però non fatemi avvicinare dai mocciosi…» protesta Carol, lisciandosi la divisa blu e gialla. «… il dolcetto o scherzetto non lo reggo!»

«Tu non *r*eggi i bambini e basta, Ca*r*ol» la prende in giro Zorro, sistemandosi meglio gli occhiali sul naso. Ariel, alle sue spalle, annuisce vigorosamente.

«E tu sei simpatico come un palo in…»

«Ragazzi!» interviene Seb. «Basta chiacchiere. Facciamo un giro al falò e poi ci troviamo al Drake. Apertura straordinaria…» ammicca. «A tasso alcolico!»

Con un gridolino di approvazione, il gruppo si muove dietro al loro motivatore preferito. Solo Vittoria e Brian restano indietro.

«Te la senti di andare?» gli domanda la ragazza.

No, restiamo qui e baciamoci fino a domani, risponderebbe Brian.

«Sicuro, come no» gli esce invece, con una spavalderia che non ha.

Puntano verso il centro ma, senza che gli amici se ne accorgano, si distaccano, mescolandosi alla folla. Brian si affida alla ragazza, le mani intrecciate, e si lascia guidare. Mentre il falò, che divampa in sicurezza nel mezzo della March Square, va loro incontro, o loro incontro a lui, Brian cerca di restare presente, il più presente possibile. Si aggrappa a ogni cosa reale intorno: i sanpietrini sotto le scarpe, la luce dalle finestre delle case, i passanti che gli sfilano accanto nei loro costumi.

Gli occhi di Vittoria che, di tanto in tanto, si tuffano nei suoi per andare a ripescarlo dal pozzo nero della paura.

E alla fine, ci sono. In piedi, di fronte a quell'enorme cascata di calore crepitante che dissolve l'umidità della notte. Intorno al suo perimetro circolare qualcuno, di tanto in tanto, si ferma per lanciare nel fuoco un biglietto. Lo fa con un gesto rapido e attento, solenne e sfuggente. Uno dopo l'altro, i foglietti spariscono divorati dalle fiamme, un po' come il suo coraggio. Brian sente la pelle delle braccia cominciare a bruciare e deve concentrarsi per capire che è solo nella sua testa. È sempre, tutto, nella sua testa.

Per la prima volta da quando si sono incontrati, Vittoria lascia la sua mano. Estrae un cartoncino che tiene tra il fianco e l'elastico della gonna. Fissa le fiamme così a lungo che Brian teme voglia gettarcisi in mezzo. Chissà cosa vede, nel fuoco, si domanda. Chissà cosa c'è scritto, nel suo pezzo di carta.

Con un movimento risoluto, Vittoria fa un passo avanti e butta il biglietto nel falò. Poi torna al suo fianco.

«Tocca a te» sussurra, sfiorandogli il braccio, che adesso va a fuoco sì, ma per un altro motivo. «Puoi farcela.»

Brian chiude gli occhi, prende un respiro profondo. Pesca il foglietto dalla tasca dei pantaloni e tenta di concentrarsi su altro, per esempio sul fatto che Vittoria sia lì ad aspettarlo. Lei si fida di lui, sa che ce la farà. E lui si fida di lei, sa che non farebbe niente che possa fargli del male.

Le gambe malferme si muovono verso il falò. Il calore diventa più intenso, insistente. Quando si ferma, ha il fiato corto. Con un movimento fulmineo, lancia il pezzo di carta nelle fiamme, che lo divorano fameliche, ignare del suo turbamento interiore. Sorpreso e tremante, Brian osserva il biglietto bruciare, annientarsi, farsi cenere. Un discreto senso di sollievo si allarga a macchia d'olio dentro al petto.

Ce l'ha fatta. Gesù, ci è riuscito.

Indietreggia e torna accanto a Vittoria. La ragazza appoggia la testa sul suo braccio e resta a guardare le fiamme crepitare alte nella notte insieme a lui.

«Fuoco purificatore» sussurra, sovrappensiero.

«Cosa?»

«Forse è questa l'origine della vostra tradizione. Il

fuoco non è solo inteso come distruttivo, ma spesso è associato alla purificazione, a una rinascita.»

«Ti senti rinato, per caso?» lo punzecchia lei.

«Purtroppo no» ride Brian. «Solo ancora e soltanto io.»

«Magari non ha funzionato...»

Sul volto della ragazza danzano le ombre delle fiamme, mentre il suo sguardo, Brian lo capisce, è altrove. Forse sul suo Pianeta Vittoria, dove lui ancora non può raggiungerla.

C'è qualcosa di così inafferrabile, in lei. Come in ogni cosa bella al mondo. Con un movimento cauto, Brian pesca il cellulare dalla tasca della giacca. La inquadra con l'obiettivo e scatta una foto.

Per cercare di trattenerla, in qualche modo, di lasciare una traccia di loro due, davanti al Falò degli spettri, di fronte alla paura da cui non è fuggito, con il cuore che crepita, crepita, crepita.

Vittoria alza lo sguardo, un sorriso indefinito, un sorriso che è un segreto, da spezzargli il fiato. Brian disegna con un dito la curva della sua guancia, scende giù, fino ad arrivare al contorno delle labbra più rosse del fuoco.

«Io penso abbia funzionato, invece.»

Si sporge lento verso di lei e...

Vittoria

«VITTORIA!»

L'incantesimo si spezza e il film s'interrompe, proprio sul più bello. Vittoria e Brian continuano a essere inchiodati lì, in buffering, con gli sguardi incollati. Poi, qualcuno l'afferra per il braccio e la scuote.

La rovina-momenti, la guasta-film, è Harley Queen. La sua migliore amica.

«Che c'è?» sbotta Vittoria, infastidita.

«Devi venire.»

La trascina via, facendosi strada tra la folla, allontanandosi dal Falò degli spettri, davanti al quale Vittoria si era sentita così viva come non accadeva da molto, troppo tempo.

«Pimpi, che cazzo...»

«Lo so, lo so!» farfuglia lei, agitata, senza mollare la presa sul suo braccio. «Ma è successo... stavamo andando al Drake e all'improvviso ha accostato e ci ha fermati.»

Vittoria si guarda le spalle. Di Brian non c'è traccia, purtroppo.

«Ma chi?» sbuffa, spazientita. «Sei sicura fosse così urgente?!»

Dopo aver disperso un capannello di ragazzini festaioli, finalmente Gill arresta la sua corsa. Dal punto in cui sono si intravedono ancora le fiamme alte del falò. Di fronte a loro, accanto al marciapiede, è parcheggiata un'automobile d'epoca, decorata per la serata. Un'elegante ragnatela percorre la sua carrozzeria, dai fanali anteriori che sembrano occhi sporgenti fino agli specchietti laterali, due orecchie riflettenti.

I passanti la indicano meravigliati, scattano foto, e se ne vanno.

«Dimmelo tu» fa Gill, brusca.

E Vittoria vede anche loro. Seb, Zorro, Carol, Ariel, Romeo, Cloud e…

«Thompson?»

Un uomo robusto, di quasi due metri, una giacca costosa di una taglia più piccola per il corpo abbondante, troneggia con aria severa sui suoi amici, persino su Seb e Zorro, che poi così gracili non sono. Vittoria fa scorrere lo sguardo dall'uomo all'auto e viceversa. Il gioiellino d'epoca. La Giulia Spider. In versione Halloween.

Vittoria si passa la lingua sulle labbra. Non ha più saliva. Scrolla le spalle, assume un'aria indifferente.

«Va tutto bene?» Fa un passo avanti, per farsi vedere dal gruppo. Cerca Seb con gli occhi. *Niente colpi di testa*, gli dice, nella vaga speranza che Joker sappia leggerle nel pensiero.

Sul faccione barbuto del signor Thompson spunta un sorriso compiaciuto.

«Vittoria» la saluta con un'allegria forzata. La sua voce, potente, attira l'attenzione di un gruppetto di adulti lì vicino. «La figlia di Wyatt. Ti stavamo aspettando.»

Gli occhi dei suoi amici, adesso, sono fissi su di lei e l'imprenditore.

«Ascolta, è una bella serata. Non giriamoci tanto intorno» continua, questa volta in tono meno amichevole. Alle spalle dell'uomo, Vittoria vede Seb irrigidirsi. «Lo so che siete stati voi.»

Merda.

«Nessuno parla? Cos'è, avete esaurito il coraggio?»

«Signor Thompson, mi scusi.» A sorpresa di tutti, Gill si fa avanti. La voce le esce più acuta di un'ottava, tradita dall'ansia. «Forse c'è stato un fraintendimento...»

«Ahahah!» La risata grassa dell'imprenditore li fa sussultare. «È così? Vittoria, Sebastian e... quell'altro.» Fa un cenno distratto con la testa in direzione dei due amici. «Non siete stati voi a fare un bel tuffo nella mia piscina?»

Non cedere alla provocazione, non cedere alla provocazione...

Deve mostrarsi impassibile, Vittoria. Un fantasma, le cose devono passarle solo attraverso. Lei è la ragazza del guardrail, giusto? Non ha niente da perdere. Niente...

«Ragazzi, che succede?»

Il cuore si scioglie nel petto. Brian si è fatto largo tra la folla di gente in costume e li ha raggiunti. Vittoria non sa se essere felice o disperata che sia lì ad assistere a quell'impietoso processo. Il signor Thompson si stropiccia il volto. Sta perdendo la pazienza. Seb resta fermo, i pugni stretti lungo i fianchi, gli occhi ridotti a due lame. Zorro, invece, è pallido come un lenzuolo.

«Bene, allora ve lo dico io» tuona infine l'uomo. «Questi tre criminali hanno fatto irruzione a casa mia! Cos'è, il caldo era diventato insopportabile? La mia piscina è stata di vostro gradimento, almeno? Vi ha dato ristoro?» scherza, inferocito. «Ho visto che vi siete divertiti parecchio. Immagino ci sia più gusto, a violare le case degli altri, a prendere le cose senza averne il diritto… È stato un peccato essersi scordati quella telecameruccia, eh?»

Vittoria sente Gill trattenere il fiato. Dentro di lei, qualcosa si infrange.

«Ma io non ve la faccio passare liscia, capito? Conosco i tipi come voi.» Il volto del loro accusatore è paonazzo per la rabbia. Tutt'intorno, intanto, si è raccolto un vero e proprio pubblico. «Ragazzi alla deriva, siete solo questo! Pensate che fare queste cose vi renda superiori, ma la verità è che dentro siete vuoti. Vuoti e tristi, schiacciati dentro una vita insignificante!»

Con la coda dell'occhio, Vittoria vede Seb scattare. Cloud gli si para davanti all'istante, nascondendo la reazione all'infuriato signor Thompson. Che, adesso, ha occhi solo per lei.

«E tu? Pensi che tua madre sarebbe felice di te?»

BANG.

Le ultime parole sono un colpo di fucile al petto. Lo squarcio si riapre, c'è sangue ovunque e Vittoria si sente cadere, cadere, cadere.

Forse non è davvero un fantasma, pensa, perché i fantasmi non vengono colpiti a morte.

Si accorge a malapena che l'uomo si è infilato in fretta e furia nella sua Spider, ha messo in moto e se ne è andato. Si accorge a malapena che gli astanti sono rimasti lì, a fissare il gruppetto colpevole e a bisbigliare pettegolezzi.

Non reagisce neppure quando Gill la strattona per la spalla.

«Winnie!» le sta gridando in faccia, fuori di sé. «Che storia è questa? Cosa avete fatto tu e Seb? E *perché* non mi avete detto niente?»

Vittoria vorrebbe rassicurarla, ma non può. Quante cose vorrebbe raccontare alla sua migliore amica. Se solo non avesse incasinato tutto, se solo non fosse stata sempre così arrabbiata, se solo…

I suoi occhi volano in alto, verso il cielo. Lo sa, lo sa con ogni cellula del suo corpo che sta per cadere. E poi le fiamme, le fiamme, le fiamme…

Vittoria è di nuovo in macchina. La cintura di sicurezza le lacera il petto.

«STAI ZITTO!»

Eliza ammutolisce la radio con un gesto scattoso, così estraneo per lei.

La ragazza sussulta sul sedile.

«Mamma, che ti prende? Sei strana…»

Sua madre le lancia un'occhiata disperata. Le mani tremano sul volante, il piede è incollato all'acceleratore. All'improvviso ogni cosa diventa confusa. Vittoria vede le labbra di sua mamma piegarsi per dirle parole che lei non riesce ad afferrare, ma che sa che le fanno male, da qualche parte dentro al petto, e si accorge che i contorni dell'utilitaria si allargano, e si restringono, e prendono forme irriconoscibili sotto ai suoi occhi, e qualcuno sem-

bra aver tirato il freno a mano della sua vita, perché ogni cosa rallenta, galleggia, fluttua intorno a lei.

Respira.

È l'ultimo respiro, prima che il cielo le cada addosso.

L'impatto contro il guardrail è spaventoso. Vittoria si ritrova imprigionata nel sedile, tra lo schienale e l'airbag esploso. Accanto a lei, mamma Eliza è afflosciata sul volante. L'orologio al polso continua a scandire il tempo, anche se il tempo non esiste più, è stato ucciso, è macchiato di sangue, ogni cosa è sporca del suo sangue.

Vittoria accarezza il volto di Eliza, l'unica cosa reale in un mondo che non lo è più.

«Non avere paura, amore mio.»

Brian

Sta succedendo qualcosa.

Di molto brutto.

Qualcosa che Brian non riesce ad afferrare subito. Capisce solo che Vittoria è in grossa difficoltà. Gill le sta urlando a due centimetri dal volto, eppure lei non fa una piega. Come se non fosse più qui, tra loro.

Vittoria è nell'auto di sua madre.

Gill finalmente molla la presa e punta verso Sebastian con l'aria di chi si prepara a scatenare l'inferno in terra. Ariel, Carol, Romeo e Cloud si disperdono tra la folla per lasciarli soli. I festeggiamenti di Halloween continuano, oltre March Square, indifferenti alle loro piccole, enormi, tragedie.

Brian si porta veloce davanti a Vittoria. Il cielo d'Irlanda grida un muto aiuto. Così le prende la mano con delicatezza e se la porta al petto. La tiene lì, salda e stretta, appoggiata al suo cuore.

Uno, due, tre secondi. Finalmente Vittoria intreccia le dita alle sue e Brian le sorride.

È tornata.

«Ti porto via.»

Senza salutare nessuno, Brian si allontana dal luogo in cui hanno dato spettacolo, la mano stretta in quella della ragazza. È lei a condurlo in un vicolo dove ha parcheggiato Maya. Non si dicono nulla, mentre infilano il casco in testa e Brian si mette alla guida, come se lo avesse già fatto un milione di altre volte.

«Fai la brava, ti prego» bisbiglia al motorino, accarezzandone il cruscotto. «Vittoria ha bisogno di noi.»

Quando la ragazza si stringe a lui, abbandonando la testa sulla schiena, Brian sente il cuore battere così forte che si stupisce non gli abbia già fratturato qualche costola.

Mette in moto e Maya scatta in avanti, docile, accontentando senza protestare ogni manovra macchinosa del ragazzo. Giunti davanti al condominio dove aveva lasciato Vittoria dopo la partita di Seb, Brian spegne il motorino e fa un sospiro di sollievo. L'aria è diventata fredda e pungente, gli schiamazzi e le luci della festa sono soltanto un ricordo lontano.

«Ci siamo.»

Aspetta che Vittoria scenda e scivola anche lui giù dal sellino. Consegna Maya nelle mani della legittima proprietaria, che la issa sul cavalletto.

Poi Vittoria si sfila il casco e si lascia cadere sul marciapiede, la testa tra le mani, i ricci dappertutto. Brian si accovaccia di fronte a lei, paziente.

«Cos'è successo? Se me lo dici magari posso aiutarti.»

Vittoria scuote la testa.

«Sono una persona orribile» bofonchia, dopo un po'. «Nessuno può aiutarmi.»

«Per il casino con il signor Thompson?» domanda cauto Brian.

«Anche.»

La voce rotta della ragazza è un dolore insopportabile. Brian l'ha vista soltanto un'altra volta così fragile e indifesa, a casa di Ariel. Gli viene voglia di stringerla e insieme dimenticare il mondo per un po'.

«Sei tante cose, Vittoria» sussurra. «Ma non sei orribile.»

Lei solleva il capo. Brian cerca i suoi occhi, tra i capelli in disordine e per poco non cade dentro un abisso di tristezza. Tristezza e qualcos'altro, quel qualcosa che continua a sfuggirgli.

«Vuoi sapere cosa c'era scritto nel mio biglietto?» Vittoria tira su con il naso. «Quello che ho bruciato nel Falò degli spettri?»

Brian annuisce.

«C'era scritto: "Sette minuti e cinque secondi".»

Silenzio. Il ragazzo sa che c'è di più dietro quelle semplici parole. Un po' come per la sua lista di paure. Bisogna scavare a fondo per portare alla luce il vero significato, quello che ognuno di noi affida loro. Si siede accanto a Vittoria e aspetta.

«Ero in macchina con lei, quel pomeriggio.» La ragazza si stropiccia la cicatrice vicino al sopracciglio. «E non so… lo sentivo che c'era qualcosa di strano. Mamma era una donna vivace, amabile, sempre ottimista. Una di quelle persone capaci di riempire una stanza vuota anche senza dire niente, capisci? Solo per il semplice fatto che *esistono*. Quel giorno invece era così… spenta. Sconvolta.»

Chiude gli occhi. Prende un respiro, butta fuori l'aria. Li riapre.

«Dopo l'incidente mi hanno chiesto se ricordassi qualcosa. Un dettaglio, una distrazione, un malfunzionamento che spiegasse perché l'auto avesse tirato dritto al tornante. Io ricordo solo che mamma non era mamma, quel pomeriggio. Ma non so perché andassimo così veloce, non so perché non è riuscita a frenare. Non ho idea del perché la canzone di Elvis mi sembri così importante da litigare con mio padre. Però… ogni tanto, adesso, tornano a galla delle cose. Immagini. Parole. Questa cosa mi sta torturando.»

«È terribile. Terribile e ingiusto» dice Brian. «Non posso neanche immaginare cosa provi. Nessuno dovrebbe vivere una tragedia simile.»

«Sono così incazzata, lo sono tutto il tempo. E non so nemmeno perché.» Ride, sprezzante. «Ma la verità è che essere arrabbiata mi fa anche comodo. Giustifica tutte le cazzate che ho fatto da quel giorno in avanti. Riempie la voragine che ho dentro. Impedisce al cielo di cadere. Quasi sempre, almeno.»

Lui la lascia parlare, cercando come può di seguire il filo ingarbugliato del racconto.

«Ma c'è una cosa che mi tormenta, più di ogni altra. Non l'ho mai detto a nessuno.»

Vittoria si allaccia le ginocchia scoperte con le braccia. Ci appoggia la testa, gli occhi due lune piene e tristi su di lui.

«Mamma non è morta sul colpo. Dopo lo schianto respirava piano, faceva una gran fatica. Si è accorta di tutto. Ogni doloroso istante. E io… non ho potuto fare niente per salvarla. Niente. Le ho accarezzato il viso per tutto il tempo, ho aspettato fino a quando…» Indica l'orologio da polso con il quadrante rotto. Brian capisce, prima ancora che lei lo dica. «Sette minuti e cinque secondi.»

Dai suoi stupendi occhi, una dopo l'altra, iniziano a cadere gocce di pioggia. Brian, con il cuore accartocciato, fa l'unica cosa che gli sembra sensata. Raccoglie il dolore della ragazza del guardrail, che si è rovesciato dappertutto. È sempre stato con loro, in tanti modi diversi.

Brian si avvicina, appoggia la fronte a quella di Vittoria. Il contatto è un'esplosione di emozioni che gli fa balzare il cuore in gola.

Raccoglie le lacrime dal suo viso. Raccoglie il suo respiro.

Raccoglie le sue labbra morbide, appena dischiuse.

E la bacia. Sì, la bacia. Un bacio lungo e delicato e insieme tanto desiderato e profondo da fargli tremare la terra sotto ai piedi.

Come se non sapesse fare altro, nella sua vita, che questo.

Come se non avesse aspettato altro, nella sua vita, che questo.

Vittoria

Dopo un tempo che le sembra infinito, e insieme *ancora* non abbastanza, stacca le labbra da quelle di Brian.

Il loro primo bacio è stato un uragano di sensazioni contradditorie e bellissime: sorpresa e desiderio, felicità e terrore. Vuoto nello stomaco, cuore pieno.

Apre gli occhi e annega in quelli oceano del ragazzo. Sente la sua mano sul volto, un tocco gentile e pieno di calore.

C'è una pace insolita, dentro e fuori di lei.

È tutto a posto, eppure non è a posto niente. Fa paura. Ed è fantastico. E fa paura.

Dopo la spiacevole scenata con il signor Thompson e dopo tutta la disperazione che ha rovesciato addosso a Brian, adesso le viene da ridere. Forse sta iniziando a dare di matto, sì.

«Che c'è?» sussurra lui, concentrato sulla sua bocca.

Vittoria soffia un altro bacio leggero. «Sai di cannella!» scherza.

«Mmm. Merito dei biscotti di Cloud» dice, e la ribacia, per poi aggiungere: «Volevo farlo da tanto, sai?».

«Ce ne hai messo di tempo per deciderti, Primo giorno.»

Brian sbuffa. «Aspettavo il momento giusto.»

«Figurati! Il momento giusto non esiste, è soltanto una scusa per procrastinare.»

«Esiste quello giusto per noi» ribatte lui, sorridendo.

Vittoria sfrega il naso contro il suo. Vorrebbe stare così, con lui, tutta la notte. Lo bacia di nuovo, più a fondo.

Il cellulare nella tasca dei pantaloni di Brian inizia a vibrare.

«Che tempismo…» mormora tra le labbra di lei. Lo recupera dalla tasca, contrariato.

«È Cloud.» Legge il messaggio. «Sono in ritardo, accidenti.»

Vittoria spia l'orario sullo schermo dello smartphone. Mezzanotte inoltrata. La stazione, da quelle parti, chiude verso l'una.

«Ti porto io.»

Si rimette in piedi, ma le gambe la tradiscono. Quella serata è stata una montagna russa di emozioni e ora che è arrivato il momento di scendere, vacilla in preda alla stanchezza.

Brian se ne accorge. Si alza e la stringe in un abbraccio che avvolge il suo cuore, mettendolo al sicuro.

«Non pensarci neanche.» Le sposta una ciocca di capelli dietro l'orecchio. «Cloud mi aspetta alla stazione. Facciamo in tempo per l'ultima corsa.»

Vittoria non ha neanche la forza di opporsi.

«Mi scrivi quando arrivi?»

Brian corruga la fronte in un'espressione risentita.

«Speravo di essere io a dirtelo ma...» Lancia un'occhiata eloquente intorno. «Vista la situazione, giusto così. Meno romantico, ma più sensato.»

«Vai, o fai tardi sul serio.»

Lui annuisce e le accarezza il volto.

«Grazie per avermi...»

«Fatto deprimere? Rovinato la serata?»

«Raccontato dell'incidente. Per esserti fidata di me.» Le dà un bacio leggero. «Starai bene?»

«Starò bene.»

«Ci baciamo anche domani?»

Vittoria scoppia a ridere. Brian è pazzo. E lei è pazza di lui.

«Ci baciamo anche domani.»

Aspetta di vederlo sparire dopo la curva che collega il suo quartiere a East Gate e poi a Kensington Road. Dopodiché, invece di rientrare in casa, Vittoria toglie Maya dal cavalletto e monta in sella.

C'è una cosa che vuole fare, prima di rientrare. Un tentativo stupido e un po' folle, ma quella serata è stata una follia sotto ogni punto di vista, quindi perché non continuare a ballare sul ritmo contraddittorio, triste e pazzo di gioia al tempo stesso, del suo cuore.

Ci mette una ventina di minuti ad arrivare sul luogo dell'incidente. Gli occhi di Maya sono l'unica fonte di luce a distanza di chilometri. Non le era mai successo di venire qui in piena notte e forse non è stata tutta questa grande idea. Vittoria spegne il motorino, lasciando i fari accesi, e scende. Quando si toglie il casco, nota con sorpresa la presenza di un nuovo mazzo di rose dai petali rosa scuro, appoggiato alla barriera di sicurezza. Lo raccoglie da terra con un gesto attento e annusa il profumo pungente dei fiori.

«Ti sarebbero piaciuti» dice, prima di rimetterlo al suo posto. «Non ci avevo mai fatto caso ma… è bello sapere che non ti hanno dimenticata.»

Stanotte Vittoria non è venuta per distruggere. Anche se vivere a volte è come farle un torto, se rischiare di essere felice senza di lei fa un male cane, adesso ha bisogno di sentire sua madre vicino. Ha bisogno di dirle che nemmeno sua figlia l'ha dimenticata.

Che lei è una che resta, resta sempre.

Si siede a cavalcioni sul guardrail, guarda l'orologio.

Inizia a contare.

Cinque minuti
e dodici secondi

Brian

«Si conobbero. Lui conobbe lei e sé stesso, perché in verità non s'era mai saputo. E lei conobbe lui e sé stessa, perché pur essendosi saputa sempre, mai s'era potuta riconoscere così.»

Sono le nove di mattina, e Brian è ancora a letto. Oggi niente scuola: niente sveglia alle sei, niente colazione da zombie, nessuna corsa precipitosa per prendere il treno.

Sta guardando il cellulare, la luce gli acceca gli occhi. Sullo schermo, la chat aperta con Vittoria.

Vittoria, Vittoria… *Vittoria!*

Voleva mandarle un messaggio del buongiorno a effetto, di quelli che ti strappano un sorriso appena sveglio. La citazione del *Barone rampante* di Italo Calvino, uno scrittore italiano che aveva scovato tra i libri di sua madre, calza a pennello per descrivere il suo stato d'animo: «"Lui conobbe lei e sé stesso, perché in verità non s'era mai saputo"».

Però forse così è un po' eccessivo. Precipitoso. E va

a finire che il loro primo bacio, tanto aspettato, diventa anche il loro ultimo.

Idiota.

Cancella il messaggio, chiude la chat e apre la galleria delle foto. L'ultimo scatto appartiene a lei. Brian si perde a guardare il volto di Vittoria disegnato dalle fiamme del Falò degli spettri. Chi l'avrebbe detto che la serata più spaventosa dell'anno si sarebbe trasformata nella sua preferita?

Chi l'avrebbe mai detto che uno come lui, con le sue stranezze e la sua sensibilità, si sarebbe messo con una ragazza forte e complicata, e bellissima, *Gesù*, proprio bellissima come Vittoria?

Ecco, l'ha fatto di nuovo.

È frettoloso, sempre frettoloso. L'aveva ammonito più volte anche suo padre, quando avevano provato a fare un paio di guide insieme sul vecchio scooter di famiglia (pessima idea), prima che Brian prendesse il patentino (conquista inutile, a Londra può raggiungere qualunque posto con i mezzi pubblici). Se hai troppa fretta, gli diceva papà, guidi male, anticipi le curve, e soprattutto non ti godi il viaggio, che è la cosa più importante di tutte.

Il viaggio, Brian, il viaggio.

Quindi è vero, si sono baciati, e poi baciati, e poi baciati un'altra volta. Si baceranno ancora? Sì. Questo vuol dire che stanno insieme? No. Be'. Forse?

Brian sa bene quello che vuole. Non ha bisogno di Vittoria per via delle sue paure. Ha bisogno di Vittoria *nonostante* le sue paure. E perché averla accanto, provare quello che lei gli fa provare, è la cosa più bella che sia successa nella sua vita da molto tempo a questa parte.

Chissà se vale lo stesso anche per lei, si domanda.

Il cellulare vibra tra le sue mani, c'è una nuova notifica. Un messaggio.

Seb
Ohi, Primo giorno, dove sei finito ieri sera?

Ho accompagnato Vittoria a casa
Tutto bene con Gill?
È stata una serata strana 😑

Sì, tutto ok. Lo sai come sono fatte le tipe.

Non sapevo fossi laureato in psicologia femminile, commenta Brian fra sé e sé.

Poi digita, rapido.

Sì, certo.

Vittoria?

Brian arriccia il naso, con una punta di gelosia. È una reazione stupida, lo sa. Seb e Vittoria si conoscono da una vita, è lui l'ultimo arrivato. Eppure, quel messaggio gli stona nella testa. Decide per il cameratismo, sperando che lui molli l'osso.

Siamo rimasti un po' insieme ☺

???

☺☺

Ma che ti prende? C'hai uno spasmo?

E tu sei davvero poco intuitivo.

Vabbè, oggi ci troviamo al Drake?

Brian resta a guardare la sua domanda galleggiare placida, un amo appeso nel vuoto dei cristalli liquidi. Seb ha visualizzato, questo è sicuro: uno spavaldo come lui se ne frega delle spunte blu, se non vuole rispondere non ti risponde e basta.

E infatti non lo fa.

Vittoria

La luce biancastra del mattino filtra dalle tapparelle e preme insistente contro le sue palpebre.

Vittoria apre gli occhi, ancora pieni di sonno, libera uno sbadiglio profondo e si mette a sedere, la schiena appoggiata alla testiera del letto.

Solo quando si stiracchia nota il filo degli auricolari che penzola dal suo collo, s'inabissa tra le lenzuola e termina la sua corsa nell'attacco USB di un pc.

Il vecchio computer di sua madre. Ieri notte, dopo la visita al guardrail, sul quale ancora non era riuscita a resistere per più di cinque minuti, doveva essersi addormentata con i suoi video in sottofondo.

Le tornano alla mente, irruenti, i frame della serata precedente: il Falò degli spettri, Brian, il suo foglietto tra le fiamme, Brian, il litigio con il signor Thompson, il cielo che sta per cadere e Brian che lo impedisce, un'altra volta, e poi l'ascolta, come fa sempre, anche quando gli racconta cose terribili, cose che andrebbero seppellite con lei per l'eternità.

E poi, il bacio. *Quel* bacio.

Vittoria sfiora le proprie labbra con un dito. Se si concentra, può sentire ancora la bocca morbida e calda del ragazzo sulla sua, il modo in cui un bacio delicato era diventato più passionale, e profondo, e pieno di desiderio.

Lo stomaco finisce a gambe all'aria.

Vittoria scrolla le spalle, si alza e, come prima cosa, nasconde il portatile al solito posto, dietro il cassetto del comodino.

Recupera il cellulare con le mani che tremano un po'. Merda, non le era mai successo. Di sentire i brividi anche solo nell'attesa, nel potenziale, nel ciò che ancora non è ma *potrebbe*.

È una sensazione completamente diversa da ciò che prova quando c'è Seb intorno. I brividi, con lui, appartengono alla sfera del rischio, del pericolo, del vuoto famelico nel quale entrambi si riconoscono. Quando sta con Seb, Vittoria è la ragazza del guardrail, punto e basta.

Insieme a Brian, invece...

Con un tuffo al cuore scopre che non le ha ancora scritto. Pensa di farlo lei, e di scrivere anche a Gill, che non ha più sentito dopo la scenata della sera precedente. Vittoria scuote la testa. È proprio vero che i segreti, alla lunga, rovinano anche i rapporti più solidi. In un altro momento, in un'altra vita, lei e Gill avrebbero parlato tutta la notte del Falò degli spettri, di quello che era successo con Brian, e di Seb, e si sarebbero organizzate per trascorrere insieme quel giorno senza lezioni.

Adesso, invece, c'è silenzio su tutta la linea.

Ed è terribile.

Un rumore, seguito da una forte imprecazione, squarcia il velo dei suoi pensieri. Proviene dall'esterno. Vittoria spalanca le ante in fretta.

Di sotto, nel parcheggio, papà gira intorno alla propria auto con una chiave inglese in mano. Papà che lavora fuori casa, in un giorno di riposo, è un pessimo segnale. Vittoria sta per richiudere tutto e nascondersi di nuovo sotto le coperte, quando lui alza la testa nella sua direzione. I capelli sparati in aria, le borse nere sotto gli occhi, il volto pallido e tirato, non promettono nulla di buono.

«Ti sei svegliata finalmente, eh?» urla, fregandosene di farsi sentire in tutto il quartiere. «Vieni giù. Dobbiamo parlare di ieri sera.»

Vittoria non ha nemmeno il coraggio di replicare. Indossa le prime cose che le capitano sotto mano, infila le scarpe sopra le antiscivolo ed esce di casa, per raggiungere il parcheggio.

Suo padre, che non è più un fantasma ma un papà molto infuriato, la sta aspettando con le braccia incrociate al petto, dal lato opposto dell'auto.

«Quindi è questo che fai, quando te ne vai in giro con i tuoi amici» l'attacca, puntando la chiave inglese nella sua direzione. «Giocate a chi fa più irruzioni nelle case altrui? Dimmi che non è vero» sospira. «Dimmi che non è vero, e io proverò a crederti.»

Vittoria abbassa lo sguardo senza rispondere. È colpevole, provare a difendersi non ha alcun senso. E forse, sotto sotto, non è nemmeno ciò che vuole. Suo padre si passa una mano sulla barba, ha l'aria esausta.

«Vittoria, dio mio… Villa Thompson! Lo capisci che quello ha così tanti soldi da permettersi di farti causa per tutto ciò che vuole? La gente così i disgraziati come noi li schiaccia come moscerini, porca miseria!!!»

«Mi dispiace, pa'. Mi dispiace.»

«Avete dato proprio un bello spettacolo ieri sera» continua lui, mentre la collera nella voce cresce e diventa qualcos'altro. Ma cosa?, si domanda Vittoria. «Ho ricevuto un paio di telefonate interessanti che ci tenevano a farmelo sapere. Vivi anche tu qui, lo sai che le chiacchiere girano e si gonfiano, vero? Cosa aspettavi a dirmelo? Avremmo potuto… avrei dovuto…»

E Vittoria lo vede, lì, nascosto dal velo di rabbia, lo sguardo spaventato di chi teme di essersi smarrito. Papà non è solo furioso per la stronzata che lei ha fatto, ma ha anche paura di aver perso un pezzo, di non aver capito in tempo, di non esserci stato, non abbastanza, da impedire a sua figlia di mandare a rotoli la sua vita.

«Non è colpa tua.»

Suo padre solleva su di lei gli occhi grandi e lucidi. Inclina appena la testa, come se le parole della figlia lo avessero colpito forte, più forte di quanto si aspettasse.

«Ho fatto un sacco di scelte sbagliate, nell'ultimo periodo» continua Vittoria, stringendo i pugni. «Non ne vado fiera. Io mi sento così…»

«Da schifo?» Papà fa il giro dell'auto per andare verso di lei.

«Da schifissimo. E anche quelle cose terribili che ti ho detto… sul fatto che tu stia cercando di dimenticare mamma… che per te è più facile perché non eri lì…»

Suo padre le afferra dolcemente un braccio e la attira a sé. Due fantasmi non possono abbracciarsi, vero? Non possono sentire tutto quell'amore scorrere nelle vene. Forse loro stanno facendo il percorso inverso. Dalla morte, alla vita. Un passo alla volta.

«Manca anche a me. Così tanto che ci sono giorni in cui mi sembra di sentirla canticchiare nel suo studio. Altri invece entro in casa convinto che sia lì ad aspettarmi, per raccontarmi la sua giornata.» Un lungo sospiro rassegnato. «Ogni volta, è come se la perdessi di nuovo.»

Vittoria si stringe a lui, e papà le dà un bacio tra i capelli. Restano così per un po', poi: «Senti, stavo pensando… perché non andiamo insieme al cimitero più tardi? Visto che non hai lezione… sì, insomma. Non lo facciamo mai».

Vittoria si scosta bruscamente, gli lancia un'occhiata traboccante di rimorso.

«Sì, lo immaginavo» sospira lui. Poi sfodera un sorriso piccolo e indefinito. «Fidati di me, tesoro. La risolviamo insieme.»

E Vittoria non è più sicura di che cosa stiano veramente parlando.

Brian

L'ombrello ripara dalla pioggia.

Sì, è fatto apposta per questo. Studiato nei minimi dettagli per proteggerlo. L'ha scelto anche bello grande, stamattina, prima di uscire di casa. Color arcobaleno, come un buon auspicio. Quindi coraggio, Brian. Sistemati le cuffiette e poi via, senza paura. Il tratto stazione-scuola non è così lungo. Sono le sette e mezzo e il ragazzo comincia a correre alla disperata, i Twenty One Pilots sparati nelle orecchie e l'ombrello alto sopra la testa, la pioggia inglese che cade tutt'intorno e lui che salta da una pozzanghera all'altra come un atleta professionista (vabbè, *quasi* professionista).

Quando arriva davanti a scuola si fionda sotto alla tettoia dell'ingresso, lui, lo zaino inzuppato, l'ombrello fradicio che schizza acqua dappertutto.

«Sapevo di trovarti qui.»

Qualcuno sbuca sotto l'ombrello, i capelli ricci bagnati, il viso lucido e sorridente. Prima di dire qualsiasi cosa, Brian cerca le sue labbra e la bacia.

«Bacio bagnato bacio fortunato?» fa lei, staccandosi.

«Tu che dici?» sorride lui, chiudendo finalmente l'ombrello e stringendolo con il cordino. «Sei anche arrivata puntuale stamattina, incredibile.»

Vittoria si guarda intorno. Nel cortile ci sono soltanto poche macchie colorate sparse in giro. I più impavidi – o pazzi, dipende dai punti di vista – fumano una sigaretta sotto la pioggia prima di farsi inghiottire dalla giornata di lezioni.

«Sai che fa proprio uno strano effetto?» scherza.

Brian si friziona i capelli umidi, poi le prende una mano.

«Allora? Siete riusciti a parlargli?»

Vittoria gli aveva raccontato il piano di suo padre, per evitare le accuse da parte del signor Thompson: sfruttare il loro rapporto lavorativo di fiducia per ottenere un colloquio con lui e dare la possibilità a Vittoria di scusarsi di persona. A Brian sembra un piano sensato, sì. Più che altro, gli sembra sensato provare il tutto per tutto, prima che l'uomo sporga denuncia.

«Oggi pomeriggio» risponde lei, guardando un punto imprecisato oltre il cancello della scuola. «Ci troviamo in officina da papà.»

«Vuoi che venga anche io?»

«Ad assistere alla mia crocefissione?»

Vittoria lo squadra per capire se fa sul serio. Ma Brian lo è, serio. Serissimo. In realtà l'unica cosa che lo metterebbe in soggezione sarebbe conoscere il papà di Vittoria, ma...

«Tranquillo. Me la caverò.»

«Oh, ne sono sicuro. Basta che tu sia un po' meno... be', lo sai. Tu!»

Vittoria gli tira una pacca sulla spalla, che lui blocca prontamente. L'attira a sé e la bacia. I loro sorrisi si mescolano. Brian si chiede se è mai stato così felice, durante un temporale. Si può essere felici, in mezzo a una tempesta?

«FERMI TUTTI!» Il vocione di Zorro li sorprende che sono ancora abbracciati. «VOI DUE STATE INSIEME???»

Brian e Vittoria si staccano, ridendo imbarazzanti. Zorro è seguito dall'odore nauseabondo di tabacco, ma anche da Seb e Gill, mano nella mano.

«Ciao, ragazzi» li saluta Brian, affabile.

Gill risponde con un sorriso spezzato a metà, mentre Seb incastra gli occhi scuri nei suoi e non lascia trasparire alcuna sorpresa mentre dice: «Ehi».

È strano Seb. Non gli ha mai risposto al messaggio del giorno prima. A Brian torna in mente quel pomeriggio in palestra. Quando lui e Vittoria erano... Scrolla le spalle. Impossibile. E poi Vittoria gli ha già detto di stare tranquillo. Quindi, niente di cui preoccuparsi. In quel momento sopraggiunge Romeo. Afferra Seb per il collo, da dietro, con fare amichevole.

«Amico, mi sa che ho lasciato da te il joystick ieri pomeriggio. Ero così felice di avertele suonate a *Tekken* che me ne sono scordato.»

A Brian va di traverso la saliva. Sposta rapido lo sguardo altrove, per non dare l'impressione di aver sentito. Quindi i suoi amici si sono visti. Hanno trascorso il pomeriggio insieme.

«Non saprei» replica Seb con fare disinteressato. «Controllo dopo scuola.»

Il ragazzo non l'ha invitato. Non lo voleva intorno?

«Tutto okay?» bisbiglia Vittoria. Brian si accorge che lo sta studiando con la coda dell'occhio.

«Sì, certo.»

La ragazza fa scivolare lo sguardo dalla pioggia incessante a lui e annuisce, come se fosse sicura di aver intercettato le sue preoccupazioni.

«Entriamo, dai.»

Brian si lascia guidare da Vittoria nella hall, provando a cacciare in fondo ai suoi pensieri, nell'angolo più buio e freddo possibile, la sensazione viscida che gli si è insinuata nelle ossa. Quella che se sei già stato preda una volta, non scordi più.

Lo squalo bianco ha appena iniziato a girargli intorno.

Vittoria

Disegna a matita un bel cerchio sul quaderno, copiando la fitta mappa concettuale sulla vita di James Joyce che l'insegnante di letteratura ha riportato alla lavagna.

«Non mi hai richiamata ieri» dice, apparentemente rivolta al proprio foglio.

Il foglio non risponde, la sua compagna di banco neanche.

«C'è nessuno?»

Un gemito spazientito.

«Lo so, Winnie. Lo so che non ti ho richiamata» sbotta la sua vicina, a bassa voce.

Oddio, pensa Vittoria, da quand'è che lei e Gill si sono scambiate le parti?

«Ce l'hai con me?»

Silenzio.

«Pimpi…»

«Cosa vuoi che ti dica?» Un sibilo pungente. Oh sì, che è arrabbiata. «Dimmelo tu, così ci lasciamo questa storia alle spalle.»

«Ehi.»

Vittoria lascia giù la matita e appoggia la mano sulla gamba dell'amica, sotto al banco.

«Era proprio per questo che ti cercavo. Volevo chiederti scusa.»

«Per cosa? Per aver fatto una cazzata del genere con quel deficiente del mio ragazzo o per avermelo tenuto nascosto?»

«Entrambe.»

Gill finalmente alza gli occhi su di lei. Vittoria le vede, le parole che vorrebbe urlarle addosso ma che trattiene dentro di sé per un solo motivo, lo stesso per cui tollera i suoi atteggiamenti indecenti da mesi: spera ancora che la sua migliore amica possa guarire da tutte quelle cose che non le ha raccontato.

«Sai cosa mi manca?» sussurra Gill, infine. «Mi manca quello che eravamo. Mi manca parlare dei nostri sogni, mi manca parlare di *tutto* con la leggerezza di prima. Averti in squadra. Mi manca spiegarti il significato delle canzoni, persino spendere pomeriggi interi guardando le vecchie puntate di *Winnie The Pooh*... Era semplice, no?» Un sorriso malinconico. «È tutto mille volte più complicato, adesso.»

Vittoria annuisce, conosce bene la sensazione.

«Lo so, Pimpi. Andrà meglio, vedrai.»

Gill le afferra il braccio. Una presa stretta, forse un po' più del dovuto.

«Niente segreti tra noi, me lo prometti?» le chiede, un proiettile rasoterra dritto al cuore. «Sei la migliore amica che io abbia mai avuto, Winnie.»

Vittoria china il capo prima di frantumarsi lì, sul posto, dalla vergogna.

Gill, al contrario, prende il suo silenzio come assenso.
«Comunque… tu e Brian. Che bella novità!» Il suo tono si fa più scanzonato. «Ci avevo visto giusto, eh? Siete una bella coppia. Okay, è tipo un po' strano, ma… non lo so, da quando c'è lui ti vedo più spensierata.»
Spensierata.
Tornerà mai a esserlo per davvero?

Non oggi, no. Decisamente non oggi.
Sei ore dopo quella conversazione a cuore aperto, Vittoria è chiusa nell'ufficio della carrozzeria dove lavora papà Wyatt. Ci era già venuta, da piccola, con sua madre. Eliza si metteva a correggere i compiti proprio su quella scrivania, mentre Vittoria disegnava e guardava papà darsi da fare. Ora, anni dopo quei ricordi, Vittoria percorre da sola il perimetro della stanza, spaziosa, a grandi falcate. Avanti e indietro, avanti e indietro. E intanto aspetta, aspetta, e aspetta. Il signor Thompson avrebbe dovuto essere lì già da un'ora. Ma Vittoria ha capito il gioco. E questa volta non fa quella a cui non gliene frega niente. Questa volta, le importa. E resta.
Dall'ampia vetrata che si affaccia sull'officina, Vittoria osserva il padre dare indicazioni a un giovane apprendista, offrire il caffè a un collega, ascoltare i dubbi di un altro. Le piace come si muove spigliato tra un'auto e l'altra. Le piace ciò che vede sul suo volto. Serenità. Bisognerebbe sempre fare quello che ci rende felici, anche da adulti, pensa Vittoria, qualunque cosa sia. Papà, per esempio, è felice quando sistema le automobili. È uno che sa mettere a posto tutto. E anche se la loro

vita insieme è ancora distante dall'essere aggiustata, Vittoria ha scelto di tornare a fidarsi di lui.

Come se avesse ascoltato i suoi pensieri, papà Wyatt incrocia il suo sguardo e le fa ciao ciao con la mano.

Poi il suo sguardo viene attirato altrove, forse dall'arrivo di qualcuno. Il volto assume un'aria seria, le fa cenno di aspettare.

Ci siamo.

Qualche minuto dopo, la porta dell'ufficio si apre. Il signor Thompson entra, seguito da suo padre. La sensazione di trovarsi davanti a un anziano mezzo gigante è la stessa: l'imprenditore occupa decisamente troppo spazio in quell'ufficio. Ma è uno che ci sa fare con gli spazi, si vede da come appoggia l'ombrello alla parete e prende posto con naturalezza su un divanetto rovinato in fondo alla stanza. Accavalla le gambe, appoggia le mani in grembo. Tutto, senza dire una parola.

«Salve.» Vittoria resta in piedi e si appoggia alla scrivania, di fronte a lui, a un paio di metri di distanza.

Suo padre, intanto, ha chiuso la porta ed è rimasto lì, in silenzio.

«Ciao, Vittoria» ribatte l'imprenditore, in tono calmo. «Grazie per avermi aspettato.»

«Non c'è problema» bofonchia lei.

Come un sipario sul palcoscenico, cala anche il silenzio nell'ufficio. Cavolo, pensava sarebbe stato più facile. E invece... Vittoria è paralizzata dall'imbarazzo. Ora capisce perché papà l'aveva invitata a chiedere scusa di persona al signor Thompson. Per metterla di fronte alla stupidità delle sue azioni, senza via di scampo. Senza giustificazioni.

«Sì, quindi...» interviene suo padre, lanciandole un'occhiata incoraggiante. «L'abbiamo fatta venire perché... sì, Vittoria vorrebbe dirle qualcosa. Riguardo a quello che è successo.»

«Allora lasciamo che sia lei a parlare, no?»

Vittoria deglutisce e si fa coraggio, ripercorrendo nella testa il discorsetto che aveva abbozzato.

«Sono mortificata. È stata un'idea davvero idiota. E mi dispiace se le abbiamo fatto credere che sia stato personale, un attacco nei suoi confronti...» Si stringe nelle spalle. «Ma non lo è. Anzi, la verità lei l'ha già capita.»

Il signor Thompson si aggiusta sul divano, dandole tutta la sua attenzione.

«Siamo entrati nella sua villa perché era pericoloso farlo. E io, noi... eravamo a caccia di rischi da prendere, di paure da vincere. Per gioco, forse, per noia... o semplicemente perché è vero. A volte ci sentiamo vuoti dentro.»

«Siete soltanto giovani, Vittoria.»

Il gigante le sorride. Un sorriso inaspettato che corre lungo le labbra sotto la barba per coinvolgere anche gli occhi. Vittoria ricambia con una parentesi a metà, indecisa.

«Apprezzo le tue scuse.» L'uomo si alza dal divano e si sistema la giacca. «Apprezzo chi ci mette la faccia, in tutto ciò che fa. Giusto o sbagliato che sia. L'altra sera ero arrabbiato per motivi che non riguardavano voi. E quando siamo tanto arrabbiati facciamo o diciamo cose che... non sono proprio da noi.»

Vittoria annuisce. Papà torna a respirare.

«E poi sono stato ragazzo anche io, circa un milione di anni fa!» L'imprenditore si batte sulla pancia a tamburo. «E a volte vi invidio, sai?»

«In che senso?»

«Non nel senso di fare scelte passibili di denuncia, no.» Scuote la testa con fermezza. «Ma invidio la leggerezza con cui pensate sempre di farla franca. Il vostro sentirvi invulnerabili e non pensare mai alle conseguenze.»

«Le conseguenze sono una doccia fredda, però» replica Vittoria, per onestà di pensiero. «E la leggerezza... be' quella l'ho un po' persa, nell'ultimo periodo.»

«Allora facciamo così: quando vorrai ritrovarla, vieni a farti un tuffo in piscina.» Il signor Thompson raccoglie l'ombrello, fa per congedarsi. «Magari questa volta chiedimelo prima, d'accordo signorina invulnerabile?»

Vittoria annuisce, ridendo.

«L'accompagno fuori, signore.» Suo padre apre la porta e gli indica l'uscita.

«Aspetti!» esclama Vittoria, speranzosa. «Questo vuol dire che... la chiudiamo qui?»

«La *chiuderemo* qui» sottolinea deciso l'uomo. «Quando anche i tuoi amici avranno il coraggio di prendersi la responsabilità delle proprie azioni.»

Vittoria si sente così leggera che potrebbe sollevarsi da terra e iniziare a galleggiare per tutto l'ufficio.

«Lo faranno» risponde, senza pensarci due volte. «Ci penso io.»

Brian

Vittoria

Primo giorno!

Non so decidermi! 😵

Mi serve un po' di contesto

La corrente modernista di Joyce
o l'etica di Kant?

Ci sarebbe anche matematica...

La matematica è quella leggenda
metropolitana che ci raccontano
per non farci dormire la notte

Vorrei proprio vederti argomentare
la tua teoria davanti all'insegnante.

Non posso parlare con
qualcuno che non esiste!

Scemo 😂

Brian, seduto alla scrivania di camera sua, sorride.

Hai parlato con Seb e Zorro?

Oggi dopo scuola. Seb era incazzato nero.
Secondo lui non dovevo permettermi.

E Gill? Ha provato a farlo ragionare...

Si è fatta gli affari suoi.
Con lei le cose sono un po'... complicate

Brian si morde il labbro e fissa la schermata del cellulare, le dita sospese. Gli dispiace per tutta la situazione, soprattutto gli dispiace che Vittoria ci sia finita in mezzo.

Ti capita mai di pensare che tutto quello che fai è sbagliato?
E che sei una persona brutta e triste? Che non merita niente?

Si morde il labbro più forte. Sa *esattamente* cosa significhi. Ci pensa su, poi scrive.

Abbiamo tutti luce e oscurità dentro di noi.
Ciò che conta è da che parte
scegliamo di agire.

James Joyce?!

Sirius Black, Harry Potter ☺

Esita un instante.

Vorrei essere lì con te adesso

Qualche secondo, giusto il tempo di darsi del mentecatto, e poi…

Perché non vieni? Sono sola a casa

Con un balzo, Brian scatta in piedi. Chissenefrega della corrente modernista e di quel tale, Kant: ormai sono stampati a inchiostro nelle pagine di un libro, anzi, di centinaia e centinaia di libri, di certo in ottima compagnia. Non hanno bisogno di lui.

Vittoria invece…

Si lancia una rapida occhiata. È in tuta, deve cambiarsi. Si alita sulla mano e annusa. Oddio, forse meglio lavarsi i denti, anche. E darsi una pettinata. Adesso, subito. Fa per andare in bagno, quando il suo cellulare comincia a suonare imperterrito.

La sveglia.

Perché ha messo una sveglia?

Brian torna alla scrivania e afferra il telefono. L'avviso sullo schermo recita:

Fleur, 5.00 pm

«Oh, no. No, no, no…»

Se n'era scordato. Passata di cancellino e lavagna pulita.

È la prima volta che gli succede: le sedute con la sua psicoterapeuta hanno scandito gli ultimi mesi a ritmo piuttosto serrato. Non ne ha mai mancata una, sia perché ne riconosce i benefici, sia perché per quegli incontri, come gli butta lì papà Ruggero ogni tanto, tra una *piacevole* chiacchierata padre-figlio e l'altra, i suoi genitori ci smenano un bel po' di soldi.

Si passa le mani tra i capelli, indeciso. Non c'è una singola cellula del suo corpo che non vorrebbe precipitarsi a casa della ragazza, ma...

Brian getta un'occhiata alla sua camera. E gli torna in mente, forte, fortissimo, quando quelle quattro pareti erano diventate la sua prigione. Quando c'era l'eclissi che si era presa tutto, e Brian non riusciva a capire se si fosse spento lui, o il mondo intorno.

Se potessi, sarei già lì.

Prima di cambiare idea abbandona il cellulare sulla scrivania e inizia mesto a prepararsi.

Un quarto d'ora dopo, è in strada. C'è una brezza gelida, oggi, che scorrazza per le vie di Londra. Novembre non è di sicuro tra i suoi mesi preferiti: un tempo in bilico, immerso in una luce grigiastra, priva di sentimento. Gli sembra un mese apatico. Un po' lo è lui, dopo aver detto di no a Vittoria ed essersi autoconvinto che andare da Fleur fosse la scelta migliore da fare.

È quasi arrivato allo studio quando, con la coda dell'occhio, intravede un movimento dall'altro lato della strada.

Cloud si sta sbracciando da dietro la vetrina della bakery.

Brian risponde con un cenno di saluto della mano, ma l'amico insiste, facendogli chiari segni di raggiungerlo.

«Fratello!» lo saluta due minuti più tardi, quando Brian si siede al suo tavolino. Ci sono dei ritagli di carta tutt'intorno, che Cloud fa sparire subito nella tasca dei pantaloni.

«Possibile che stai sempre qui?» lo stuzzica Brian, divertito. «Questa volta ti sei anche seduto dentro, facciamo passi da gigante!»

Si guarda intorno, cercando il volto gentile e ormai familiare della commessa.

«Non c'è» risponde Cloud. «Secondo te mi sarei fermato, sennò?»

«Ah, certo. Così ha più senso.»

«E tu dove stai andando?»

Brian apre la bocca per rispondere, poi la richiude. Non sa bene cosa dire. Nessuno sa di lui e Fleur. O dell'eclissi.

Nessuno sa che è ancora così fragile che, per non cedere al buio, ha bisogno di una guida costante verso la luce.

Chi capirebbe tutto questo? Tra i suoi pensieri spunta un nome: Vittoria.

Vittoria che gli aveva chiesto di andare da lei e invece…

«Fa nulla.» Cloud risponde alla sua esitazione con un sorriso. «Comunque, devo tornare al lavoro.»

Brian sbatte la mano sul tavolo, come se avesse capito qualcosa di importante all'improvviso.

«Certo! Le ribellioni gentili!» esclama.

«Ribellioni gentili» ripete Cloud, alzandosi.

Lui lo imita con un sorriso risoluto.

«Sai cosa ti dico, fratello?» Gli appoggia una mano sulla spalla. «Oggi mi ribello anch'io.»

Vittoria

È sempre così.

Quando finalmente decide di mettersi a fare i compiti, qualcuno o qualcosa la interrompe. In questo caso, il suono del campanello.

«Un attimo!»

Vittoria va alla porta nella sua miglior tenuta da casa: pantofole vaporose, una tuta di due taglie più grande dentro cui naviga, i capelli sporchi raccolti in una coda. Sarebbe perfetta per i casting di un qualche programma sulle casalinghe disperate.

Apre.

E il suo cuore si esibisce in un doppio carpiato.

«Brian!»

Il ragazzo è appoggiato allo stipite della porta con un fare da ganzo che non gli si addice, ma questo Vittoria se lo tiene per sé. In una mano regge un sacchetto di carta con il logo di un panificio. In faccia, un sorriso che le fa cedere le ginocchia.

«Un bacio a domicilio?»

Vittoria ride, non pensa nemmeno a com'è vestita,

averlo lì con lei le dà quella sensazione di felicità improvvisa per cui ogni altra cosa passa in secondo piano.

Lo tira dentro, chiude la porta.

«Avevo capito che non venissi...»

Brian le dà un bacio sulla fronte.

«Avevo un impegno, ma sono riuscito a liberarmi.»

«Per venire qui?»

«*Qui*, è dove sei tu. E a me piace molto esserci, dove ci sei anche tu.»

Vittoria gli fa togliere la giacca e l'appoggia sul divano. Lo guida in cucina e gli offre un bicchiere d'acqua, cercando di ricreare una situazione naturale. Come se non fossero un *lui* e una *lei* in casa, completamente soli, per la prima volta.

Il ragazzo si guarda intorno. È in soggezione, Vittoria lo intuisce. Lo è anche lei.

«Cosa sono quelli?» Indica il sacchetto che tiene in mano.

Lui lo appoggia sul tavolo.

«Questi... sono i biscotti più buoni che tu abbia mai assaggiato.»

Vittoria si stringe nelle spalle, con un sorrisetto di scuse.

«Io non mangio dolci.»

Brian strabuzza gli occhi e indossa un'espressione ferita che è buffa da morire.

«Impossibile.»

«Te lo giuro.»

«Guarda che non è una cosa bella da dire in giro.»

«Mi spiace urtare la tua sensibilità.»

Brian apre il sacchetto e ci immerge una mano.

«Ah, be' se le cose stanno così» dice con un sospiro plateale. «Vorrà dire che farò lo sforzo di mangiarli… tutti quanti.»

Pesca un biscotto che somiglia a un bacio di dama formato extralarge e lo divora.

«È una cosa di famiglia» gli confida Vittoria. «In realtà più mia e di mamma. Avevamo questa abitudine che al ristorante, quando a fine cena ci chiedevano il dessert, noi ordinavamo un antipasto da dividere. Dovevi vedere la faccia dei camerieri… Mamma imitava le loro espressioni sbigottite fino al ritorno a casa. Era divertente.»

Brian si accomoda su una sedia, le prende la mano e la fa sedere sulle proprie gambe.

«Scommetto che hai un sacco di storie di te e lei.»

Vittoria gli mette le braccia intorno al collo. «Non le racconto mai a nessuno.»

«Io vorrei ascoltarle tutte» sussurra lui, spostandole un riccio ribelle dalla fronte. «Vorrei andare da qualche parte, io e te, in un posto che conosciamo solo noi. Magari dentro a un fortino che abbiamo costruito insieme. Magari raccoglierci davanti a un falò, di notte, proprio come facevano i nostri antenati. E vorrei ascoltarti per tutta la notte.»

«C'hai proprio la fissa tu, eh.»

«Una volta ho sentito una cosa che mi è rimasta impressa» spiega, allacciando gli occhi oceano ai suoi. «Cioè che noi, alla fine, siamo fatti di storie. E che quando ce ne andiamo, ciò che resta di noi è soltanto questo. Le nostre storie. Così, quando qualcuno le racconta, ci trattiene qui, ci tiene vicino al cuore, ancora per un po'. Capisci?»

Vittoria trema fuori, trema dentro, trema ovunque. Fa scivolare la mano sulla spalla del ragazzo, poi lungo l'avambraccio.

«Siamo anche ciò che ci è stato fatto, però» dice, sollevando con delicatezza la manica della sua felpa. I muscoli di Brian si tendono, diventano un unico fascio di nervi, ma non la ferma.

«Guariremo mai, secondo te?»

Brian non reagisce mentre Vittoria gli scopre la pelle bianca, bianchissima, dell'avambraccio intervallata da una vena in rilievo, che le piace da impazzire, e da piccoli crateri. In apnea, lascia scorrere il dito intorno a ogni ferita con un tocco leggero. Lui chiude gli occhi. Vittoria cerca le sue labbra e ci appoggia sopra le sue.

«Ho cambiato idea rispetto a prima» mormora Brian con aria sognante. «Mi va bene anche stare qui, tipo, per sempre.»

Poi schiude le labbra e il bacio diventa qualcosa di più intenso, più urgente. Vittoria infila le dita fra i suoi capelli, lui si alza e la spinge piano con il suo peso contro il tavolo, la bocca incollata alla sua. Vittoria comincia a perdersi, le sue labbra, quelle di Brian, le sue mani sulle spalle di Brian, quelle di Brian sulla sua vita. Sta succedendo tutto così in fretta, ed è meraviglioso, è spontaneo, è travolgente, ma è in fretta, forse troppo, e lei sa che gli sta aprendo il suo cuore come non ha fatto con nessuno, che quando stanno insieme la ragazza del guardrail si dilegua senza un fiato ma di lui, cosa sa davvero di lui? Perché non sa niente, di lui?

«Brian...»

Il ragazzo si ferma, ansimando.

«Sì?»

«Stavo pensando...»

«Davvero? Stavi pensando? *Adesso?*»

Vittoria sorride, sfrega la fronte contro la sua.

«Io non ti conosco.»

Brian le ruba un bacio tenero, all'angolo della bocca.

«Conosci le mie paure» risponde con voce bassa e roca, che le dà un brivido. «Sai già tutto quello che c'è da sapere.»

Vittoria gli appoggia le mani al petto, lo allontana.

«Perché dici così? Tu non sei una stupida lista.»

Lui fa un sorriso sghembo, sufficiente perché Vittoria intuisca con un po' di dispiacere che c'è qualcosa, in fondo al suo cuore, che ancora non vuole rivelarle.

«A proposito della mia *stupida* lista» la incalza. «Manca ancora una paura, ti ricordi?»

«L'acqua.» Vittoria annuisce. «Ci sto lavorando.»

Brian le accarezza il volto con una smorfia divertita. «Non vedo l'ora.»

Piega appena la testa e le dà un bacio sul collo. Vittoria chiude gli occhi, lasciandogli il permesso di risalire sul mento, sulle labbra, sul naso e infine sulla cicatrice accanto all'occhio. Non ha mai sentito così forte, nello stomaco, l'impulso di abbandonarsi completamente a qualcuno. Quella fiducia incondizionata nei suoi confronti la destabilizza.

Mette a tacere i pensieri e infila le mani sotto la maglietta di lui, i polpastrelli sulla sua pelle calda...

«Vittoria?» Brian la chiama da un posto che le sembra lontanissimo.

Vittoria apre gli occhi e l'incantesimo si rompe: oltre alla vista, tornano i suoni e i rumori. Un rumore, in particolare. Quello del motore di un'auto che si spegne, proprio sotto casa.

«Mio padre! È tornato!» grida, sgusciando via dalle braccia rassicuranti di Brian. «Devi andare, subito!»

Lui cerca di ricomporsi come può. Hanno entrambi lo sguardo confuso di chi si è appena svegliato da un sogno molto, troppo, vivido. Scoppiano a ridere.

«E io che pensavo succedesse solo nei film.»

Filano rapidi in salotto, dove Brian afferra la giacca e la indossa. È già alla porta, quando Vittoria sussulta.

«Aspetta!»

Torna in cucina, arraffa il sacchetto di biscotti e glielo lancia. Lui lo prende al volo.

«Vittoria!»

«Che c'è?»

Brian, dall'ultimo spiraglio aperto della porta, cerca i suoi occhi.

«Forse lo stiamo già facendo.»

«Cosa?»

«Guarire.»

Brian

Può percepirlo ancora, il corpo di lei perfettamente allacciato al suo, le sue mani aggrappate alla schiena, sotto i vestiti, la profondità di quei baci che creano dipendenza. Se si concentra, riesce ad ascoltare il frastuono di tutte le difese che avevano costruito intorno a loro crollare al suolo, travolte dall'intensità del loro essere complici.

Lo sente lui, lo sente Vittoria.

Vittoria che, un passo per volta, gli sta lasciando intravedere le sue ferite, non solo quelle fisiche, ma quelle più profonde, nere, dolorose. E più lo fa, più sceglie di mostrare i punti in cui il suo cuore si è spezzato, più lui vorrebbe starle accanto.

Ma Vittoria non è solo quello. Le sue cicatrici, il suo passato, non la definiscono.

E lui, invece?

Il cielo dentro la sua testa si squarcia, Brian cade a terra sconfitto dalla forza di gravità. È come se dentro lo stomaco avesse un macigno, che lo spinge giù, sempre più giù.

Sta' calmo.

La verità è che, se ci pensa bene, Brian non sa cosa ci faccia Vittoria con uno come lui. Sensibile, instabile, insicuro. Avesse almeno lo stesso fisico imponente e la stessa strafottenza di Seb dalla sua parte, per camuffarsi meglio, e invece.

Aspetta. Forse è questo che Vittoria vede, quando vede lui? Un ragazzo che ha bisogno del suo aiuto per «guarire»? Prova tenerezza, quando posa i suoi stupendi occhi su di lui?

No, no, no. Sono pensieri, Brian, solo pensieri dentro la tua testa. Non permettergli di fare rumore.

Infila rapido un passo dietro l'altro, attraversando East Gate per poi imboccare Kensington Road, verso la stazione. Vuole solo tornare a casa, nella sua cameretta, al sicuro.

«Primo giorno!»

Cazzo.

Brian inchioda e solleva lo sguardo da terra. Non ci ha fatto caso prima, ma è di fronte alla palestra di pallavolo. Seb e Zorro ciondolano nel parcheggio con i loro borsoni gonfi, in compagnia del solito Romeo.

Brian alza la mano in segno di saluto e li supera velocemente.

«Amico, dove vai così di f*r*etta?» lo richiama Zorro. «Non ti fe*r*mi nemmeno pe*r* un saluto?»

Brian si arresta di nuovo. Perché dovrebbe, visto che non lo invitano più?

Infila le mani in tasca per nascondere l'agitazione, indossa un sorriso *chill* e fa dietrofront.

«Ehi» butta lì, una volta che li ha raggiunti.

Seb gli lancia una lunga occhiata, senza espressione. «Che ci fai da queste parti?»

Brian ha la netta sensazione che sappia benissimo il motivo. E che, per qualche ragione, non lo renda felice.

«Ero da Vittoria» opta per una risposta sincera. «Sto andando a prendere il treno.»

Zorro e Romeo si scambiano una gomitata d'intesa.

«Allora è una cosa seria?» fa il suo vicino di banco, tormentandosi lo sfogo d'acne sulla guancia.

«*Cosa* è seria?»

«Tu e Vittoria.»

Brian sente il volto prendere fuoco.

«Uh-uh» cantilena Zorro con una smorfia divertita. «P*r*imo giorno si è p*r*eso una bella sbandata-a-a!»

Lui non replica, sposta l'attenzione sullo squalo bianco che è rimasto in silenzio, serio in volto, a braccia conserte. Questo stronzo sa essere proprio indecifrabile, si dice fra sé e sé Brian, cercando di indovinarne i pensieri, senza riuscirci.

Poi, all'improvviso, Seb scoppia in una risata fragorosa. Gli appoggia la mano pesante, da schiacciatore, sulla spalla.

«Ti sei cacciato in un bel guaio!»

Romeo e Zorro si accodano alla risata. Brian si sente accerchiato, bloccato, non sa cosa fare in queste situazioni. Perché non sa *mai* cosa fare?

«Già» butta lì. «Ma non penso che noi… cioè… stiamo… non lo so.»

Sta' zitto.

«Amico, dammi ascolto.» Si sporge verso di lui. «Vittoria era una come le altre, prima. Una brava ragazza. Molto più simile alla mia Gill, okay? Tranquilla, nessuna para per la testa, niente casini. Ma dopo l'incidente è tutto diverso. Vittoria è un buco nero, se ti avvicini troppo sei spacciato. Pensa solo a sé stessa, come se fosse l'unica adolescente al mondo ad avere una vita di merda.» Fa un sorriso appuntito, poi gli dà un colpo deciso sulla spalla. «Te lo dico perché ormai mi sono affezionato. Puoi contare su di me, ricordi?»

Brian è confuso. Le parole di Seb suonano quasi premurose, ma il suo atteggiamento continua a somigliare più a una minaccia.

Il ragazzo si fa ancora più vicino, il suo naso adesso gli sfiora l'orecchio. Brian sente l'alito caldo di Seb addosso. E gli sussurra una cosa che dà una terza dimensione a tutte le sue paranoie.

«Io la conosco molto bene. Fidati. La ragazza del guardrail non c'entra niente con te.»

Brian si sforza di restare impassibile, di non dargliela vinta.

«Forse conosci lei, ma non sai niente di me.»

Non lo vede, ma può immaginarselo a quel punto il ghigno di Seb.

«Questo è il mio territorio, Primo giorno. E tu ci stai camminando sopra. Fai attenzione.»

Vittoria

Dalle casse bluetooth Taylor Swift attacca con uno dei suoi pezzi più famosi, *All Too Well*.

Vittoria stesa sul letto con lo sguardo incollato a quello plastificato della pop star, Gill appollaiata alla scrivania a fissare un punto imprecisato del volume di letteratura, l'evidenziatore arancione a mezz'aria.

Tre ragazze diverse, una sola cosa in comune: nessuna di loro sta facendo i compiti.

La scusa dello studio era stata davvero solo una scusa, ma Vittoria non riusciva a capire per cosa. Gill l'aveva invitata a casa per pranzo, ma poi aveva spiccicato sì e no tre parole in tutto. Una Pimpi silenziosa è una Pimpi che a Vittoria non piace poi così tanto. Non capire cosa le passa per la testa, poi, non le piace proprio per niente.

La Swift, in sottofondo, canta una strofa che le sembra profetica, qualcosa come «*so che è passato tanto tempo, e dovrei essere a posto, ma non sto affatto bene...*».

Vittoria rotola sul letto e si mette a pancia ingiù.

«Questa non è male» butta lì, tanto per. «Sempre malinconica, ma è okay.»

Gill si riscuote. «Menomale, perché è la versione estesa. Dura dieci minuti.»

Vittoria geme in segno di protesta, ma lei non ride. Ha il visto tirato, la testa da un'altra parte. Chissà dove.

Il suono della notifica del cellulare sovrasta per una frazione di secondo la queen del pop. Vittoria prende il telefono.

Ti manco...?
Ma certo che ti manco.

Vittoria ride. Brian la mette di buonumore. Quando c'è lui di mezzo si sente tornare bambina, si emoziona per le cose più semplici. E per le battute più stupide.

«Brian?» chiede l'amica.

Vittoria vorrebbe non avere quel sorriso gigantesco, che invece le si è stampato in faccia. Quello che vede sui volti delle ragazze della sua età con una *crush* pazzesca per il belloccio di turno. Vittoria non è quella cosa lì.

Ma con Brian...

«È diverso. Davvero.»

«Lo diciamo tutte, quando prendiamo una sbandata.»

L'acidità nelle parole della sua migliore è qualcosa a cui Vittoria non è abituata. Si mette a sedere sul materasso.

«Io non sono tutte» ribatte. «Però quando sono con Brian mi sento... serena. Quando mi abbraccia è come se potessi rifugiarmi in lui per prendere una pausa da me stessa. Tutto qui. Non mi succedeva da tempo… e tu lo sai meglio di chiunque, Pimpi.»

Gill scrolla le spalle.

Vittoria fa un sorrisetto. «Poi bacia proprio bene…»

«Per fortuna.»

«E il modo in cui mi guarda» continua, sognante. «Una volta mamma mi ha raccontato che si era innamorata di papà soprattutto per quel *certo* modo in cui lui la guardava e io non smetto di pensarci. Gli ho raccontato di lei, sai? È stato bello. Brian dice che alla fine siamo tutti fatti di storie e…»

«Oh oh, ferma un attimo!» L'amica lascia cadere l'evidenziatore inutilizzato sul volume di scuola e si gira verso di lei. «Quindi ora fai così?»

«Così come scusa?»

«Voi due parlate di Eliza?»

Vittoria sente qualcosa sbriciolarsi dentro di lei.

«Non capisco…»

«Be', è solo che in tutti questi mesi non hai mai voluto parlarmi di lei. Zero. Mutismo selettivo. Porte chiuse in faccia. Quante volte ti ho chiesto se volevi venire con me a trovarla al cimitero?» protesta, seccata. «E adesso arriva un tizio, attraente d'accordo, ma di cui non sai praticamente niente e… diventi un libro aperto?»

«Ma sei stata tu a dirmi che eri contenta che lui… che noi…» incespica, confusa. «Perché non sei più dalla mia parte?»

«LO SONO SEMPRE!» salta su Gill, alzando la voce. «È PROPRIO QUESTO IL PROBLEMA!»

Vittoria non l'aveva vista arrivare, questa reazione. Che è tipo un temporale estivo. Inaspettato, violento, pronto a fare danni.

«Ohi, sorellona, potresti urlare un po' più forte? In Lapponia non sono riusciti a sentirti bene.» Il volto paffuto di Lily fa capolino sulla soglia della cameretta. Ha l'aria contrariata.

«Scusa» bofonchia la sua migliore amica. Si è sgonfiata come un palloncino. «Va tutto bene. Torna a studiare.»

Lily lancia uno sguardo complice a Vittoria e fa roteare gli occhi al soffitto, un'espressione che vuole dire: «È pazza, te la lascio, buona fortuna». Poi esce.

Vittoria si alza e va verso la scrivania.

«Mi dici che ti prende?»

Gill afferra di nuovo l'evidenziatore e torna a concentrarsi sul foglio.

«Lascia perdere, Winnie. Non è un bel momento.»

Vittoria si spazientisce. «Guarda che mi hai invitata tu.»

«Non è stata una buona idea.»

«Il motivo?»

Gill si alza di scatto dalla scrivania. È esasperata.

«Tu e Seb!»

Vittoria riesce a sentire il sangue defluirle dal volto. Non adesso, si dice, non adesso.

«Io e Seb… cosa?»

Gill guarda per terra. Resta in silenzio per qualche secondo, e Vittoria sprofonda, sprofonda, sprofonda…

«Mi fate impazzire. Lui è distante da mesi. E tu sei sempre concentrata su te stessa. Poi scopro che però quest'estate vi siete avvicinati, tanto da fare una gigantesca cazzata come quella a Villa Thompson. E io? Dove sono io? Vi siete scordati che esisto?!»

Vittoria trae un sospiro di sollievo. Piccolo, minuscolo, in gran segreto. Poi prova a far ragionare Gill.

«Guarda che io e Seb al massimo ci *tolleriamo*. E poi tu puoi sempre parlare con me…»

Ma lei pesta i piedi. L'ultima volta che hanno litigato dovevano essere tipo in seconda media. Erano due ragazzine che bisticciavano per un paio di scarpe. Vittoria non sa come gestire la situazione.

«No, Winnie. Non posso» esplode. «Non posso perché è successa *quella* cosa. E a volte penso si sia presa tutto di te!»

Vittoria ammutolisce. Si morde il labbro fino a farlo sanguinare. Vorrebbe dire alla sua migliore amica che non è vero niente. Che è soltanto una sua impressione. Che si sta inventando tutto, che siccome è andata in para per i fatti suoi, ingigantisce ogni cosa.

Ma *questo* non sarebbe vero.

La sveglia del cellulare di Gill rompe il silenzio. La ragazza recupera il telefono sotto il libro di letteratura e la spegne con decisione.

«Ho gli allenamenti.»

Vittoria annuisce.

«A meno che tu non voglia venire, devi andare.»

«Mi dispiace. Sul serio.»

Gill prende un respiro profondo per calmarsi. Poi alza gli occhi grandi, due nuvole piene di pioggia, e le fa un sorriso conciliatore. Sembra improvvisamente tornata lei, la migliore amica che abbia mai avuto, la sua Pimpi.

«Non c'è bisogno. Anzi, dimentica tutto. Sono stata una stronza, scusami.»

Vittoria cerca la sua mano ma lei si fionda a sistemare la scrivania. Nel silenzio cupo che scende di nuovo fra loro, le parole della cantante rimbalzano da una parete all'altra della camera.

«*Era speciale, ero lì, ricordo tutto molto bene.*»

Sulle note finali, Vittoria recupera lo zaino di scuola e si avvia verso la porta.

«Tornerò. Te lo prometto.»

Brian le aveva detto che forse lo stavano già facendo, loro due. Guarire. Ci sono momenti, però, momenti come questo dove Vittoria si sente la persona più spregevole del mondo, in cui non è affatto sicura.

Brian

«E questo da dove arriva? Era da una vita che non ne vedevo di vecchi così!»

Brian è entrato nella camera di Vittoria. Una stanza dalle pareti di un bianco sporco, spoglia, disadorna. Disabitata. Ci entra in punta di piedi, come per paura di invadere un luogo sacro.

«Di che parli?» Vittoria compare dietro di lui, stringe tra le mani una tazza di tè caldo dalla quale fuoriesce del vapore.

Brian indica il vecchio computer sul comodino accanto al letto.

Lei sgrana gli occhi. Gli rifila la tazza bollente in mano e corre al comodino. Apre un cassetto, lo smonta, ci mette dietro il portatile e richiude tutto.

«Ehm, okay» ci scherza su, perplesso. «Cos'era?»

La ragazza si siede sul materasso, senza rispondere. Si porta le gambe al petto e le abbraccia. Una posizione di difesa. Brian appoggia la tazza di tè sul comodino, al posto del laptop, e si siede accanto a Vittoria.

«Possiamo non parlarne, se vuoi» dice, rispolverando

le parole che Fleur gli rivolge quando è in difficoltà. Fleur che non era molto contenta che lui avesse disertato il loro precedente appuntamento. E sarà furiosa adesso che ne ha saltato un altro per passare un po' di tempo con la sua ragazza

Ammesso e non concesso che Brian possa considerare Vittoria tale.

«Ma penso che ti farebbe bene» continua. «Io comunque sono qui.»

Se ne stanno senza dire nulla per un po' e Brian ha l'impressione che, in quella casa, il silenzio pesi il quadruplo. È doloroso. È pieno di cose che non c'è stato tempo di dire, o di fare. Di intenzioni lasciate a metà, di strade interrotte troppo presto.

«È di mamma» dice, dal nulla, Vittoria. «Era» si corregge subito.

Brian annuisce. Lei recupera la tazza dal comodino e gliela porge.

«Ci ho trovato alcuni video, dentro» prosegue. «Video suoi. Perlopiù si registrava per preparare le lezioni.»

«Scommetto che li avete riguardati almeno un milione di volte.»

Un sorrisetto colpevole. Brian prende un sorso di tè, bollente ed extrazuccherato come piace a lui.

«Io sì. Papà no.» Vittoria si tormenta la cicatrice vicino all'occhio. Brian ha notato che lo fa sempre, quando è nervosa. «Lui non lo sa… che l'ho tenuto io.»

«Ah.»

«Dovrei dirglielo?»

Questa cosa che a Vittoria interessi davvero il suo pensiero continua a mandarlo fuori di testa.

«Penso che potrebbe fargli piacere» ribatte, cauto. «Perché non glielo mostri direttamente?»

«Non gli ho detto dei video, così come non gli ho mai parlato di quei sette minuti e cinque secondi.»

«Perché no?»

«A volte ho la sensazione che papà voglia solo lasciarsi tutto alle spalle.»

Brian le accarezza la guancia.

«A volte crediamo di sapere cosa pensano le persone» sussurra. «Ma la verità è che è, tipo, impossibile.»

«Non ne parliamo mai. Come se l'avesse già scordata.»

«Allora forse puoi capire come si è sentita Gill con te, nell'ultimo periodo?»

Ne avevano parlato a lungo, dell'atteggiamento rancoroso di Gill e della conversazione spinosa che lei e la sua amica avevano avuto un paio di pomeriggi prima. In effetti la loro amicizia, a Brian, era sembrata perlopiù a senso unico, ma gli è bastato leggere il rimorso profondo sul volto di Vittoria per capire quanto si fosse sbagliato.

Vittoria è quel tipo di persona che va capita, non allontanata. Ecco, sì, era questo che Brian avrebbe dovuto rispondere alle minacce velate di Seb. Peccato che le risposte migliori gli scoppiettino nella mente sempre incredibilmente in ritardo, come fuochi d'artificio difettosi.

«È solo che ho quest'idea di me e papà nella testa…»

«Quale?»

«Se mamma, come dici tu, si è trasformata in una

storia, allora io e papà ci siamo trasformati in due fantasmi. È come se non fossimo davvero qui e tutto ci passasse *attraverso*.» Il viso si accartoccia in una smorfia sprezzante. «Patetico, vero?»

Brian scuote la testa. Una parte di lui vorrebbe disperatamente dire a Vittoria che la capisce, che non è diventata un fantasma, e che anche lui ha avuto un momento simile. Quando è arrivata l'eclissi e ha pensato che nulla avesse più senso.

Poi, per fortuna, si riscuote. Gli torna in mente una puntata di *The Hunting of Hill House*, una delle tante serie tv che si era divorato in estate, chiuso in camera.

«Un fantasma può essere un sacco di cose diverse. Un sogno, un ricordo, un desiderio. Ma anche un dolore o… un senso di colpa.»

Vittoria abbassa lo sguardo.

«Non penso sia colpa di nessuno, se è successo quello che è successo. Me lo ricorderei, no?»

Brian si sporge verso il comodino, appoggia la tazza e le dà un bacio sulla guancia.

«Forse. In ogni caso, devo dirtelo: come fantasma, sei una favola.»

Vittoria solleva il capo con un sorriso spezzato. «Come fai a sapere sempre cosa dire?»

Lui si stringe nelle spalle, il cuore che batte forte, forte, forte.

«Anni e anni di pratica!»

Vittoria gli dà uno scappellotto. «Scemo.»

«Okay, me lo merito. Ogni tanto dovrei sapere anche quando stare zitto.» Le mette una mano dietro il collo. «Mi è appena venuta un'ottima idea per riuscirci.»

Appoggia le labbra calde su quelle della ragazza, che accoglie il suo bacio. È un bacio lungo, più dolce della sua tazza di tè. Vittoria gli mette una mano tra i capelli, e gli tira un po' indietro la nuca. Lui si perde sotto il cielo d'Irlanda.

«Che c'è?»

«Devo andare.»

Brian emette un grugnito contrariato. Vittoria gli dà un bacio leggero, poi si tira in piedi.

«Vuoi unirti al coro di scuse insieme a me, Zorro e Seb?»

Scoppia a ridere.

«Diciamo che l'innamoramento fra me e Seb è ai titoli di coda.»

Sul volto di Vittoria passa una nuvola scura.

«È successo qualcosa fra di voi?» chiede, tesa.

Brian fa retromarcia all'istante. Si alza, le appoggia le mani sulle spalle. «Scherzavo, tranquilla. Devo andare anche io, ho un impegno.»

Vittoria inarca le sopracciglia in una curva di scetticismo. «Ah, sì?»

«Che fai, sei gelosa?» scherza lui. «Guarda che sei tu che esci con due ragazzi!»

Vittoria ride e Brian la trova così bella, anche quando cambia d'umore tanto spesso quasi si cambiasse d'abito e se è felice si veste di luce, se depressa si veste di tempesta, se gelosa di rosa con le spine, che le prende il volto tra le mani e la bacia, ancora e ancora, come se il tempo fosse una cosa stupida, i fantasmi una cosa stupida, le eclissi una cosa stupida, le sedute con Fleur una cosa stupida, e le sue paure una cosa stupida, la gelosia una cosa stupida e gli squali bianchi territoriali una cosa ancora più stupida.

La bacia come se l'unica cosa davvero sensata fosse lei, e chi è lui quando sta con lei.

Vittoria

Un uomo di parola. Il signor Thompson era senza dubbio un uomo di parola.

Aveva promesso che si sarebbe messo tutta la faccenda dell'intrusione alle spalle se anche Seb e Zorro si fossero presi la responsabilità delle proprie azioni, e così è stato. Erano andati direttamente alla villa, e lui li aveva accolti con un sorriso, di quelli seri, nascosto dietro la barba da Babbo Natale.

Li aveva fatti accomodare brevemente nella cucina moderna, dall'aria di non essere mai stata utilizzata, e li aveva ascoltati senza interromperli, annuendo di tanto in tanto con aria distaccata.

Vittoria aveva riso sotto i baffi. Sapeva benissimo cosa stava facendo il signor Thompson, o meglio cosa *non* stava facendo. Dar loro soddisfazione.

L'incontro era durato una quindicina di minuti in tutto, poi l'imprenditore li aveva congedati, raccomandandosi che stessero fuori dai guai. Mentre gli altri due uscivano, Vittoria aveva esitato un secondo in più sulla soglia, lo sguardo oltre le vetrate, verso la piscina, ora messa al riparo da una meravigliosa veranda installata apposta per l'inverno. Pensava a quello che avevano combinato. Pensava a quell'estate. Pensava a lei e alla ragazza del guardrail, senza paura di niente e di nessuno.

E le era venuta in mente un'idea folle, così folle e impulsiva, che l'aveva condivisa con il proprietario di casa. E il signor Thompson l'aveva assecondata.

Vittoria, adesso, non vede l'ora di attuare il piano.

«Da quand'è che sei diventata amica di quel pappone?»

La provocazione di Seb la riporta bruscamente alla realtà. Zorro li ha già lasciati per andare a trovare la fidanzata di turno, così lei e il ragazzo stanno tornando al Drake da soli, a piedi. Inizia a fare un po' troppo freddo per girare con Maya. Sono poco più delle cinque, eppure intorno a loro è già buio.

«Penso meriti un po' di rispetto, visto che ha deciso di non denunciarci» replica, stringendosi nel suo parka nero. «Mi sono ricreduta sul suo conto. È possibile cambiare idea sulle persone, sai?»

Seb infila una falcata dietro l'altra, le mani nelle tasche. Sembra inquieto. Be', pensa Vittoria, per uno come lui chiedere scusa dev'essere un'insolita novità.

«Allora sei in tempo per cambiare idea anche su un'altra persona.»

Vittoria inchioda.

«Eh?»

Seb si ferma e si volta nella sua direzione.

«Dai, è sotto gli occhi di tutti.» Il suo tono è amaro e affilato. «Sei persa di Brian.»

Vittoria s'irrigidisce. «Non sono persa di nessuno.»

E anche se fosse?

«Gill dice di sì.»

«A proposito...» Vittoria passa al contrattacco. «Mi dici che cavolo stai combinando? È così lunatica in questo periodo... non è da lei.»

«Fatti gli affari tuoi.»

Seb riprende a camminare. Vittoria lo insegue e lo affianca.

«È la mia migliore amica.»

«Facile ricordarsene quando fa comodo.»

Vittoria incassa il colpo, una pugnalata mica da ridere. Seb ha questo superpotere che è più una supermaledizione, di riuscire a farla sentire in colpa. Di ricordarle la parte peggiore di lei. Perché quando parla, Seb parla alla ragazza del guardrail, non a Vittoria. E se prima questa cosa le andava non bene, benissimo, adesso non ne è più tanto sicura.

«Lo sai che mi sento da schifo per quello che abbiamo fatto» ribatte. «Se tornassi indietro...»

Lui si blocca e si gira con uno scatto collerico, a un centimetro dal suo volto.

«Quindi è questa? La storia che ti racconti la notte per riuscire a dormire?»

«La notte non dormo per altri motivi.»

«Gill ha proprio ragione» ringhia lui. «Devi smetterla di usare la morte di tua madre come giustificazione per le tue scelte di merda.»

Il sangue spara al cervello con una velocità tale che è un miracolo se la testa di Vittoria rimane attaccata al collo. Sente gli occhi riempirsi di lacrime calde di frustrazione. Accelera il passo per lasciarsi Seb, e la sua stronzaggine, alle spalle. Attraversa la strada. Sono quasi in centro.

«Ragazza del guardrail!» urla lui. «Aspetta! Ho esagerato!»

L'attimo dopo l'afferra per un braccio e la spinge in un vicolo laterale.

«Sono un bastardo, d'accordo?» Seb ansima, mentre incastra gli occhi scuri e vuoti nei suoi.

«Cosa vuoi da me?» sbotta lei, ferita.

Lui le guarda le labbra in maniera insistente. Vittoria può percepirla, la tensione che c'è fra loro. Spinge e pulsa nello stomaco, proprio come quella notte in camera del ragazzo, quando sembrava ci fossero solo loro due al mondo, e cedere all'attrazione fosse l'unica cosa sensata da fare. Ma ha smesso di essere una sensazione piacevole. È più come scherzare con il fuoco e avere la certezza che qualcuno, molto presto, si brucerà.

«Voglio tornare a quest'estate.» La sua voce è bassa e suadente. «A quello che eravamo. Ci siamo divertiti insieme, non puoi negarlo. Eravamo così liberi, senza responsabilità. Facciamolo ancora. Una follia delle nostre. Una volta soltanto.»

«Non posso. Non voglio.»

Con uno strattone, Vittoria si libera. Il viso insolente di Seb si contrae in una smorfia di dolore. È un istante breve, una frazione di secondo fulminea, ma Vittoria l'ha vista. Solo che non sa cosa voglia dire.

«Fa' come ti pare!» inveisce il ragazzo. «Ma se pensi che Brian sia giusto per te, ti sbagli. È un debole, ragazza del guardrail. Non ti merita.»

Vittoria gira sui tacchi per andarsene. Non ha intenzione di ascoltare altro.

«Gli hai mai chiesto perché si è trasferito nella nostra scuola?» insiste Seb, gridandole dietro. «Perché mesi fa ha smesso di frequentare le lezioni e i suoi amici non sapevano più che fine avesse fatto?»

Contro la sua volontà, Vittoria sente le gambe fermarsi. Ruota su sé stessa per fronteggiare di nuovo il ragazzo. Seb è fermo dov'era con un ghigno vendicativo sul bel volto.

«Tu non sai niente di lui.»

«*Tu* non sai niente di lui» controbatte in tono duro. Vittoria si morde la lingua. Perché una parte, piccolissima, dentro di lei, lo sa che Seb e Gill, almeno su questo aspetto, hanno ragione.

«Visto?» la provoca lui.

«Se fossi in te» sbotta Vittoria, a denti stretti «mi concentrerei più sul salvare la mia storia che rovinare quella di qualcun altro.»

«Non hai mai capito nulla.» Seb scuote la testa, l'aria malevola sfuma in un'espressione rassegnata. «Io sto solo cercando di proteggerti.»

«Fallo, allora! Stai alla larga da me e Brian» ribatte, inviperita. «E mantieni il nostro segreto, o perderemo tutto.»

Seb si passa una mano sulla nuca, nervoso. Infine scrolla le spalle, come se di punto in bianco fosse troppo stanco per continuare a lottare.

«Chi dice che non l'abbiamo già fatto?»

Brian

«È da un po' che non ci vediamo.»

«Scusami. Sono stato molto preso. Studio, amici, ragazza… cose così.»

«Mi fa piacere. Ma non posso fare finta di niente se manchi ai nostri appuntamenti. Voglio essere sicura che tra le "cose così", la tua salute mentale resti al primo posto.»

«È un buon periodo, Fleur, davvero. Mi sento distante anni luce dalla prossima eclissi, giuro.»

«Allora ti va di raccontarmi dell'ultima paura?»

«L'acqua. Okay, ci provo. Prima mi trovavo a mio agio, nell'elemento. Vicino a casa abbiamo una piscina pubblica, facevo nuoto libero ogni martedì e giovedì. Ora è tutto diverso. Non ho problemi nel farmi la doccia o cose del genere, ma mi paralizzo in tutte quelle situazioni dove non posso controllarla. Non sopporto nemmeno la pioggia… penoso, no?»

«Cosa credi sia cambiato?»

«È stato in gita scolastica. Avevano deciso di portarci nell'East Sussex per un paio di giorni. Per me era un periodaccio: il rapporto con i miei compagni era ai minimi storici, c'ero o non c'ero non faceva la differenza. Stavo sempre solo nella mia stanza a leggere, ascoltare musica, guardare telefilm. Fare da spettatore alle storie altrui mi sembrava l'unico modo per scivolare da un giorno all'altro. I miei genitori non capivano cosa avessi. E poi, quel viaggio. Non ci volevo andare. Ma papà era convinto che un po' di sano… come l'ha chiamato…»

«Cameratismo?»

«Esatto. Un po' di *quello* mi avrebbe fatto bene. Quindi, ovviamente, sono partito. All'inizio sembrava andare tutto bene. Ci stavamo divertendo, i miei amici si comportavano come se non fosse successo niente tra noi. Pensavo che finalmente avessero deciso di darmi una tregua. Sentirmi accettato da loro era come essere tornato a esistere, capisci? Poi l'ultimo giorno siamo andati a fare i tuffi da una scogliera. Era alta da fare spavento ed era pericolosa, troppo. Tuffarsi da lassù era da pazzi. Ma aveva anche il suo fascino, sai, la vertigine, il rischio, il desiderio di onnipotenza. Era tutte quelle cose lì. E poi i miei amici avevano detto che ci saremmo buttati insieme…»

«E invece?»

«Non so cosa sia successo. Un momento prima ero su, in alto, che guardavo le onde infrangersi contro i flutti sotto di me. Quello dopo, stavo precipitando. Lo schianto contro la superficie è stato terribile. Ero stordito dal dolore. I polmoni mi si sono riempiti d'acqua, non respiravo… non so dirti come ho fatto a uscirne. Sulla scogliera non c'era più anima viva. Se n'erano andati via tutti, mi avevano lasciato solo.»

«Pensi che ti abbiano spinto, Brian?»
«Sì. No. Forse.»
«...»
«E se mi fossi buttato da solo, Fleur?»

Fa un freddo bestiale in motorino. Brian, imbacuccato nella sua giacca imbottita, si stringe più che può a Vittoria, che guida sicura Maya per la città, in un sabato sera come tanti altri, tranne che per il fatto che non lo è.

Non ha idea di dove stiano andando, ma ormai ha imparato a fidarsi di Vittoria e così, quando qualche giorno prima gli ha detto che era tempo di affrontare l'ultima paura della lista, lui ha accettato senza fare domande. E comunque, l'idea di passare un sabato sera da soli, loro due, vale la pena qualsiasi cosa abbia in mente. Brian le ha preparato anche una sorpresa, che tiene al sicuro tra le note del suo cellulare. Spera solo di non aver osato troppo.

Vittoria rallenta, fino a fermarsi davanti al semaforo rosso. Brian ne approfitta per far scivolare la mano ghiacciata sulla coscia di lei. Vittoria stacca la mano dalla manopola e l'appoggia sopra la sua. Un gesto all'apparenza privo di importanza, ma se qualcosa di Vittoria Brian ha capito è che in lei non c'è nulla, davvero nulla, che sia insignificante.

Tutto, in lei, reclama un senso.

Quindici minuti di semafori, e curve, e moltissimo freddo dopo, Vittoria parcheggia davanti a una villa magnifica su una piccola collinetta fuori Layfield. Brian scivola giù dal sellino, sfila il casco e si guarda intorno.

La luce delle lanterne esterne puntella di luce calda un cortile d'ingresso perfettamente curato.

«Dove siamo?»

Vittoria arriccia il naso in una smorfia furba, adorabile, e risponde con un solo nome.

«Thompson.»

«Sei impazzita?»

Villa, piscina, irruzione. Seb e Vittoria. Guai in arrivo. Brian scuote la testa con foga e sta già per rimettersi il casco in testa.

«Grazie di cuore, sul serio, so che ci tieni ad aiutarmi, ma non c'è bisogno di... insomma, avete scampato la denuncia per un soffio!»

Lei butta indietro la testa e scoppia in una risata contagiosa che illumina ogni cosa, intorno a loro.

«Dovresti vedere la tua faccia, Primo giorno!»

Fruga nella tasca della giacca e ne sfila qualcosa di tintinnante.

«Quelle sono...»

«Chiavi, sì.»

«Quindi noi non...»

«Faremo qualcosa di illegale, no.»

Brian strabuzza gli occhi. Si sente un perfetto idiota. Un cretino fatto e finito. Spalanca le braccia.

«Be', ma allora cosa stai aspettando?»

Villa Thompson è un gioiellino d'architettura in stile New England. Spaziosa, ordinata, uscita direttamente da un catalogo di design per interni. Il piano di sotto è un immenso open space, con cucina ampia, equipaggiata di penisola centrale in marmo e illuminata da un lampadario sfarzoso, un soggiorno arredato con un divano gigantesco, due poltrone da fare invidia a un salotto letterario, di fronte a un caminetto. Se Brian ripensa a casa sua – piccolo soggiorno, cucina, due camere, un solo bagno e un terrazzino minuscolo – gli viene da fare le valigie e far partire le pratiche per l'adozione.

«Bella, vero?» Vittoria, a suo agio, appoggia giacca e sciarpa su una poltrona.

«Ma il signor Thompson dov'è?» chiede lui sospettoso, guardandosi intorno.

«In viaggio per lavoro.» Vittoria gli fa cenno di togliersi il giubbino. Brian ubbidisce e glielo consegna. «Ci siamo organizzati per tempo.»

«Come…?»

Lascia la domanda a metà, stordito. Lui e Vittoria fanno a pugni con l'ambiente circostante, sono due macchie di colore incongruenti su una tela in bianco e nero.

«Vieni.»

La ragazza lo prende per mano e lo conduce verso un'ampia porta-finestra, dal lato opposto dell'ingresso.

«Questa è la parte che preferisco.»

Brian resta a bocca aperta per lo stupore. La famosa piscina di Villa Thompson è, sotto ogni aspetto, una vasca olimpionica interrata. Tutt'intorno, corre una piattaforma bianca illuminata da piccole lanterne da esterno, simili a quelle in giardino. Un paio di sdraio in vimini, con una pila di asciugamani puliti, riposano a bordo vasca.

È un posto incantevole. E romantico, sì. Soprattutto romantico. Brian guarda Vittoria con la coda dell'occhio. Le sue guance sono due mele mature.

«Okay, non me lo aspettavo neppure io» dice con un cipiglio incerto, tra la sorpresa e l'imbarazzo.

«Entriamo.» Brian apre la porta-finestra e fa un cenno galante a Vittoria. «Dopo di lei!»

Vittoria ride, rossa in volto, ed entra. Brian la segue, richiudendosi la porta-finestra alle spalle. La veranda, riscaldata, ha una temperatura piacevolissima. Installato su un pilastro lampeggia un termostato dall'aspetto tecnologico.

«Hai pensato proprio a tutto.»

«Mica è opera mia!» ribatte lei. «Ho soltanto chiesto al signor Thompson se potessi usare la piscina per... per una buona causa.»

Brian l'abbraccia da dietro.

«Temo abbia viaggiato un po' di fantasia.» Vittoria ride, stringendosi a lui. «Sembrava così elettrizzato all'idea. Non ho capito se è perché ho scelto di chiedergli aiuto, invece di combinarne un'altra... oppure perché si immaginava chissà che.»

«Sarà stato contento di fare qualcosa per qualcuno» riflette Brian. «Ci si può sentire soli, in una casa molto grande.»

«Ci si può sentire soli anche in una casa molto piccola.»

Restano per qualche secondo così, immobili, a guardare l'acqua ipnotica della piscina. Terminato l'effetto sorpresa, Brian si rende conto di cosa lo aspetta. O meglio, di cosa Vittoria si aspetta da lui. O forse lui da sé stesso.

La ragazza sguscia via dall'abbraccio, lo guarda. Un'occhiata lunga, intensa. L'atmosfera cambia in modo repentino. C'è tensione, un certo senso di attesa. E anche se Brian non vuole, Gesù se non vuole, inizia a tremare. Vittoria si sfila il maglione, la maglietta e lui trema anche di più.

Lascia viaggiare lo sguardo sulla sua pelle bianca, mappa gli angoli del suo corpo che non ha ancora mai visto e pensa che lei sia stupenda, la cosa, *no*, l'essere vivente più bello su cui abbia mai posato gli occhi, e che è tutto stupendo, sì, stupendo, ma anche fottutamente spaventoso.

Brian non si muove, impalato come un cartello stradale che dice strada chiusa, qui non si passa. Qui ci sono due ragazzi che si scoprono, in ogni senso.

Vittoria si toglie con calma le scarpe, i pantaloni, le calze. Rimane soltanto in slip e reggiseno. E ha la pelle d'oca e non ha fiatato da quando ha cominciato a spogliarsi. Si volta, dandogli le spalle, per entrare in piscina. Brian nota una cicatrice sulla spalla destra, una ferita estesa, che non aveva visto prima.

Immagina lo schianto, le lamiere dell'auto, il dolore lancinante. Brian lo sa che è lui, il dolore, ad aver ridisegnato i contorni del corpo di Vittoria, trasformandola in una dea che danza sulla propria immortalità.

La ragazza si immerge in acqua, e Brian vorrebbe urlargli *Non farlo!* perché ha paura che sparisca, che flutti invisibili la inghiottano e ha paura di sparire anche lui, di lasciarla lì da sola, mezza annegata, un film che si ripete.

È in stato di apnea senza aver nemmeno sfiorato l'acqua.

Vittoria se ne accorge. Esce dalla piscina, si avvicina, profuma di cloro, di cloro e qualcos'altro che gli fa battere il cuore a duecento all'ora. Forse non morirà annegato, forse morirà d'infarto. Chiude gli occhi.

«Brian.»

Lo chiama, è solo il suo nome, ma pronunciato da lei è diverso. Brian vorrebbe riaprire gli occhi ma sono incollati, vorrebbe seguirla ma è bloccato, vorrebbe fare un sacco di cose ma è un debole, e questo loop di pensieri nel quale sta precipitando si restringe sempre più...

Un tocco leggero. Le dita di Vittoria slacciano la zip della sua felpa, la sfilano dalle sue spalle. Con gli occhi serrati, Brian asseconda i movimenti, lenti e attenti della ragazza. Felpa, maglietta, scarpe, calze e poi via, anche i pantaloni.

Vittoria afferra gentilmente la sua mano e lo guida, un passo alla volta, verso la piscina. Brian stringe i denti quando l'acqua gli lambisce i piedi, poi le gambe, s'infila nei boxer, contrae gli addominali quando gli sfiora la pancia.

Dentro di lui è un nubifragio.

Vittoria non ha mai smesso di tenergli la mano. Se la porta al petto, l'appoggia sul suo cuore. Il tocco dei polpastrelli con la pelle fredda della ragazza è una detonazione di colori vividissimi che lo riscuote.

Brian riesce finalmente ad aprire gli occhi.

È tornato alla vita.

Vittoria

Ha i brividi dappertutto, ma spera che Brian non se ne accorga. Qui, questa notte, in una piscina silenziosa dentro una villa troppo grande dove è facile sentirsi soli, lei e Brian non lo saranno mai più. Galleggiano sospesi nel tempo e nello spazio, in una dimensione senza nome, irraggiungibili.

È tutto così diverso dall'ultima volta che è venuta lì. E non è solo perché quella era stata un'impresa spericolata, non è solo perché allora faceva caldo e la piscina era all'aperto.

È diverso quello che prova. È diverso il suo essere presente, in quel momento. Vittoria, soltanto Vittoria.

E Brian, soltanto Brian.

«Come ti senti?» gli chiede.

Lui non risponde. Vittoria decide di raccontargli qualcosa, per provare a distrarlo.

«Quando sei venuto da me con la tua lista, non volevo affatto aiutarti.»

Brian continua a fissare la superficie dell'acqua, senza reagire.

«Poi però mi è venuta in mente una cosa importante, che mi ha fatto cambiare idea.»

Adesso alza gli occhi su di lei. In fondo, c'è una scintilla di curiosità.

«Prima di morire, mamma mi ha detto una frase. Penso fosse una richiesta. Una speranza, forse…»

Gli sposta la mano dal petto, e senza smettere di stringerla, la immerge nell'acqua. Il ragazzo non si lamenta.

«Mi ha detto di non aver paura.»

Fa un tentativo più audace. Gli afferra anche l'altra e, una gamba dopo l'altra, si mette in ginocchio, trascinando giù, con il peso del proprio corpo, anche il suo.

L'acqua fredda è quasi piacevole, rinfresca i bollenti spiriti che la sconquassano dall'interno. Brian si inginocchia, di fronte a lei. Sono vicinissimi, l'acqua arriva a entrambi al petto. Vittoria si rende conto che è la prima volta che lo vede nudo, se non per i boxer, e lo trova di una bellezza disarmante. Si sporge verso di lui, le labbra sfiorano il suo orecchio.

«Non avere paura, Primo giorno.»

Lascia scivolare le mani lungo le braccia segnate del ragazzo, le fa risalire su per le spalle. La pelle bagnata scivola sotto le sue dita. Poi giù, sul petto, che si muove in modo regolare. Il respiro di Brian è tornato a essere lento e controllato. Calmo.

Vittoria gli sorride.

«Ciao» dice, come se si incontrassero soltanto in questo momento.

«Ciao» sussurra lui, appoggiando la fronte sulla sua. «E grazie.» Fa per baciarla, ma Vittoria prende un po' d'acqua con le mani a coppa e gli bagna i capelli, il volto, le labbra. A quel punto, solo a quel punto, lo bacia.

«Forse è meglio che ti allontani» sbuffa lui. Goccioline d'acqua appese alle ciglia come diamanti.

«Perché dovrei?» lo provoca.

«Per questo!»

Di punto in bianco, Brian la solleva per le braccia e la lancia più in là, con un'agilità sorprendente. Presa alla sprovvista, Vittoria finisce con la testa sotto, l'acqua s'infila nel naso e giù nella gola. Riemerge tossendo, infreddolita, i ricci davanti agli occhi e dentro la bocca. Brian scoppia in una risata sguaiata. Vittoria si sposta i capelli indietro e lo fulmina con la sua migliore occhiata assassina.

«L'hai voluto tu!»

Al suo grido di battaglia, cominciano a schizzarsi, tuffarsi, rincorrersi per poi abbracciarsi, corpi vicini, gambe intrecciate.

Per la mezz'ora successiva, la veranda rimbomba delle loro risate spensierate. Poi, esausti, si lasciano galleggiare leggeri. Sentirsi vuoti non è mai stato così piacevole.

Vittoria lo sente, nello stomaco, nel basso ventre, nelle gambe. Lo sente nella testa, e dentro il cuore, dove prima c'era solo e soltanto la sua insofferenza. Ora si fa largo un impulso irresistibile, che spazza via ogni suo pensiero o preoccupazione, reclamando a gran voce il desiderio di essere ascoltato, di perdercisi dentro.

In silenzio, si avvicina a Brian e lo bacia con trasporto. Sente le labbra bagnate del ragazzo dischiudersi, la lingua impetuosa intrecciarsi alla sua, le sue mani accarezzarle il petto, la base del collo, scendere giù lungo la schiena, fino alla vita, fino…

Brian si stacca, spezzando l'incantesimo.

E prima che lei capisca cosa è successo, il ragazzo esce dalla piscina. Vittoria resta in acqua, il cuore a mille e una sensazione di scottante delusione in fondo allo stomaco.

Ha esagerato? Stava correndo troppo? Eppure era sicura che anche lui… gli sembrava che… forse si è sbagliata. Forse ha preso un abbaglio terribile. Forse, a Brian, lei non piace nemmeno così tanto da… spingersi fino a quel punto.

«Che fai ancora lì?»

La voce allegra di lui la salva dall'annegare dentro le sue insicurezze. Vittoria si volta verso il bordo piscina, dove Brian ha steso per terra due asciugamani giganteschi.

«Vieni o no?» la invita, con un sorriso furbo che gli evidenzia le fossette.

Vittoria esce dall'acqua, confusa. Si distendono insieme, gli sguardi puntano in alto. La veranda è tutta a vetrate e si vede il cielo, lassù. Un lenzuolo nero, trapuntato di poche stelle, meraviglioso nel suo mistero. Vittoria lo prega in silenzio. *Per favore, non cadere, per favore, non stasera.*

Dopo qualche secondo, in cui respirano e basta, Brian le mostra il cellulare.

«Posso farti vedere una cosa?»

Vittoria annuisce. Lui sblocca lo schermo, la luce gli illumina il volto sereno.

«Lo so che detesti le liste. E tutti coloro che le fanno… tranne il sottoscritto, ovviamente.» Una smorfia maliziosa. «Però…»

Le porge il cellulare. Vittoria lo prende, incerta. Avvicina lo schermo al volto. È la pagina delle note.

Dentro, c'è una lista a punti di attività.

«Cucinare una teglia di biscotti e divorarli (io), baciarci, costruire un fortino (o almeno metà), baciarci, percorrere il tragitto stazione-scuola tenendoci per mano (ma con una buona andatura), baciarci, fare un giro e mezzo sulla Little Wheel, baciarci…»

Vittoria interrompe la lettura, lancia un'occhiata dubbiosa a Brian.

«Non capisco.»

Lui si mette sul fianco, un braccio sotto la testa per sorreggerla.

«È una lista di cose che possiamo fare in sette minuti e cinque secondi» spiega. La sua voce è una coperta calda e avvolgente. «Ho pensato a quello che mi hai raccontato dell'incidente e…»

«Brian, ascolta…»

«E più ci riflettevo, più avevo questo pensiero che mi girava in testa. Il tempo è soltanto tempo, Vittoria. Non dovrebbe essere una prigione. Dovrebbe essere ciò che vuoi. E ciò che vuoi dipende dall'uso che ne fai…» Fa una smorfia buffa. «È incasinato, lo so.»

«Parecchio.»

«Quello che sto cercando di dirti è che anche se tu credi sia così, la tua vita non si è fermata in quella parentesi di tempo. Ne hai ancora tantissimo a disposizione, per fare un sacco di cose. Giuste, sbagliate, sensate, spericolate, spensierate, ragionate. E io spero davvero che tutte queste cose che potrai fare, vorrai farle con me.» Le sposta un ciuffo di capelli dagli occhi. Vittoria ha il cuore che batte a mille. Lo sente dappertutto, il tocco di Brian, come se il suo corpo fosse diventato una cassa di risonanza. «Perché io ci ho messo molto meno di sette minuti a perdere la testa per te.»

Vittoria si immerge senza più difese negli occhi oceano del ragazzo e lascia che lui cominci a baciarla ovunque voglia. Tra i capelli, sulla cicatrice vicino all'occhio, sulla punta del naso, infine sulle labbra, sul seno, mozzandole il respiro. Accogliendo il suo bacio, Vittoria lo spinge con le spalle a terra e gli sale sopra. Gli appoggia la mano sul petto, che va spedito su e giù, su e giù. Sente il cuore di Brian rispondere al suo, scalpitante, irruente, smanioso.

«Mi fermo?» La voce è poco più di un sussurro dolcissimo.

In risposta, Brian le prende il volto tra le mani e la bacia impetuoso come se volesse fondersi con lei, come se quello fosse l'ultimo giorno della loro vita, e non ci fosse un futuro, non ci fosse un passato, perché il tempo non esiste e l'unica cosa che esiste per davvero sono i loro abbracci, i loro baci, le loro attenzioni, i respiri accelerati, i corpi che danzano ora impacciati, ora armonici, in una notte sotto le stelle che sa di infinito.

Dove l'unica cosa che esiste per davvero sono loro due.

Un'ora dopo, Vittoria osserva Brian addormentato tra gli asciugamani. Dopo aver fatto l'amore le sembra diverso, e sempre lo stesso, più bello, e più vulnerabile: gli occhi chiusi, le ciglia lunghe, la bocca leggermente aperta, il suo corpo nudo e stanco, sconquassato da una marea di emozioni.

È uno spettacolo, tutto per lei.

Facendo attenzione a non svegliarlo, recupera il cellulare del ragazzo, abbandonato poco più in là. Lo sblocca prendendo in prestito, per l'impronta digitale, l'indice del suo proprietario addormentato, e attiva la fotocamera. Inquadra Brian fino al petto e scatta.

Guarda soddisfatta la foto e se la invia, insieme alle altre due che lui le ha fatto, la prima al Cupid Spot, la seconda davanti al falò.

Allora è vero, si dice, non sono solo le cose brutte, ma anche quelle belle e inaspettate, a stravolgerti la vita. A volte devi solo avere un po' di fede e aspettare che, prima o poi, accadano anche a te.

E forse, si ripete nella testa, forse, anche tu meriti il tuo pezzettino, irrepetibile, di felicità in mezzo alla tempesta. Nonostante tutto.

È il suo ultimo pensiero prima di addormentarsi.

Brian

Come un astronauta.

Se qualcuno gli domandasse come ci si sente a essere innamorati, la risposta sarebbe questa. Un astronauta di quelli bravi, che vengono scelti per andare in missione sulla luna dove, si sa, è tutto molto romantico. In realtà, lui sulla luna c'è già atterrato, ed è stata l'esperienza più incredibile della sua vita: ha fatto l'amore con la ragazza che ha vinto il suo cuore, occupato la sua mente, abbracciato ogni suo pensiero. Ha percepito il suo respiro caldo addosso, si è sentito desiderato, e ha desiderato come non gli era mai capitato con nessun'altra.

Si è sentito inadeguato, e giusto, e inadeguato e così via, fino a quando ogni cosa intorno è diventata confusa, e frammentata, per deflagrare in un'esplosione di stelle, una supernova mozzafiato.

Qualcosa che non avrebbe più dimenticato.

Oggi pomeriggio passeggia leggero per lo spazio, in assenza di gravità, Brian l'astronauta, sigillato nella sua tuta spaziale ipertecnologica e superprotettiva, con tanto di casco in policarbonato, busto in fibra di vetro, guanti e stivali in gomma.

Ha terminato le paure della sua lista. Le ha affrontate una per una e non è scappato una sola volta. Perciò, non c'è niente che possa scalfirlo. Giusto?

A parte, forse, questo senso di spossatezza che gli morde le gambe e gli solletica lo stomaco, e lo ha costretto a distendersi sul pavimento per un po'. Una manciata di minuti, giusto il tempo per riprendersi prima di andare alla seduta con Fleur, che ha promesso non avrebbe più saltato.

È nella sua stanza, Brian, disteso con lo sguardo sul soffitto e una morsa nella pancia che non capisce da dove arrivi.

In fondo, non c'è nemmeno da chiederselo. È soltanto che lui è guasto, guasto dentro la testa. Anche fare l'amore, per quanto stupendo sia stato, gli ha messo angoscia. Perché, si chiede, cosa succederebbe se per Vittoria quel momento non fosse stato altrettanto magico? Se fosse stato una frana? Se lei non fosse coinvolta quanto lo è lui? Se non fosse… innamorata come lo è lui?

In cuor suo, non crede sia così. Vittoria è sincera, i suoi occhi gli parlano, lo hanno sempre fatto. Ma è difficile non scivolare dentro i luoghi bui della propria mente.

«Riprenditi, cazzo» mormora, stropicciandosi il volto.

Si odia quando fa *così*. Quando i suoi pensieri si comportano in questo modo *qui* e rovinano ogni cosa bella. Si mette a sedere, il respiro corto. Deve concentrarsi su altro.

Come se uno degli innumerevoli santi protettori di mamma Adele fosse lì a esaudire il suo desiderio (un po' santo, un po' genio della lampada), il cellulare squilla. Una notifica. Due. Tre. Brian si fionda sul telefono in tempo zero e apre la chat di Whatsapp, felice di avere una distrazione a portata di mano.

Romeo
Ohi
hai saputo l'ultima?
Ma certo che no, tu non sai mai niente
È scoppiato un casino amico. Un casino di brutto.
Ci sei o no?!

Brian inizia un botta e risposta serrato con il suo compagno di banco.

L'orario dell'appuntamento con Fleur arriva e scivola via, senza che lui abbia mai lasciato la sua stanza.

Vittoria

Dovrebbe saperlo, ormai.

Quando le cose cominciano ad andare bene, è allora, in questo preciso momento, che il rischio che tutto vada a rotoli diventa straordinariamente elevato.

Vittoria, appollaiata sulla scrivania della sua camera da letto, pensa a Brian, al suo corpo, al modo in cui hanno fatto l'amore, con il cuore in tumulto. Quando sono insieme, è come stare in una bolla. La loro complicità, il modo in cui si cercano, le attenzioni che hanno l'uno per l'altra. Vittoria non è mai stata con un ragazzo come lui. Uno che la faccia sentire… *amata*. E questo pensiero, accidenti, è un po' una spina nel fianco. Perché una delle uniche due certezze che si porta in tasca, nella vita, è che quando due persone si amano, si amano per davvero, è certo che una delle due finisca con il cuore spezzato, prima o dopo.

E questo è un rischio che nemmeno la ragazza del guardrail vorrebbe assumersi. Figuriamoci Vittoria.

Ma con chi può parlare di queste cose? Con Brian, in questo caso, no. Sarebbe una conversazione imbarazzante. Ma con la sua migliore amica, forse sì. Una chiacchierata come ai vecchi tempi, magari un po' frivola, ma anche seria, e un po' leggera, sì, proprio quella leggerezza che Gill aveva detto le mancava così tanto nel loro rapporto.

Si è quasi convinta quando, però, è il suo cellulare a suonare. Vittoria sorride, lo interpreta come un segno del destino.

«Mi hai anticipata, Pimpi. Stavo per chiamarti!»

Ma dall'altra parte arriva un singhiozzo disperato.

«Tu lo sapevi?»

Il cuore precipita.

«Sapere cosa? Ma stai piangendo???»

Per una manciata di secondi, il silenzio è interrotto solo dai respiri pesanti della sua amica.

«Seb è andato a letto con un'altra.»

A Vittoria si gela il sangue nelle vene. *Eccola la tua resa dei conti, il tuo biglietto di sola andata per l'inferno*, sibila la vocina cattiva che si è insidiata nella sua testa. *Cosa ti aspettavi, stupida? La verità viene sempre a galla!*

«Non è possibile, io...» Negare, sempre negare. Ormai le viene spontaneo.

«Lo è, invece. Non ho idea di chi sia questa stronza, non me lo vuole dire. Ma è tutto vero. Sono a pezzi...»

Vittoria chiude gli occhi, incerta se tirare un sospiro di sollievo o, finalmente, liberarsi. Basterebbe dire «sì lo sapevo». E finirebbe tutto. L'ansia, le bugie, i segreti. Così come la loro amicizia, così come Winnie e Pimpi, e quello che sono state, e l'amore che si sono date, e quello che avrebbero potuto darsi ancora. Le basterebbe dire «quell'*altra* sono io. Sono sempre stata io e per tutto questo tempo sono rimasta zitta perché mi raccontavo che era per proteggere te dalla cazzata che avevo fatto, e invece proteggevo soltanto me stessa».

La ragazza del guardrail è sempre stata un'egoista micidiale.

«Vittoria?»

Il suo nome la salva dalla spirale di pensieri che stanno per soffocarla. Non ho scelta, si dice. Ma in fondo non ci crede più nemmeno lei.

«Quel gran bastardo, non ci posso credere! Come ha potuto farti questo?!» esclama, mentre un altro pezzettino di integrità si sbriciola. «Come l'hai scoperto?»

«Me lo sentivo. Da quando sono tornata dalle vacanze qualcosa non andava, te l'avevo detto...» Un singhiozzo, la voce si rompe nel pianto. «O-oggi abbiamo litigato per l'ennesima v-v-olta e l'ho messo alle strette... di nuovo.»

«Dev'essere stato tremendo, Pimpi. Mi dispiace da morire.»

«Tre anni... tre anni buttati nel cesso!»

Vittoria sospira.

«Cosa pensi di fare adesso?»

«Non lo so.» Gill tira su con il naso, e a lei si spezza il cuore. «Ha detto che è stata soltanto una sbandata estiva, che non ha significato nulla. Che gli mancavo tanto, è stato un momento di debolezza...»

Stronzo, pensa Vittoria, momento di debolezza un cazzo.

«Non gli stai permettendo di darti la colpa, vero?»

«No, però...»

Basta, questo è troppo. Vittoria balza in piedi.

«Stammi a sentire. Tu non hai colpa di niente. Capito? Non hai fatto nulla di male.» La voce traballa, le parole incespicano, fa una pausa. «È solo che… certe persone sono fatte così. A volte non resistiamo all'impulso di distruggere le cose più belle della nostra vita.»

Resistono. Vittoria si morde la lingua fino a farsi male. Ha detto «resistiamo». *Merda.*

Dall'altra parte del ricevitore c'è un silenzio tremendo, che la fa vacillare come se si trovasse sull'orlo di un precipizio. Gill ha capito cosa voleva dire?

«Winnie.»

«S-sì?»

«Ho davvero bisogno della mia migliore amica.»

Vittoria manda giù a fatica il groppone che si è formato in gola. Dopo quella chiamata, non avrà il coraggio di guardare il suo riflesso allo specchio per l'eternità.

«Arrivo, Pimpi.»

Brian

Oggi le strade di Layfield sono maltrattate da una corrente fredda, ma c'è un luogo, un punto esatto in cui si respira un'aria polare.

Il cortile della John Locke School.

Sulla sinistra, Seb mani in tasca e occhiaie nere sotto gli occhi, Zorro e la sua prima sigaretta del mattino, e Romeo, uno sfogo d'acne in vista sul collo; sulla destra Vittoria e Gill, mano nella mano. Brian, arrivato con qualche minuto di ritardo a causa di un guasto sulla ferrovia, non sa esattamente dove posizionarsi.

Così rimane lì, impalato come un lampione, nel bel mezzo dei due schieramenti.

«Be', buongiorno» saluta, per gentilezza.

Un grugnito in risposta. Cerca gli occhi di Vittoria, sperando di trovarci un bacio volante solo per lui. Niente da fare.

Come inizio giornata non è proprio granché.

«Hai intenzione di fingere che io non esista per tutto il tempo?» sbotta inacidito Seb, a un certo punto, in direzione della sua (ex?) ragazza.

«Non darti così tanta importanza, Sebastian.»

Gill è una maschera di impassibilità. Brian non l'ha mai vista così distaccata. Può visualizzare il nido dentro il quale si è rifugiata, costruito con lacrime e rimpianti.

Lo squalo bianco è finito in brutte acque, pensa. E un po' ci gode, se deve proprio essere onesto con sé stesso: Seb si è distratto a minacciare lui, Brian, e non si è accorto che la sua storia gli stava scivolando dalle dita.

Vittoria, intanto, quasi non l'ha notato. Sta fissando Seb con gli occhi stretti, la fronte corrucciata. Certo, è la migliore amica di Gill. Ci sta che sia infuriata.

Eppure Brian non può fare a meno di sentirsi invisibile, e non gli piace per niente.

«Parliamo, piccola» insiste Seb, a denti stretti. «Ti posso spiegare.»

«Ah, sì? Adesso vuoi *spiegarmi*? Adesso hai voglia di parlare?»

«Dai, Gill, non fa*r*e così...» interviene Zorro a difesa del suo amico.

Per tutta risposta, lei alza i tacchi e si dirige a passo indignato verso l'ingresso della scuola. Vittoria fa per seguirla, ma qualcosa glielo impedisce. Qualcosa che a Brian fa schizzare il sangue al cervello. Seb, infatti, afferra il braccio della *sua* ragazza. Nella sua testa è partito all'attacco in tempo zero.

Nel mondo reale, però, indugia. Perché Seb e Vittoria si stanno studiando in un modo che lo scombussola dentro. Un modo in cui si dicono delle cose che nessuno può sentire.

«Lasciami» sbotta infine la ragazza, gli occhi sulle dita di Seb arpionate al braccio.

«Ho sbagliato, okay?» s'incaponisce lui. «Non avrei dovuto, mi spiace.»

«Dovevi pensarci prima.»

Il muso di Seb si contrae in una smorfia cattiva.

«È tutto quello che hai da dirmi? Davvero?»

Vittoria ammutolisce. Brian vince ogni esitazione e interviene. Con un gesto deciso, slaccia il braccio della sua ragazza da quello di Seb.

«Forza, entriamo.» Intreccia le sue tra le dita di Vittoria e la guida verso l'atrio, senza degnare di uno sguardo il loro *amico*.

«NEMMENO UN GRAZIE?» lo sente sbraitare alle loro spalle. «SEI PROPRIO UNA STRONZA!»

Quando sono al sicuro, nella hall, Brian si gira verso Vittoria.

«Si può sapere perché se l'è presa con te?»

Vittoria fa spallucce. Ma nel cielo d'Irlanda aleggia una fitta nebbia, stamattina. Difficile anche per lui9 vederci attraverso.

«È soltanto arrabbiato» taglia corto. «E la rabbia ti fa dire o fare cose che non dovresti.»

Brian non sa se è la verità, ma preferisce crederci. Non ha nessuna intenzione di mettersi a discutere con Vittoria per uno come Seb. Lasciare fuori ogni elemento tossico dalla loro relazione, ecco, questo sì che è un modo per far funzionare le cose. E lui vuole che funzionino, lo vuole con tutto sé stesso. Con il cuore che balla ogni volta che la vede, la tocca. Con tutta la felicità che prova quando può stringerla a sé. Le dice tutto questo, e anche quelle due parole che vorrebbe pronunciare, mentre sfiora la sua guancia con il dorso della mano.

Vittoria gli spalanca un sorriso imperdibile come un tramonto sulla spiaggia.

«Possiamo dimenticarci per un po' di Seb e di tutta questa storia, per favore?» implora, prima di baciarlo. «Preferisco concentrarmi su noi due.»

Brian si perde dentro il suo bacio.

«Mmm. Seb? Seb chi?» scherza, mordicchiandole piano il labbro inferiore.

Vittoria ride, lui le passa un braccio sul fianco e insieme s'inoltrano per i corridoi della scuola.

Magari la prossima volta, si ripromette, la prossima volta glielo dico.

Vittoria

Aveva l'impressione che Brian cercasse di dirle qualcosa. Lo aveva tenuto d'occhio per tutta la giornata, a scuola, e le aveva dato l'idea di uno che ha qualcosa sulla punta della lingua. Ma poi lui scrollava le spalle, rideva tra sé e sé, e restava in silenzio.

Stravagante, pensa lei, stravagante e adorabile.

Adesso, nel freddo pungente del primo pomeriggio, Vittoria attende l'arrivo di qualcuno.

Sperduta tra la nebbia umida dell'area periferica dopo Gold Street, ai confini della città, aspetta e, intanto che aspetta, una domanda bizzarra le frulla in testa.

Quanto equilibrio serve a un giocoliere per riuscire a lanciare in aria gli oggetti e riprenderli simultaneamente, senza farli mai rovinare a terra?

Come giocoliera, Vittoria sarebbe davvero pessima. Gestire più cose in bilico, nello stesso momento, sperando che non venga giù tutto e che il trucco non si sveli, sta diventando un'impresa impossibile. Ad alto, altissimo rischio per tutti.

Al primo posto, nei suoi pensieri, c'è Brian. Brian

che le fa pensare di poter essere davvero solo Vittoria, di poter guarire, di poter, un giorno non così lontano, tornare ad amare. Subito dopo viene Gill, che non l'ha mai lasciata sola negli ultimi mesi, che si è presa tutto di lei, la sua collera, il suo silenzio, il suo dolore feroce. E che adesso, più che mai, ha bisogno che Vittoria ci sia, che le tenga la mano e asciughi le sue lacrime.

E poi c'è Seb.

L'attrazione fatale, lo sbaglio di una notte, capace di stravolgere ogni cosa.

Vittoria s'infila le mani ghiacciate nei tasconi del parka e aspetta. Non è mai mancato a un loro appuntamento ma questo, questo è il più urgente di tutti. Deve venire.

«Ragazza del guardrail.»

Infatti.

Dal banco di nebbia, spunta il profilo di Seb. Ha lo sguardo duro, le mani infilate nelle tasche dei jeans, le spalle larghe strizzate nel giubbotto invernale. Questa volta il ragazzo non si avvicina, ma si ferma a qualche metro di distanza da lei.

«Pensavo che nemmeno tu volessi più vedermi.»

«Che intenzioni hai?» chiede sbrigativa Vittoria. Non vuole passare da sola con lui più tempo di quello necessario per ottenere le risposte che cerca. «Piantala di giocare.»

Lui la studia in silenzio per qualche secondo, con la mascella contratta.

«Non ce la facevo più, d'accordo?» sputa fuori, risentito. «Gill lo aveva già capito. Era estenuante il suo modo di starmi addosso. Lunatica, sempre pronta ad aggredirmi. Stare insieme era diventata una tortura!»

«Vacci piano con lei» lo ammonisce Vittoria, poi continua: «C'è una cosa che non capisco. Perché non hai fatto il mio nome?».

Seb si stringe nelle spalle.

«Non c'era bisogno di infierire.»

«Cos'è, sei diventato uno dei buoni, adesso?» sbotta Vittoria, sarcastica. «Ci ho pensato, sai? Io credo invece che tu voglia avermi in pugno. Vuoi tenerti l'asso nella manica, ti piace sapere che ti basta una parola per affondarmi. Perché alla fine sono questo, i segreti, giusto? Soltanto armi.»

«Calmati, cazzo, sei diventata paranoica! Non ti metterò in mezzo a questa storia. Non sono un mostro, non mi piace vedere Gill soffrire.» Seb sbuffa una nuvola di vapore. «Stiamo insieme da tre anni.»

«Adesso non più.»

Lui ride. Una risata vuota, priva di colore. «Io e Gill abbiamo provato sentimenti veri, l'uno per l'altra. E l'amore può essere molto più complicato di quello che pensi» spiega, tagliente.

«L'amore non è complicato» ribatte Vittoria, mentre il sangue inizia a ribollirle nelle vene. «L'amore spezza il cuore e basta.»

Seb inclina leggermente la testa. I suoi occhi, penetranti, sono due calamite.

«È questo che pensi? Brian lo sa?»

«Cosa c'entra adesso?»

«Dio mio» geme il ragazzo, incredulo. «Sei così concentrata su te stessa da non vedere altro. Ma un giorno ti toccherà alzare la testa, ragazza del guardrail. Spero solo non sia troppo tardi.»

Brian

«Hai fatto tardi? Questa sarebbe la tua scusa? MA CHI TI CREDI DI ESSERE???»

Da dietro l'elmetto protettivo della sua tuta da astronauta, la voce di papà Ruggero giunge alle sue orecchie distorta, ovattata.

«TI PAGO LE SEDUTE DA MESI, E TU OSI NON PRESENTARTI?! Quindi non è vero che stavi poi così tanto male, no! Scemo io, che ho dato ascolto a te e a tua madre! Gliel'avevo detto, che eri solo un cagasotto...»

Peccato, la visiera del casco dev'essersi incrinata, perché questa, questa l'ha sentita forte come un ceffone in pieno volto.

«Ruggero, per favore, calmati!» tenta di ammorbidirlo mamma.

«PER FAVORE NIENTE! Sai quanti soldi abbiamo buttato via per colpa di un paio di giornate storte?»

La tuta si smaterializza, la forza di gravità lo ancora di nuovo al suolo, dove Brian torna a essere pesante, consapevole del suo corpo.

Alla fine, è successo.

Dopo aver saltato anche l'ultima seduta, Fleur aveva avvisato i suoi genitori.

Non poteva biasimarla: lo aveva avvertito che se fosse mancato di nuovo avrebbe avvisato la famiglia, soprattutto considerato il fatto che Brian non è ancora maggiorenne, e tutti loro ne sono responsabili.

Semplicemente, Brian aveva preso la situazione un po' sottogamba, distratto da altro, tutto quell'altro che era Vittoria, la lista di paure, le minacce di Seb, il tradimento di Seb, e poi ancora Vittoria, la vasca di squali, l'amore con Vittoria, Cloud e le ribellioni gentili, Gill, Vittoria e... be', tutto il resto.

«Voglio essere sicura che la tua salute mentale resti al primo posto.»

Però, in fondo, lui se la sta cavando bene. No? Cioè, a parte per l'angoscia che *ogni tanto* gli azzanna le gambe. Per il senso di vuoto che *a volte* gli punzecchia lo stomaco. E, be', le spirali di pensiero che *raramente* gli stringono la gola.

Ma sta meglio, molto meglio di quest'estate. Sì. Sul serio.

E poi, adesso come adesso, la salute di cui è meglio preoccuparsi è probabilmente quella di Ruggero padre-padrone, che lo pugnala con gli occhi iniettati di sangue.

«Papà, non sono state un paio di giornate no» si sente obiettare, con fermezza. «Se non l'hai ancora capito è un problema tuo, dannazione!»

«Santo cielo, non rivolgerti così a tuo padre, Brian...»

«Non mi ha mai creduto, mamma!»

«Ma crederti *di cosa*? Guarda che i periodi brutti nella vita li passiamo tutti, cosa pensi!» sbraita papà Ruggero.

Ci risiamo, pensa Brian.

«Non siamo tutti uguali, papà.»

«PER FORTUNA, BRIAN, PER FORTUNA!»

Brian è Golia contro un gigante con i piedi affossati in una pozzanghera, fango misto a convinzioni anacronistiche: l'uomo è forte, mai vulnerabile, è autonomo, mai dipendente, è uno che coinvolge, mai coinvolto.

Essere un ragazzo sfaccettato è una macchia, una colpa solo e soltanto sua.

Non può vincere, Brian, non vince mai. A volte bisogna solo prendere atto che alcune persone non sono fatte per altre persone. Tutto qui.

Abbandona la conversazione e si chiude in camera.

Sul Pianeta Brian non ci atterrava da un po'. Eppure è come se lo ricordava. Sperduto, silenzioso, solitario. Forse adesso gli appare più deprimente del solito. Non c'è nessuno con cui condividerlo e questo gli dispiace.

Oppure è soltanto cambiato il suo modo di vederlo.

«Bibi, posso entrare?»

Brian non dà cenno di vita. Da quando ha gettato tra le fiamme del Falò degli spettri il suo vecchio nome, non gli risponde più.

«Tesoro?»

Si tira a sedere sul pavimento freddo, dove era sdraiato a quattro di bastoni.

«Mamma, sei già entrata. Lo fai sempre» sbuffa lui.

«Guarda che sono rimasta sulla soglia, in realtà.»

«Facciamo progressi.» La invita con un cenno della mano. «Dai, vieni.»

Sua madre lo raggiunge e si siede accanto a lui. Ha l'espressione esausta, i lineamenti molli sono elastici scarichi di tensione. L'ha sentita discutere con suo padre fino a mezz'ora prima, quando lui ha fatto la cosa che gli riesce meglio nel bel mezzo di una crisi familiare: uscire di casa sbattendo la porta in modo melodrammatico.

«Lo so che può essere duro, ma cerca di capirlo...» esordisce sua madre.

«Non vedo perché dovrei. Lui non fa alcuno sforzo per capire me» la interrompe, pungente. «Se sei venuta qui a giustificarlo, non mi interessa.»

Lei mette subito le mani in alto, ben in vista, in segno di resa. «Come non detto, come non detto.» Le abbassa e resta in silenzio per un po'. «A volte penso sia diventato davvero difficile fare i genitori. Più difficile che in passato. Provare a mettersi nei vostri panni è come stare sulle montagne russe...»

«È difficile anche fare i figli, mamma. Soprattutto quando ti sforzi di adeguarti alle aspettative altrui» controbatte. «Forse è questo che rende tutto più complicato, no? Alla fine, nessuno di noi è veramente sé stesso.»

«Da quando mio figlio è diventato così saggio?»

Brian fa un sorriso malizioso. «Hai presente quelle sedute con Fleur che vi costano un mucchio di soldi?» scherza.

Sua mamma ride e gli dà una spallata complice.

«Usciamo un po' da qui, ti va?»

Brian lo intuisce, cosa ci sia dietro quella proposta. La paura che mamma Adele si è cucita addosso come un'ombra, di vedere il figlio stare male, chiudersi dentro la sua stanza per lasciare fuori il mondo.

«Cosa proponi?»

Un sorrisetto compiaciuto spunta sul suo volto.

«Vedrai.»

Vittoria

Non avrei mai pensato di dirlo ma: sono stato rapito.
Da mia madre.

Che scusa originale per dirmi che non vuoi più vedermi, Primo giorno

Non scherziamo. Non trovo un solo un motivo al mondo per cui non vorrei vederti più

Certo, facile dirlo adesso…

Sono pronto a ripeterlo
ogni volta che vuoi ☺

Ma da dove sei uscito tu??

Vuoi una risposta metaforica o scientifica?

Appunto

Vado, mamma mi sta legando in macchina con la forza

Ci baciamo anche domani?

Ci baciamo anche domani

Vittoria ride da sola davanti allo schermo e mette via il cellulare. È in attesa davanti alla palestra, dondola sulle gambe per scaldarsi. Dalla bocca fuoriesce uno sbuffo di condensa. Dicembre è alle porte e questo le ricorda dolorosamente che si avvicina anche il primo Natale senza sua madre.

Eliza lo amava, il Natale. Amava i film a tema, anche quelli più demenziali, con le trame identiche e la neve di polistirolo. Amava che tutti, in quel periodo dell'anno, avessero una parola gentile. Amava le tradizioni e, ovviamente, amava i canti. Casa Morgan traboccava di decorazioni. Diventava soffocante, ma secondo lei aveva un aspetto felice, come lo avevano tutte le cose accudite con amore.

Amore.

A Brian, ne è convinta, mamma sarebbe piaciuta. E a lei sarebbe piaciuto lui. Le avrebbe suggerito di tenersele strette, le persone così. Quelle che ti fanno sentire *giusta*. Amata, senza sforzo. Proprio come era capace di fare Eliza. Però, alla fine, mamma le ha anche spezzato il cuore…

Vittoria scuote la testa, incredula. E questa da dove le è uscita?

No, si dice, non è stata *lei*. È colpa dell'incidente. Giusto? Si stropiccia la faccia ghiacciata con un gesto brusco. Che diavolo di pensieri sono?

«Winnie? Che ci fai qui?»

L'arrivo di Gill le dà una buona scusa per accantonarli in un angolo remoto della mente.

«Be', se non ricordo male stasera c'è l'allenamento...» Fa un passo laterale per svelare il borsone dietro di lei. Poi slaccia il giubbotto. Sotto indossa la felpa, abbondante, con il logo del Layfield Volley. «Che dici, mi sta ancora bene?»

Gill corruga la fronte, sgomenta. Fa scivolare lo sguardo dalla borsa a terra all'espressione allegra della sua migliore amica, come se fosse indecisa se abbracciarla o prenderla a sberle. Si ricompone subito.

«Se l'hai fatto per tirarmi su di morale, non dovevi» commenta neutra. «Posso farcela.»

Vittoria attende in silenzio, paziente. E poi eccolo lì, il bagliore, il raggio di sole che squarcia le nubi, anche quelle più tempestose. Le labbra di Gill si dischiudono in un sorriso dolcissimo, che è luce, ed è solo per lei.

«Cosa stiamo aspettando???»

La prende sottobraccio e si avviano insieme verso l'entrata della palestra.

«Fa uno strano effetto tornare.» Vittoria getta un'occhiata intorno. «È da quando...»

«Già» annuisce l'amica. Non c'è bisogno che dica altro. Con lei, non ce n'è mai stato. «Non credere di impietosire Carol, però. Ti farà patire le pene dell'inferno!»

Prima di scendere la rampa di scale che le conduce allo spogliatoio, Gill si blocca.

«Cos'è cambiato? Sembrava non volessi più saperne della squadra.»

«Ricordi la canzone di cui mi hai parlato qualche tempo fa? Quella di Taylor Swift?»

«Amore mio, temo che dovrai essere più precisa di così...»

«Parlava di un esilio. Ecco» ammette Vittoria. «Era come se ci fossi finita anche io. E me lo fossi imposta da sola, fra l'altro.»

Gill si stringe nelle spalle.

«Be', ho capito che stare in esilio è uno schifo. Sono stufa di sentirmi sola. E poi la mia migliore amica aveva bisogno di un po' di supporto, o sbaglio?» Le fa l'occhiolino. «Ti avevo promesso che sarei tornata. Mi spiace averci messo un po'.»

«UN PO'??? Questo è l'eufemismo dell'anno!»

Vittoria la trascina giù dalle scale per un braccio, ridendo. Si fermano davanti alla porta dello spogliatoio. Dal suo interno provengono gli schiamazzi spensierati delle loro compagne. Gill si volta, gli occhi nocciola allacciati ai suoi.

«Winnie?»

«Che c'è?»

«Molto furbo da parte tua usare la queen del pop per addolcirmi.»

«L'hai notato, eh?»

«E un'altra cosa.»

«Dimmi.»

Con un gesto pieno di delicatezza, le sposta una ciocca di capelli ricci dietro l'orecchio.

«Mi sei mancata tanto. E ti voglio bene.»

Mentre mettono piede in spogliatoio e le compagne di squadra le accolgono con un abbraccio di gruppo soffocante, Vittoria è assalita da un presentimento insidioso, pungente, di quelli che lasciano senza fiato.

Forse alla fine sarà proprio lei a spezzare il cuore della sua migliore amica.

Brian

In fin dei conti, sua madre potrebbe davvero averlo sequestrato e condotto in un covo di criminali.

Sono appena entrati nella saletta austera e fredda di una biblioteca, allestita per l'occasione con una tavolata in compensato per tè caldo e biscotti confezionati, e una dozzina di sedie poste in semicerchio al centro della stanza, che fa molto incontro alcolisti anonimi.

A parte loro due, non c'è nessuno.

«Così è qui che vieni.» Brian individua la sedia più isolata dalle altre e ci si siede. «Il book club.»

«A ognuno il suo rifugio, no?» replica sua madre.

Gli porge un bicchiere di tè caldo e un piattino di biscotti con le gocce di cioccolato. Nel frattempo la porta d'ingresso si apre e, uno dopo l'altro, tutti i partecipanti al gruppo di lettura prendono il loro posto.

Con grande sorpresa di Brian, mamma saluta affettuosamente ognuno di loro. Sono principalmente donne, un paio di uomini, che vanno dai trentacinque anni in su. Un'anziana signora, che i trentacinque deve averli doppiati da un pezzo, si versa il tè dal suo thermos personale. Brian cerca i suoi occhi, due diamanti grezzi incastonati in un reticolo di rughe. Sono di un marroncino quasi ocra. Si chiama Daisy, decide lì per lì. È un'insegnante di letteratura in pensione che non ha perso la passione per le storie. Probabilmente è vedova, i figli sono grandi e vivono in un'altra città. Per sfuggire le stanze vuote di casa, si è iscritta al book club più vicino che è riuscita a scovare.

L'anziana si accorge di essere osservata e gli fa un cenno brusco con la mano, a significare: «Ma che vuoi?».

«Si chiama Grace» bisbiglia divertita sua mamma, seduta al suo fianco. Deve aver assistito all'intero siparietto. «Un bel peperino, vedrai. Non sopporta gli horror, tollera a malapena i gialli, ma ha una vera predilezione per i libri per ragazzi.»

«Quella lì?» ribatte Brian, scandalizzato. «Ma non si porta una cosa come due ere geologiche sulle spalle?»

Sua mamma fa una smorfia. «Da quando scegliere un libro è una questione d'età?»

Brian non fa in tempo a replicare. Una donna giovane, dai lunghi capelli rossicci e una frangetta liscia che le solletica gli occhi scintillanti, si schiarisce la voce.

«Bene, siamo pronti!» esclama con slancio. «È sempre bello vedere volti nuovi…» Il suo sguardo incontra quello di Brian. «Per chi non lo sapesse, io mi chiamo Olly, sono una libraia e la referente del gruppo di lettura. Oggi parleremo insieme del libro assegnato questo mese, *L'eleganza del riccio*, dell'autrice francese Muriel Barbery.» Mostra la sua copia al gruppo. «Ma prima un rapido giro di presentazioni…»

E l'incontro ha inizio. Brian rimane in silenzio tutto

il tempo, ascoltando assorto le riflessioni del gruppo sul romanzo, che non conosce, ma che ha entusiasmato quasi tutti – a eccezione di Grace, a quanto pare, che lo considera «roba noiosa, da vecchi». Ha la sensazione di trovarsi in una stanza fuori dal tempo, una situazione surreale in cui sua mamma è sempre sua mamma e insieme non lo è. È una fervida lettrice che ascolta attivamente e anima la discussione senza esclusione di colpi.

«Ti sento molto coinvolta su questa lettura, Adele» commenta Olly a un certo punto. «C'è un motivo in particolare?»

Sua mamma si tormenta un po' le mani, come fa quando è in soggezione. «Io… credo di aver ritrovato un po' di me, nella protagonista. Renée è una portinaia sciatta, invisibile, che volontariamente nasconde una personalità coltissima.» Fa una smorfia. «Santa Rita, io non credo affatto di essere una persona colta, no no. Ma so cosa significa interpretare uno… stereotipo. Per esempio, per tutti io sono soltanto *mamma* Adele, *moglie* di Ruggero Riva. Una casalinga "casa e chiesa".»

«Come ti fa sentire questo?» domanda la libraia, rivolgendole un sorriso incoraggiante e comprensivo.

«Trasparente.»

A Brian si stringe il cuore. Lui ha sempre considerato sua madre ingombrante, un aggettivo che è abbastanza in contrasto con «trasparente». Forse è proprio vero che le persone, come i paesaggi, cambiano a seconda del punto di vista con cui le guardi.

La commozione, però, dura poco, fino a quando si accorge di avere sei paia di occhi accusatori puntati addosso. *Merda.*

«E poi c'è Paloma, la ragazza...» prosegue sua mamma, tanto presa da non essersi accorta di nulla. «È così giovane eppure sente tutto tanto, troppo. I genitori che la ignorano...»

Gli lancia un'occhiata fugace, a cui però hanno fatto caso tutti i presenti. Gli sguardi accusatori sfumano in espressioni incuriosite. Grace lo fissa attenta mangiucchiando un biscotto, come davanti alla proiezione di un film noioso, diventato d'un tratto intrigante.

Una serata assurda.

«E del finale, cosa ne pensate?» Olly sfoglia la copia che tiene tra le mani, mentre recupera il filo della discussione. «La nostra Renée ci lascia, investita da un camion.»

Che spoiler, pensa Brian.

«Triste» dice qualcuno.

«Tragico, ma funzionale» osa qualcun altro.

«Una gran perdita di tempo!» sbotta Grace.

Risatine di sottofondo. Olly aspetta che cali il silenzio, poi infila il naso tra le pagine.

«"Adesso so quello che dobbiamo vivere prima di morire: posso dirvelo."» È magnetica, quando legge. Soppesa ogni parola, dandole spazio, permettendole di vibrare intorno a tutti loro. «"Prima di morire quello che dobbiamo vivere è una pioggia battente che si trasforma in luce."»

A Brian queste parole scatenano un tornado nella testa. Le trova magnifiche e tragiche, come forse dovevano essere dal principio, e le trova vere e le trova sconvolgenti, ed è come se l'autrice si rivolgesse direttamente a lui, e lo stesse chiamando in causa.

In un secondo, non è più lì. È con Vittoria. È in tutti i momenti che hanno trascorso insieme. Il primo incontro. È nella stanza a casa di Ariel. È sdraiato accanto a lei in un fortino improvvisato, è al Falò degli spettri. La sta baciando fuori da casa sua, la sta baciando fuori da scuola, nella sua cucina, in cameretta, stanno giocando dentro una piscina che non potranno mai permettersi. Stanno facendo l'amore come se fosse l'ultima notte sulla Terra. È con lei per ogni volta in cui sente di essere morta dentro.

Vittoria è la parentesi di libertà dentro la sua testa incasinata. E lui la ama con tutto sé stesso, per quella libertà.

Non può rimandare, non ha senso aspettare, lo ha fatto anche troppo. Perché la vita è un battito d'ali di farfalla, è davvero troppo breve. Glielo dice quello che è successo a Renée, la protagonista del libro. Quello che è successo a Eliza. Quello che poteva succedere a Vittoria.

Esce impaziente dalla sala, supera in poche falcate la porta della biblioteca. Ci saranno al massimo dieci gradi, lì fuori, ma Brian non sente nulla. Prende il cellulare e finalmente scrive ciò che prova da giorni, e forse ha sempre provato.

Le due parole più potenti al mondo.

Vittoria

Lo schermo del cellulare s'illumina, ma lo lascia lì dov'è, abbandonato sulla scrivania.

Non ha la forza di alzarsi dal letto; a dirla tutta, non ha la forza per muovere nemmeno un singolo muscolo. Tornare ad allenarsi di punto in bianco, dopo sei mesi, è stata una follia. Vittoria ha pensato che sarebbe sopravvissuta solo fino al termine della fase di riscaldamento; dopodiché, l'allenamento si era trasformato in un vero incubo a occhi aperti popolato da ragazze che le schiacciavano addosso, palloni da recuperare e una serie infinita di rotolamenti, scivolate e cadute per il campo.

L'allenatrice aveva cercato di preservarla. Probabilmente temeva che un rientro troppo brutale l'avrebbe fatta dileguare un'altra volta. Ma Carol, oh, Carol era stata spietata. Non le aveva permesso di rifiatare un secondo: doveva scontare la punizione che spetta alle disertatrici. Nella sua visione del gioco di squadra, non era Vittoria che doveva decidere se rientrare o meno. Era il gruppo che doveva decidere se accettarla di nuovo.

Il risultato è che adesso, alle nove di sera, Vittoria si sente una costruzione di mattoncini lego. A pezzi.

Eppure.

Tornare a giocare, tornare a sentire il pallone sui polpastrelli, i muscoli reattivi, le gambe scattanti. Sentirsi parte di un gruppo. Essere stata lì, per la sua migliore amica.

Era stato strano, faticoso, impegnativo. Come tutte le cose a cui teneva di più prima dell'incidente, prima che la ragazza del guardrail prendesse il sopravvento su Vittoria. Ed era stato, in un certo senso, doloroso. Doloroso e liberatorio.

Chissà cosa ne penserebbe Brian, del suo suicidio agonistico. Le direbbe «tu sei folle, ma è stata una bella idea», e poi la sorprenderebbe con un bacio profondo come il mare.

E sua madre?

Mamma sarebbe contenta di vederla di nuovo in campo. È sempre stata la sua prima tifosa, anche nel suo ultimo giorno.

«Tesoro, sei qui?»

Dall'altra parte della porta c'è il padre. Non si erano visti, per cena, l'aveva avvisata che sarebbe uscito con un amico non meglio identificato e sarebbe rientrato presto.

«Sì, pa', vieni.»

Lui apre la porta della cameretta ed entra. Si guarda attorno: i vestiti indossati nei giorni precedenti ammucchiati sulla sedia, il cellulare abbandonato sulla scrivania, il borsone degli allenamenti ancora da svuotare sotto, Vittoria sul letto supina, con le scarpe.

Un'espressione tra il disappunto e la rassegnazione

balena sul suo volto ispido. Vittoria la coglie in pieno. Una reazione. Papà stasera sembra un po' più solido, un po' meno fantasma. Anche perché…

«Come sei elegante!»

Vittoria fa scivolare lo sguardo dal maglione a collo alto verde militare ai pantaloni beige, non stirati ma almeno puliti. Era da tempo che non vedeva suo papà indossare qualcosa di diverso da pigiami, tute, o divise da meccanico.

Lui spalanca un sorriso breve ma sincero, che gli arriva fino agli occhi.

«In realtà, c'è una cosa che vorrei dirti.» L'espressione sfuma e si fa tesa. «Volevo parlartene da un po', ma non sapevo come…»

Vittoria si tira su a sedere di scatto, ma si contrae in un lamento di dolore. Sente male ovunque, dalle spalle in giù. Suo padre strabuzza gli occhi.

«Che hai? Stai male?»

«Non proprio. È solo che ho avuto la malsana idea di tornare in palestra…» geme.

La sorpresa cancella ogni traccia di tensione sul suo viso; papà Wyatt va a sedersi sul letto, le sfiora con un tocco leggero la gamba.

«Questa sì che è una bella notizia» dice. «Sai che non ti faccio pressioni ma… mi chiedevo se avresti mai ricominciato.»

«Lo so, pa'. Questa era una cosa che dovevo risolvere da sola.»

Il padre le fa piegare le gambe e inizia a massaggiarle i polpacci contratti. Restano così, in silenzio per qualche minuto.

«Come sta andando, secondo te?» domanda cauto.

Vittoria alza lo sguardo, ma lui lo sfugge, resta concentrato sul massaggio. «Sta andando bene» risponde. «È ancora dolorante, ma ci vuole un po' di tempo, no? Perché smetta di fare male.»

Suo padre annuisce, gli occhi diventano lucidi.

«Cos'è che mi volevi dire, prima?» chiede Vittoria, per allentare la tensione. «Sembrava importante.»

«Lascia perdere, tesoro. Adesso voglio stare solo un po' qui con te.»

A Vittoria tornano in mente le parole di Brian, proprio lì seduti su quel letto. Le aveva detto che i fantasmi a volte non sono soltanto fantasmi, ma possono essere un sacco di altre cose. Un sogno, un ricordo, un desiderio. Ma anche un dolore o un senso di colpa.

Cosa sono esattamente, lei e suo padre, non l'ha ancora capito.

Ma se una piccola parte di Vittoria sta iniziando a guarire, grazie a Brian, allora è giusto dare una possibilità anche a lui.

«Posso farti vedere una cosa?» gli chiede di getto, prima di ripensarci.

«Certo.»

Vittoria si sporge verso il comodino. Scardina l'ultimo cassetto, recupera il computer e lo apre sulle sue gambe.

«Aspetta, ma quello è...?»

Vittoria inserisce la password e accede. Fa spazio sul materasso, accanto a lei.

«Mi dispiace non avertelo detto prima. Non so perché l'ho fatto... o forse sì» ammette.

Suo papà si morde il labbro. Sta per dire qualcosa, ci ripensa. È turbato. Vittoria resta in silenzio, timorosa della sua reazione.

«Dove l'hai trovato?» chiede, infine.

«Qualche giorno dopo il funerale, sono entrata in camera vostra e mi sono seppellita nel suo armadio, tra le sue cose.»

«Volevi averla ancora qui con te.»

«O morire un po' con lei.»

Papà si schiarisce la voce, come se gli fosse andato qualcosa di traverso, ma non dice niente. Non c'è modo di rispondere, a una verità del genere.

«Comunque, ho trovato una cartellina piena di video» continua Vittoria. «Ti va di... guardarne qualcuno insieme?»

Lui si mette comodo e le regala un sorriso dolcissimo. «Mi piacerebbe molto.»

Dieci, quindici, venti minuti. Mezz'ora.

Condividere i video di mamma con suo padre è magico. Li arricchisce di piccoli aneddoti che lei aveva dimenticato, ricorda i giorni, le ricorrenze, i vestiti di mamma, i suoi stati d'animo. Vittoria si è sbagliata in pieno: suo padre non ha cancellato proprio niente. E lei non è mai stata così felice di avere torto.

«Spengo?»

«L'ultimo, per favore!»

Vittoria seleziona un file in fondo alla cartellina, che non ha mai visto nemmeno lei.

Doppio *click*.

Sua mamma sta sistemando un plico di fogli sulla

scrivania dello studio. Non guarda in camera, è come se si fosse dimenticata di essere ripresa. Fa un certo effetto ritrovarla così, naturale e spontanea. A un certo punto, inizia a tamburellare le mani sul tavolo, seguendo un ritmo tutto suo. E intanto canticchia, con aria serena e la voce bassa, impercettibile. Vittoria, d'istinto, alza l'audio del pc.

Eliza sta intonando le parole di Elvis: «*Alcune cose sono destinate a succedere... prendi la mia mano, prendi anche tutta la mia vita... perché io non posso fare a meno di innamorarmi di te...*».

Vittoria può sentirlo forte e chiaro, il cuore di papà andare in frantumi. Si gira verso di lui. Il volto è celato da una maschera di sofferenza. Vittoria si spaventa: non l'ha mai visto così indifeso, così arrendevole, nemmeno il giorno del funerale. Una lacrima gli scivola veloce giù dalla guancia, inabissandosi nella barba ispida.

«Papà...?»

«È questa» bofonchia, mentre alla prima lacrima ne segue un'altra, un'altra ancora, e in un momento sulla sua faccia è tutto nuvoloso, e piove a dirotto. «La canzone. La nostra canzone.»

«Hai detto che non sapevi quale fosse.» Vittoria è confusa. «Perché mi hai mentito?»

Suo papà si stropiccia gli occhi. Trattiene a malapena un singhiozzo. Lei vorrebbe abbracciarlo, stringerlo forte quel papà disperato. Un momento prima di farlo, però, si ricorda che loro sono due fantasmi, e due fantasmi non riescono a toccarsi, non più.

«Mi dispiace. Mi dispiace tantissimo. Scusami, ma non ce la faccio...» mormora, senza guardarla.

Si rimette in piedi in un attimo, quello dopo esce dalla camera, lasciando Vittoria lì con il pc sulle gambe e l'atroce sensazione di vuoto di chi si è appena fatto sfuggire qualcosa di importante, qualcosa che nemmeno sa cosa sia.

Va su tutte le furie, Vittoria. Si dà della deficiente. Non doveva condividere i video di sua madre, doveva tenerli per sé, per sempre, solo per sé. Brian aveva torto marcio. Chiude con violenza il portatile, cercando di cancellare l'espressione stravolta del padre dalla mente. Senza successo.

Si alza e cammina avanti e indietro per la stanza, avanti e indietro, mentre la collera continua a crescere dentro di lei, divorando tutto ciò che incontra.

«L'amore è uno schifo. Uno schifo! Ti distrugge, ti fa credere di avere tutto e poi ti porta via ogni cosa, facendo di te un non vivo, un fantasma» sbotta, contro nessuno, perché nessuno è lì per ascoltarla. «È da lui che dobbiamo guarire. Dal troppo amore. Non dalla sua mancanza. Perché non ne vale proprio la pena!»

Deve trovare qualcosa per distrarsi, qualunque cosa. Si ricorda del telefono abbandonato sulla scrivania. Lo recupera e sblocca lo schermo. C'è un lungo messaggio di Brian in chat, risale a un'ora prima.

Scusa, so che non è il modo migliore, né quello più romantico e io di solito lo sono tantissimo (vero? VERO?).
Ma non riesco più ad aspettare, perché magari domani sarà tardi, magari anche tra un'ora sarà tardi, che ne sappiamo noi?
Quindi te lo dico e basta.

Vittoria scivola a terra e scoppia in un pianto muto e inconsolabile. Sullo schermo del cellulare che tiene tra le dita c'è l'ultimo messaggio di Brian.

> Tu sei la mia pioggia battente che si trasforma in luce.
> Ti amo, Vittoria.

Brian

Peggio di un «ti amo» non corrisposto, c'è solo «un ti amo» che rimane senza risposta.

È rimasto sveglio quasi tutta la notte, il cellulare in mano. Lo ha riavviato un paio di volte, ha tolto e inserito il wi-fi più di tre, ha controllato ripetutamente che ci fosse campo.

All'alba delle quattro del mattino ha cominciato a dirsi che tutto sommato si poteva fare andare bene anche un pollice alzato.

Ma il silenzio, quello era insopportabile. Perché, per riempirlo, Brian ha cominciato a pensare, pensare, pensare, e i pensieri si sono attorcigliati di nuovo attorno al collo, rischiando di soffocarlo.

Adesso il cellulare è spento, inutilizzato, dentro lo zaino di scuola. Brian siede depresso al suo banco, accanto a un Romeo esagitato.

A quanto pare sono stati invitati a una festa da sballo, venerdì sera.

«Tutto merito di Seb!» bisbiglia, tutto pimpante. «Non so come faccia, ma finisce sempre nei giri giusti.»

«Pensa un po'.»

«Ohi, amico, stamattina stai sotto a un treno di brutto, però.»

Brian si volta leggermente. Vittoria, al solito posto in fondo all'aula, sta scrivendo qualcosa sul quaderno. Alza lo sguardo dal foglio e gli fa un sorriso vacillante, poco convincente. L'ha trattato con i guanti per tutta la mattina. Brian ha l'impressione che la loro relazione abbia tirato il freno a mano ed è una cosa che non sa come gestire.

«Già.»

Romeo si gratta la guancia, intorno a un piccolo sfogo d'acne. «Dovresti fare come me.» Gli dà di gomito. «Niente e nessuno può rovinarmi la giornata. Hai provato la Play? Dammi retta, due sganascioni a *Tekken* e...»

Il suono della campanella lo interrompe, salvando Brian dal fuoco incrociato di consigli non richiesti del suo compagno di banco.

Infila astuccio, libro e quaderno nello zaino e si dirige verso Vittoria. Ha un disperato bisogno di parlarle. Per dirle cosa, non lo sa esattamente. Cosa si dice in una situazione del genere? *Hai visto il mio messaggio? Perché non mi hai risposto? Perché non mi ami anche tu?*

In che cazzo di casino si è cacciato.

«Ti accompagno a casa?» le chiede, mentre la ragazza recupera la giacca pesante dalla sedia.

Lei esita per una frazione di secondo. Quel poco che basta per fargli capire che quelle due parole, Brian avrebbe fatto davvero meglio a tenersele per sé.

«Scusa, oggi sono di fretta» butta lì, raccogliendo lo zaino e infilandoselo su una spalla. «Ci sentiamo più tardi, okay?»

Mi stai spezzando il cuore, gli risponderebbe Brian.

«Va bene» dice invece.

Vittoria gli dà un bacio veloce sulle labbra e si dilegua. Brian rimane lì, imbambolato.

«Se vuoi puoi accompagnare me.»

Gill gli sfiora il braccio con un sorriso dolcissimo. Ha capito tutto, glielo legge negli occhi. Brian annuisce, perché di tornare a casa ad angosciarsi mentre aspetta un segno di vita da Vittoria non ne ha proprio voglia. Esce dall'aula insieme a Gill, si inoltrano nella massa di studenti che riassapora la propria libertà e in pochi minuti si trovano fuori dal cancello della scuola.

«Volevo dirti che mi dispiace» mormora, quando sono soli. «Per te e Seb, sai. Be'... soprattutto per te, a essere sincero.»

«Grazie, Brian» risponde lei, con un sorriso minuscolo. «Penso tu sia stato l'unico dei ragazzi a non avermi dato dell'isterica mestruata.»

«È una cosa grave?»

Gill ride, poi si ferma sul marciapiede. Brian si guarda intorno, spaesato. Non ha idea di dove abiti la migliore amica di Vittoria.

«Casa tua da che parte è?»

«Oh, non stiamo andando lì.»

Brian è perplesso. «Ah, no?»

«Fratello!»

Qualcuno lo abbraccia forte alle spalle.

«Cloud!»

Il ragazzo scioglie l'abbraccio e si posiziona di fronte a lui. Viso delicato, vestiti appariscenti, una catena spessa, in finto oro, al collo e l'inseparabile marsupio. È da qualche giorno che non si vedono e Brian si rende conto che gli è mancato.

«Bello vederti.»

«Anche per me.»

«Avete bisogno di privacy, voi due?» fa Gill, sistemandosi meglio la sciarpa intorno al collo. «Pensavo che le *bromance* fossero roba superata...»

Cloud e Brian si scambiano un'occhiata e scoppiano a ridere.

«Dai, andiamo» fa Cloud.

«Vieni anche tu?» Brian è ancora più disorientato. «Ma andiamo dove?»

«A trovare una persona.»

Gill annuisce. Con un cenno d'intesa, i due s'incamminano per il marciapiede; a Brian non resta altra scelta che fidarsi, e seguirli.

La loro destinazione è dall'altra parte della città. Una ventina di minuti a piedi in tutto. Mentre i suoi amici varcano il cancello del St. Peters' Cementary, Brian esita sulla soglia.

La ragazza torna indietro e lo prende risoluta per un braccio.

«Coraggio.»

Il St. Peters è un cimitero come tanti altri. Tranquillo, pacifico, silenzioso. Tutt'intorno si respira un'atmosfera sacra e definitiva che a Brian fa venire la pelle d'oca. Camminano uno a fianco all'altro superando file ordinate di lapidi in marmo, alcune, annota Brian con un brivido, dall'aspetto di essere state appena installate. Tre ragazzi vivi che attraversano un luogo di morte: la loro presenza fa a pugni con quel luogo, eppure Brian sente che è importante che siano lì. Deve solo capire il *perché*.

Sta per prendere finalmente la parola, e chiedere cosa ci facciano in un cimitero, quando Gill e Cloud si fermano. Brian solleva lo sguardo e incontra una lapide bianchissima.

«Eliza» sussurra leggendo il nome scolpito nella pietra.

Sotto il nome, due date. Vita e morte, su una linea unica. Una breve dedica più in basso, incisa sul disegno di uno spartito musicale.

Gill sfiora la pietra fredda.

«È stata la nostra insegnante di musica, lo sapevi?»

È vero, ricorda Brian, Vittoria glielo aveva accennato.

«Una persona splendida. Allegra, dolce, comprensiva, ti capiva con uno sguardo e sapeva sempre cosa dire» continua la ragazza, la voce incrinata. «Quando ero piccola, stavo spesso a casa di Vittoria. Con i suoi era tutto così... spontaneo. Bello. Semplice. Una famiglia piena d'amore. La invidiavo, per questo.»

Cloud apre la zip del suo marsupio e ne tira fuori tre cartoncini verdi. Brian è sorpreso nel vedere che si tratta di origami. Tre piccole rane. Ecco a cosa lavorava, il suo amico, quando lo trovava tutto intento a ripiegare pezzi di carta.

«Eliza è stata fondamentale» spiega Cloud, consegnando una rana a Gill. «Avevo quattro anni quando sono arrivato qui. E nessuno, a parte i miei genitori e le mie sorelle, sembrava voler avere a che fare con me. Ero soltanto uno straniero. L'estraneo.» Un sorrisetto amaro fa capolino dalle sue labbra. «Suona davvero patetico, ma la mamma di Vittoria è stata la mia prima vera amica.»

«Non ne avevo idea.»

«Perché Vittoria tiene tutto per sé» puntualizza Gill, spazientita. «I ricordi di sua madre, i suoi insegnamenti, il modo in cui sapeva amare. Non riesce a lasciarli andare, così come non riesce a lasciare andare il suo dolore.»

A Brian torna in mente il computer di Eliza, nascosto dietro al comodino, e capisce che Gill è davvero la migliore amica del mondo. Riesce a leggere Vittoria come nessun altro.

«Lei lo sa che venite qui?»

Cloud scuote la testa. «Dopo il funerale, non ha più voluto metterci piede.»

«Ho provato a convincerla» continua Gill, rassegnata. «A volte ho la sensazione che Vittoria sia… arrabbiata con lei.»

«Con sua madre?»

«È solo una mia impressione…» La ragazza accarezza la piccola rana che tiene in mano. «Del resto, perché dovrebbe?»

Si mette in ginocchio e deposita delicatamente l'origami sull'erba appena tagliata, vicino alla lapide. Cloud la imita con un movimento lento, curato. Resta soltanto una rana. Il ragazzo si volta, prende la mano di Brian e la appoggia sul suo palmo. Lui annuisce, si accovaccia, e la lascia lì, insieme alle altre due.

Per Eliza.

Per Vittoria.

S'incamminano verso l'uscita in silenzio.

Quando, poco dopo, si salutano infreddoliti davanti al cancello del St. Peters, Gill lo stringe in un abbraccio gigantesco.

«Il cuore di Winnie è spezzato in più punti» lo avverte in un soffio di voce. «Molti più di quelli che ci lascia vedere. Non farla soffrire, per favore. Ma non permetterle di farti del male. Ho paura che se gliela lasci, questa possibilità, prima o poi succederà.»

Vittoria

Le fanno male le orecchie.

La musica è così alta che è come avere qualcuno che ti urla costantemente nei timpani. Le luci psichedeliche, accecanti, se le guardi un secondo di troppo ti fanno venire la nausea.

È venerdì sera e Vittoria fa gruppo con quelli del Drake a una *specie* di serata in una *specie* di capannone a cui sono stati invitati da una *specie* di giro d'amici più grandi di Seb.

Non ci voleva venire. Ma Gill aveva insistito tanto per averla lì e lei, complice anche quel senso di colpa che la segue dappertutto, non se l'era proprio sentita di dire no.

Però no, non ci voleva venire. E, soprattutto, avrebbe evitato volentieri di portare Brian. Troppo tardi: Romeo gli aveva già girato l'invito e non aveva trovato nessuna buona scusa per dire al suo ragazzo di non accettare.

Se ne è pentita. Amaramente. Si agita sul divanetto della zona «vip» che hanno occupato abusivamente appena arrivati.

«Tutto bene?»

Brian, accanto a lei, grida per sovrastare la musica. Funziona così, tra loro: da quando Vittoria non ha risposto al suo «ti amo», hanno stretto un patto silenzioso per cui fanno come se quelle parole non siano mai state pensate, provate, scritte, inviate.

Peccato che adesso ogni più semplice domanda posta da Brian, suoni a Vittoria come un insulto.

Stronza, perché non mi hai risposto?

«Certo, perché? Qualcosa non va?» urla in risposta, sulle spine.

Lui fa una smorfia di disappunto. «No, tutto bene.»

Vittoria prende il suo cocktail e lo beve d'un fiato, tanto per fare qualcosa. Tanto per avere le mani occupate e silenziare il gran casino dentro la sua testa che niente ha a che vedere con la confusione circostante.

Alza appena lo sguardo per incontrare gli occhi di Gill. La sta fissando in un modo strano, malizioso, con un ghigno malevolo e rancoroso sulle labbra.

Smettila, si dice.

È solo una sua impressione. Forse l'alcol sta entrando in circolo.

Qualcun altro invade il suo campo visivo. Seb, con la solita disinvoltura, si avvicina a Gill e le schiocca un bacio umido sulla guancia. Su una cosa, alla fine, il ragazzo aveva ragione. Il rapporto fra lui e la sua migliore amica era complicato, e dopo la scoperta del tradimento si era impantanato in una zona grigia, una sorta di purgatorio delle relazioni interrotte. Gill, Vittoria lo sa, deve ancora capire chi sia, dopo essere stata la ragazza di Seb per così tanto tempo.

«Gente! Vi ho portato un bel regalinooo!»

Il ragazzo sventola una bottiglia di prosecco ancora chiusa con un sorriso tronfio che va da un orecchio all'altro. Carol e Ariel, sul divanetto accanto, esplodono in un gridolino eccitato. Zorro e Cloud spuntano alle loro spalle con una decina di flûte di plastica tra le braccia, che iniziano a distribuire.

«Così vi togliete quelle facce da funerale, eh!» ride Seb, alludendo chiaramente a lei e Brian. «Siamo qui per scatenarci, GIUSTO?»

Stappa la bottiglia con fare da attore consumato, tra gli applausi circostanti. Vittoria lo osserva riempire i bicchieri uno dopo l'altro e lo invidia, con tutta sé stessa. Invidia il suo controllo, il suo essere padrone della situazione, il suo sapere sempre ciò che vuole ed essere in grado di prenderselo.

Come aveva fatto con lei. O forse lo aveva fatto lei, con lui?

«Vuoi?»

Ti sei portata a letto il ragazzo della tua migliore amica, vero?

«Vittoria?»

Brian le sta offrendo un bicchiere di prosecco. Vittoria scuote la testa per schiarirsi le idee e stiracchia un sorriso.

«Grazie!» Lo beve in un sorso, le bollicine le finiscono dritte nel cervello.

Brian rimane paralizzato con la flûte sollevata nella sua direzione, in attesa di fare un brindisi. *Maledizione.* Non c'è niente da fare, non ne azzecca una stasera.

«Oddio, volevi...» bofonchia. «Oddio, scusami.»

«Non importa» mente lui. Prende un sorso di vino, appoggia il bicchiere a terra e si sfrega i palmi delle mani sui jeans, altezza ginocchia. È irrequieto, vederlo così la distrugge. Vorrebbe buttargli le braccia al collo e dirgli che non gliene frega niente della serata, degli altri, che vuole solo andare via, via da lì, e dimenticarsi di tutto e di tutti. Persino di quel «ti amo».

Soprattutto di quel «ti amo».

«Andiamo in un posto più tranquillo?» propone lui a un certo punto.

«Okay.»

Brian

Non può resistere un secondo di più.

Fingere che le cose vadano bene, quando non vanno bene per niente, non è mai stato il suo forte.

Sotto gli occhi indiscreti dei loro amici, Brian si alza e la prende per mano. Vittoria si lascia guidare, un corpo privo di volontà. Lui la conduce in mezzo a un mare di altri corpi in festa, tra le gomitate che dà e quelle che si prende, senza nemmeno sapere dove andare.

È talmente agitato che il cuore sembra volergli uscire dal petto. Finalmente intravede uno stanzino con la porta socchiusa, adiacente all'ingresso. Brian ci si infila dentro, seguito da Vittoria. È un guardaroba improvvisato e maleodorante. Giacche, cappotti lunghi, giubbotti imbottiti sono sparpagliati alla rinfusa, un po' ovunque.

Fronteggia Vittoria. Gesù, è così bella stasera. Lo è sempre. Un bacio dolcissimo prima di un cazzotto nello stomaco.

Quei giorni di incertezza, e nebbia fitta, sguardi sfuggenti e parole evitate, sono stati una tortura. Se lei non lo ama, se sono su due piani diversi, se è stato tutto uno sbaglio, ha il diritto di saperlo. Deve saperlo.

«Non posso più farlo.»

«Fare cosa?» fa lei, lo sguardo che vaga dappertutto.

«Lo sai benissimo» ribatte, deciso. «E piantala di guardarti in giro! Sono qui, cazzo!»

Vittoria sussulta. Un'espressione colpevole si fa largo sul suo volto.

«Io pensavo… non lo so. Sentivo delle cose. E mi sembrava le sentissi anche tu.» Ogni parola gli costa una fatica immensa. «Mi sono sbagliato?»

«No» dice, in un soffio di voce.

«Allora cosa ci succede? Perché mi stai allontanando?»

Vittoria si tormenta un ricciolo, agitata. Sta per dire qualcosa, si ferma, ci ripensa.

«Mi hai chiesto di aiutarti con le tue paure» sbotta infine, irrequieta. «L'ho fatto. Ma questo… io, te, tutto il resto… Tu non sai com'è. Non capisci!»

«Perché non provi a…»

«Non ci riesco! Mi dispiace…» La voce s'incrina.

A Brian cedono le gambe. Adesso o mai più.

«Ti dispiace per il tuo atteggiamento…» chiede, esitante «o perché non mi ami?»

La ragazza si mette le mani tra i capelli. «Dio mio, dammi un po' di tregua, Brian!»

Il cielo d'Irlanda è carico di pioggia. Lo vede. C'è qualcosa, dentro quegli occhi tempesta, che Vittoria non vuole dire. E fa quello che le riesce meglio: sostituire quell'incertezza, con la sua rabbia silenziosa, micidiale. La stessa che, adesso, divampa e arde dentro di lui.

«Vaffanculo! Sai cosa ti dico? Ci siamo sbagliati entrambi, per tutto il tempo. Tra di noi, chi ha una paura fottuta non sono io!» esclama, ferito e ormai fuori controllo.

«Non dire così...»

«Devi uscire da quell'auto, prima o poi, Vittoria. O non riuscirai a salvare nemmeno te stessa!»

Sono parole tremende. Brian le ha sputate fuori d'un fiato, con la disperazione di un cuore infranto.

Si rende conto all'istante di aver usato le fragilità di Vittoria contro di lei, di averla ferita per non essere ferito a sua volta, di essersi spinto oltre.

Ma è già troppo tardi.

Non riesce neanche a guardarla in faccia. Sconquassato dalle emozioni, la testa nel pallone e i suoi sentimenti calpestati come carta straccia, fa quello che farebbe suo padre.

Volta le spalle alla ragazza che ama con tutto sé stesso, e se ne va.

Vittoria

Avrebbe dovuto dirgli che non è vero.

Non è vero che non prova niente. È solo che il suo cuore è rimasto ferito, tra le lamiere di una vecchia auto. È ammaccato, difettoso, non funziona più.

Il suo cuore si è spezzato e lei non sa come ricomporlo.

Ma aveva trattenuto tutto, Vittoria, le parole incastrate da qualche parte nella gola arida come il deserto. Come ciò che c'è dentro di lei.

E poi Brian le aveva sputato addosso *quelle* cose. L'aveva fatto con una rabbia che non aveva mai visto nei suoi occhi oceano. L'aveva spaventata, l'aveva mortificata.

Adesso sanguina dappertutto, come il pomeriggio dell'incidente, e non riesce a distinguere la realtà dalla sua immaginazione.

Non lo sa, Vittoria, quanto tempo rimane dentro al guardaroba, al buio, da sola. Il tempo sufficiente perché qualcosa si risvegli di nuovo, in lei. Qualcosa di brutto.

Se si ritrova in quella situazione è colpa sua. Soltanto colpa sua. Ha lasciato che Vittoria provasse a guarire, e più guariva più diventava meno ombra, e meno ombra diventava più tornava a sentire cose. Cose che non voleva sentire. Cose che la ragazza del guardrail non sentiva più.

La ragazza del guardrail.

Ecco, la soluzione a ogni suo problema!

Le basta indossare di nuovo gli abiti di *quella* versione di sé stessa. Scopre presto che le viene facile, come se la ragazza del guardrail fosse sempre stata lì, in attesa che lei rinsavisse. Le lascia il comando mentre esce dal guardaroba e torna al centro del capannone, le permette di prendere il sopravvento mentre inizia a ballare, abbandonandosi alla musica martellante, sparata a tutto volume, perdendosi per non pensare più, per dimenticare Brian, il suo volto, le sue parole.

È una notte avida, questa, in cui tutto è già successo e tutto può ancora succedere.

Può succedere che il suo sguardo incontri quello penetrante e alterato di Seb, in mezzo a un centinaio di persone. Che i loro occhi si parlino in una lingua conosciuta soltanto a loro due, e i corpi inizino a cercarsi, a farsi spazio tra la folla, spinti da una forza d'attrazione inesorabile che li riunisce al centro della pista da ballo.

Vittoria lo sa, nelle ossa, che è tutto sbagliato. Seb è la persona sbagliata, lo è sempre stata.

Ma quando il ragazzo le imprigiona il viso tra le mani e dischiude la bocca sulla sua, Vittoria si aggrappa a quel bacio famelico e disperato con tutta sé stessa, perché sa che una come lei non merita l'amore di Brian.

Perché sa che nulla, per lei, può essere più giusto di così.

Impiega un paio di secondi per rendersi conto di ciò che ha appena fatto. Due secondi di troppo per accorgersi che Gill e Brian li stanno guardando, a pochi passi da loro.

«Un giorno ti toccherà alzare la testa, ragazza del guardrail. Spero solo non sia troppo tardi.»

Brian

È respirare senza riprendere fiato.

È urlare senza avere voce.

È amare senza essere ricambiato.

Brian si ritrova sul pavimento di camera sua, senza sapere come ci è arrivato. L'ultima cosa che ricorda è di aver afferrato Gill per le braccia, appena in tempo perché non si scagliasse contro Vittoria e Seb, e di averla trascinata fuori dal capannone con l'aiuto di Cloud.

Poi il cervello aveva detto basta, è troppo, stacca la spina. Meglio l'oblio, è più indolore.

Ora, però, è tornato in sé. Disteso sulle piastrelle come un paziente febbricitante, il cuore gli fa male, un male fisico insopportabile.

Si può morire di mal d'amore?

Suda freddo, Brian, mentre i flash della serata infestano crudeli la sua mente. Il comportamento assente di Vittoria, che era stata indecifrabile per l'intera settimana, quell'elefante nella stanza di cui non parlavano, quella richiesta d'amore non ricambiata. La mortificante discussione nel guardaroba. E poi, la scena più agghiacciante, l'incubo che infesterà le sue notti d'ora in avanti.

Vittoria, la *sua* Vittoria, avvinghiata a Sebastian. *Quel* Sebastian.

Aveva rimescolato tutte le carte in gioco, stravolto il senso di ogni cosa.

Allora era vero. La tensione che percepiva fra la sua ragazza e Seb, il cambio d'atteggiamento di Seb nei suoi confronti da quando lui e Vittoria si erano fatti vedere insieme per la prima volta. Il pomeriggio in cui li aveva sorpresi in palestra.

Era Vittoria *l'altra*, quella che è andata a letto con il ragazzo della migliore amica. È sempre stata lei.

Cazzo, gli fa male lo stomaco, gli viene da vomitare.

Vorrebbe svuotarsi di tutto: il tempo trascorso insieme, i baci insaziabili, le risate a crepapelle, le fragilità condivise.

Vorrebbe svuotarsi di ciò che prova.

Non avrebbe dovuto abbassare la guardia, mesi fa, non avrebbe dovuto scegliere di compiere quel salto nel vuoto. L'ha fatto, invece, e ora sta precipitando.

Le ha scritto «ti amo».

Quanto è stato stupido. E ingenuo. Un vero coglione. Come ha potuto anche solo pensare che Vittoria provasse qualcosa per lui, un ragazzo con il suo passato?

Dal nulla, Brian si mette a ridere. Una risata silenziosa e aspra, sprezzante e infelice.

Quelli come lui sono dei vigliacchi, nascondono sotto i vestiti i segni della malvagità altrui, non riescono a uscire da un maledetto scantinato, si lanciano dalla scogliera più alta o forse vengono buttati giù dagli altri, ma che differenza fa? Tutta la differenza del mondo, eppure il risultato non cambia: non è abbastanza, non è *mai* abbastanza. Brian è un ragazzo guasto, indegno dell'amore di Vittoria.

E via così, un pensiero dopo l'altro, finché sono troppi e fanno un frastuono insopportabile, come la pioggia battente, finché il mondo non è più abbastanza grande, in camera non c'è più spazio, lui è schiacciato contro il pavimento e c'è il buio, solo buio, tutt'intorno e dentro e fuori di lui.

Il cellulare dimenticato sul comodino continua a illuminarsi, lo schermo pullula di notifiche, messaggi, chiamate, tutte da un unico mittente.

Brian lo ignora.

È appena iniziata una nuova eclissi.

Vittoria

Nella notte dei cuori spezzati, il freddo è insostenibile.

Ma Vittoria, a cavalcioni sul guardrail, non saprebbe dire, con assoluta certezza, se il gelo è fuori, o lo sente dentro.

Controlla l'orologio al polso, inizia a contare i secondi.

Ha rovinato tutto.

Per mesi ha camminato sul filo del rasoio, in equilibrio precario, fregandosene delle conseguenze, fregandosene di chiunque. A volte le è piaciuto, a volte un po' meno.

E adesso, adesso che è arrivato il momento di sbattersene di quella cosa che sono i sentimenti altrui, persino dei suoi, e scegliere la via più facile, quella che le permetterebbe di anestetizzare il dolore, di compiere la trasformazione definitiva e congelare per sempre il suo cuore…

Adesso non può. Non vuole.

«Mamma, ho combinato un gran casino.» Le parole si perdono in una nuvola di condensa, nell'aria gelida della notte. «Eri tu a sapere come amare gli altri. Io non ne sono capace. So soltanto mentire, e ferire, e restare a guardare.»

Il volto sfigurato dal dolore della sua migliore amica si materializza davanti agli occhi. Vittoria allunga la mano per accarezzarlo, ma al suo tocco l'immagine scompare.

«Che cosa ho fatto…»

La verità è che forse una piccola parte di lei, quella più autodistruttiva, lo sapeva. Lo sapeva che infilare la lingua in bocca a Seb, lì al centro del capannone, avrebbe svelato il loro segreto. Sapeva che avrebbe ferito le persone a cui tiene di più. Gill e Brian. Le uniche che l'hanno tenuta stretta nei momenti peggiori, le uniche in grado di farle riassaporare la gioia di vivere. E amare.

Sì, amare.

«Mi avevi detto di non aver paura, mamma.» Tira su col naso. «Credo di averti delusa, alla fine. Io ho paura. Ho paura di essermi innamorata di un ragazzo che conosco appena. Ho paura che la mia migliore amica non mi voglia più vedere. Ho paura di amare troppo, perché so che potrei perdere tutto da un momento all'altro. Come è successo a te, a papà. Come è successo a noi.»

Vittoria stringe le mani sul guardrail, finché le nocche non diventano bianche e la pelle si spacca e inizia a sanguinare. Una domanda la tormenta.

«Ma si può davvero amare senza provare paura, mamma?»

Il silenzio che riceve in risposta è assordante.

Una lacrima precipita sull'asfalto.

Vittoria sa che il tempo sta per scadere, prima che il cielo le cada addosso. E questa volta non c'è Brian a impedirlo. Non c'è Brian a tenerlo su per lei.

E allora pensa a cosa direbbe, se fosse lì.

Non esistono risposte facili, Vittoria. Ma il fatto che tu ti stia ponendo queste domande, forse vuol dire che non sei poi morta come pensi, no?

Vittoria si sorprende a sorridere.

C'è solo un modo per scoprirlo.

Lottare per le persone che fino a questo momento lo hanno fatto per lei, perché se si arrende ora, ora che è tornata ad amare, allora sarà stato tutto inutile.

Allora sarà vero: in quei sette minuti e cinque secondi è morta anche lei.

Sei minuti e trentatré secondi

Brian

Giorno della settimana: lunedì.
Giorno di eclissi: terzo.
Condizioni atmosferiche nel mondo esterno: nuvoloso.
Condizioni atmosferiche sul Pianeta Brian: assenti.
Stato d'animo: depresso.

Sono passati tre giorni dall'inizio dell'eclissi.

Da allora, Brian si è rifugiato in un'esistenza solitaria sul suo pianeta. Ha mangiato poco o niente, solo ed esclusivamente in camera sua. Si è lavato, poco o niente. Ha parlato, poco o niente.

Invece, ha dormito moltissimo: un sonno profondo e senza sogni.

Dev'essersi trasformato in un animale da letargo. Un ghiro. No, meglio un riccio, equipaggiato con un bel manto irto d'aculei per proteggersi dai pericoli esterni. Per difendersi da Vittoria, da quel senso di vuoto che lo divora un po' alla volta.

Brian scivola giù dal materasso e assume la sua posizione preferita. La schiena nuda sul pavimento, il contatto della pelle contro le piastrelle fredde, braccia e gambe a quattro di bastoni.

Respira.

Oltre la porta, arrivano le voci concitate dei suoi genitori. Suo padre prova di tanto in tanto ad alzare i toni, sua madre gli intima di fare piano – «Brian *sta riposando*» –, affermazione che, se possibile, lo fa infuriare ancora di più.

«Basta con questa storia! Adesso tuo figlio si alza e va a scuola. Sono tre giorni che non esce da lì!»

Quando fa qualcosa di male, Brian diventa improvvisamente figlio monoparentale.

«Dagli tempo. Lo sai che dobbiamo dargli tempo!» lo implora la madre.

«Gli abbiamo dato l'intera l'estate. Te la ricordi, la nostra vacanza rimandata perché "Brian è triste", vero?» inveisce suo padre. «Gli abbiamo fatto cambiare scuola! Gli paghiamo la psicoterapia! E questa è la ricompensa...»

«Non è così che funziona...»

«Non funziona nemmeno il tuo patetico senso di protezione!»

Silenzio assoluto.

«Adesso si fa a modo mio.»

Passi concitati per il corridoio, verso la porta della sua stanza. No, no, no. Brian stringe la mascella, chiude gli occhi, trattiene il respiro. Forse se si finge morto...

«Ruggero, fermati! O quant'è vero Iddio faccio le valigie e me ne vado!» Questa volta è mamma ad alzare la voce. Il rumore si interrompe bruscamente. «Lascialo in pace. Ci parlo io.»

Per qualche secondo Brian non sente più nulla. Poi ancora i passi arrabbiati, questa volta in allontanamento. Il rumore di una porta che sbatte violentemente.

Silenzio.

Apre gli occhi e guarda il soffitto con un nodo stretto alla gola. Non voleva far litigare i suoi genitori, di nuovo. Non voleva far infuriare suo padre, di nuovo. Non voleva che sua madre si trovasse in mezzo, di nuovo.

La porta si apre piano.

«Brian.»

Lui non si gira, lo sguardo perso dentro al cielo d'intonaco. La porta si chiude. Il fruscio di un paio di pantofole vaporose. Un corpo che si distende accanto al suo. Brian percepisce il calore della pelle di sua madre sfiorarlo, e anche se non sente sé stesso lì, nella sua stanza, nella sua casa, nella sua metropoli, sul pianeta chiamato Terra, la sensazione è confortante.

«Cosa guardi da qui?» chiede cauta.

«Il mio cielo stellato in pieno giorno.» Brian indica le stelle adesive sul soffitto.

«È un cielo spento, però.»

Brian non risponde.

«Io non lo so, cosa è successo» riprende sua mamma. «Cosa ti abbia portato a chiuderti qua dentro, un'altra volta. Ma deve averti ferito profondamente.»

«Ci ho provato, mamma. Mi sono bloccato un'altra volta. Come se non potessi essere nient'altro che… questo. Me stesso. E mi faccio pena.»

«Ricordi cosa ti ho detto quella sera, quando ti ho recuperato alla festa della tua amica?»

«La tua vita è cambiata quando è entrato papà…»

Sua mamma fa uno sbuffo a metà fra lo sconcertato e il divertito.

«Ho detto che era entrata una *persona*, Bibi. E quella persona, quella che ha fatto tutta la differenza del mondo, sei stato tu.»

Si mette a sedere, rivolta verso di lui.

«So cosa vuol dire nascondersi» continua. «Ho rinchiuso la mia vita in una scatola, perché pensavo di mettermi al sicuro. E solo adesso mi sto accorgendo che questa scatola è diventata sempre più piccola, man mano che il tempo passava.» Ascoltando le parole della madre, Brian si tira su a sedere. «Ma sai cosa ti dico?»

Mamma Adele gli prende la mano e l'appoggia sul proprio petto, vicino al cuore. La tiene lì, premuta stretta contro il maglione di lana.

«Io non me lo merito. E tu nemmeno.»

Vittoria

Butta un'ultima occhiata al cellulare.

Silenzio, su tutta la linea. Silenzio da giorni.

Suo padre, venerdì notte, l'aveva sorpresa rientrare in casa con aria devastata. Il trucco sbavato, gli occhi arrossati, le scarpe tenute in mano. Non le aveva chiesto nulla, perché chi meglio di lui sapeva intravedere i segnali del mal d'amore. Le aveva fatto un caffè e le aveva lasciato uno spazio sul divano, accanto a lui. Avevano guardato la televisione fino ad addormentarsi in posizioni scomodissime.

Poi, tre giorni di calma, estenuante calma. Come dopo una bufera, una pesante coltre di neve si era depositata sulla sua vita, paralizzando persino il traffico dentro la sua testa.

Brian e Gill non avevano risposto alle sue chiamate, ai suoi messaggi. Entrambi, oggi, non sono venuti a lezione. Entrambi le mancano da morire.

L'unico che non aveva provato a evitarla è stato Seb, che l'aveva agguantata davanti a scuola. Magra consolazione, tuttavia Vittoria si era fatta trovare pronta. Gli aveva detto chiaro e tondo che avevano chiuso, loro. Basta segreti, basta tentazioni, basta incasinare vite e giocare con i sentimenti delle persone.

Soprattutto, basta relazioni tossiche.

Seb non aveva neanche tentato di replicare ma Vittoria nei suoi occhi aveva visto divampare fiamme d'ira, prima che la piantasse davanti al cancellone.

Ora, comunque, ha ben altro a cui pensare. Chiedere scusa, per esempio. Rimediare, dove possibile. *Se* possibile.

Dopo scuola fa un salto veloce a casa per recuperare un vecchio DVD, poi si precipita da Gill. Che di certo non avrà intenzione di aprirle la porta, è vero, ma per fortuna Vittoria sa di avere una giovane alleata dalla sua parte.

Il volto di Lily fa capolino sull'uscio della villetta, seguito poi dal resto del corpo. Vittoria fa ciao ciao con la mano e lei la invita a entrare con un cenno furtivo.

«Ma che hai combinato?» bisbiglia, all'ingresso. «Ti ha bannata dalla sua vita, tipo, per sempre.»

«Sono l'amica peggiore del mondo, Lily.»

«Puoi dirlo forte.» Lily dondola sul posto. Ai piedi porta delle vistose calze antiscivolo a tema algebrico. «Mai vista mia sorella così. Di solito quando litiga con Seb è di una lagna unica, roba da strapparsi le orecchie, te lo giuro. Questa volta è diverso.»

«Cioè?»

«Non vuole nemmeno sentirlo nominare.»

«Oh» annuisce solennemente Vittoria.

«Vero?» Lily schiocca la lingua, eloquente. «Comunque, manifesto da anni la speranza che lei e quel deficiente si moll...»

«Con chi stai parlando?»

Vittoria ha un tuffo al cuore.

In cima alle scale che portano al piano superiore è comparsa la sua migliore amica. L'aspetto trasandato, il volto pallido come un lenzuolo, il corpo nascosto dentro una tuta oversize. È come trovare la vecchia sé davanti a uno specchio.

«Che ci fai tu qui?» l'accoglie brusca Gill, per poi rivolgersi alla sorellina: «Perché l'hai lasciata entrare?».

«Ho una volontà mia, sai? E credo che…»

«Ho bisogno di parlarti» la interrompe Vittoria, gli occhi incollati su Gill.

L'amica scuote la testa. «Non voglio ascoltarti.»

«Pimpi, per favore…» Vittoria fa un passo verso le scale, con il naso all'insù. Lily lascia passare lo sguardo dall'una all'altra, incerta se restare in caso scoppiasse un *catfight* tra BFF in piena regola, o lasciarle da sole.

Opta per la seconda e si dilegua in cucina.

Gill incrocia le braccia al petto.

«Vattene.»

«Me ne vado, te lo prometto.» Vittoria si toglie lo zaino dalle spalle, lo appoggia sul primo gradino. Apre la cerniera lampo e ne pesca la custodia nera. «Ma vorrei vedere una cosa con te, prima.» Gliela mostra. «Una volta mi hai detto che ti mancava la nostra leggerezza. Ti mancavano persino i pomeriggi insieme a guardare…» Spalanca la custodia. Dentro c'è un DVD colorato, con un orsetto paffuto, la maglietta rossa e l'inseparabile vasetto di miele tra le zampe. «*Winnie The Pooh*.»

Le labbra di Gill si piegano all'ingiù. Una reazione. Vittoria la prende come uno spiraglio, minuscolo, e ci si fionda.

«Non dobbiamo parlare, se non ti va» insiste. «Non dobbiamo fare proprio niente. Soltanto vedere un paio di episodi insieme. Poi mi dileguo.»

La sua amica esita un secondo. Dopodiché fa dietrofront e sparisce alla vista. Vittoria sale i gradini a due a due e la raggiunge in camera. Gill, raggomitolata nel letto con un grugno scocciato sul volto, le indica il lettore impolverato sotto la vecchia televisione, un modello preistorico che i suoi le avevano concesso in stanza anni prima.

Vittoria inserisce il DVD, prende il telecomando. Si accomoda sul materasso accanto a lei, attenta a non sfiorarla. Sullo schermo appaiono Winnie The Pooh, Pimpi e i loro amici nel Bosco dei Cento Acri. Sui musetti un'espressione felice e spensierata, di quelle capaci di farti maledire l'essere diventata grande, e lunatica, e complicata.

Schiaccia play.

Un'ora e mezzo dopo sfilano i titoli di coda. Vittoria si accorge di avere le guance bagnate. Quand'è che ha cominciato a piangere? Gill si sistema meglio sul letto, le ginocchia al petto. Ha un'aria amareggiata e delusa.

Vittoria sospira. «Lo so, lo so. Adesso me ne vado.»

«Non capisco cosa pensavi di ottenere.»

Tira su col naso. Dannazione, non di certo farsi compatire.

«Soltanto chiederti scusa.»

Il volto di Gill si contrae in una smorfia di dolore, che presto si trasforma in collera viva.

«Per esserti portata a letto il mio ragazzo? O per avermi mentito tutto il tempo?» scatta come una molla. «Come hai potuto? Tu, la mia migliore amica! Quella che in questi mesi ha avuto la faccia tosta di consolarmi, quando sapevi benissimo di essere tu, *quell'altra*. Ma non ti fai schifo?»

Gli occhi di Vittoria tornano a inondarsi di lacrime.

«Ho provato a capirti, a starti vicino. Anche quando sapevo che non mi volevi. Anche quando era chiaro che non sopportassi la mia presenza. Ma sono rimasta, come un'idiota. Mentre tu, stronza, mi soffiavi Seb da sotto il naso!» Gill fa una risata sprezzante, senz'anima. «È stato divertente? È stato... eccitante? Te la sei goduta? Cos'hai provato mentre lo facevate? Eh?»

Si è spinta troppo oltre, Vittoria, per non essere sincera fino in fondo. Non può più trincerarsi dentro la sua testa, ora deve finalmente aprirle il suo cuore.

«Mi sentivo sempre incazzata, Pimpi. Dopo l'incidente, non mi era rimasto altro. Vuoto, rabbia e voglia di distruggere tutto ciò che di buono avevo intorno. Non m'importava nulla.» Si pulisce il naso con la manica della felpa. «Nemmeno di te.»

Gill sbarra gli occhi, due abissi di dolore.

«Stare con Seb non ha significato niente. È stato solo un modo per dimostrarmi quanto in basso potessi cadere. Per ricordarmi che non ero io, quella che doveva uscire viva dalla macchina...»

«Vittoria, non...»

«Non lo sto dicendo per farti pena. E ho finito di usare l'incidente come scusa per tutti i miei errori.» Vittoria avvicina il volto a quello dell'amica. «Voglio solo tu sappia che tu e Brian siete gli unici a essermi stati accanto nei miei momenti peggiori. Quelli in cui sono stata una persona davvero difficile da amare.» Un sorriso colmo di rimpianto. «Ma sono anche quelli in cui mi sono sentita più amata in assoluto.»

Abbassa lo sguardo, esausta. Ammettere ciò che ha provato, ciò che prova, è una fatica pazzesca. Sfiora la mano della sua migliore amica.

«Ora vado.»

Fa per alzarsi, ma Gill la trattiene per un braccio. Una stretta forte, disperata.

«Penso di averlo sempre saputo» dice, gli occhi fissi sulla propria mano arpionata al braccio di Vittoria. «Ho questo maledetto debole. Questa stupida inclinazione a fare la crocerossina.» Il volto si accartoccia in un'espressione nauseata. «Ho pensato di poter raddrizzare Seb. Ho creduto di poter ricucire il tuo cuore spezzato. Invece, ho fallito su tutta la linea.»

«Siamo stati noi a deluderti, Pimpi.»

«Non so perché ho bisogno di piacere alla gente. Immagino di essere fatta così. Ma alla fine, guarda cosa è successo. Mi voglio talmente poco bene da far finta di non accorgermi che il mio ragazzo è innamorato della mia migliore amica.»

La voce si incrina e lei si interrompe.

«Lui non è…»

«Lo è. Lo è da tempo. Quanto è patetico tutto questo?»

I pensieri inciampano uno sull'altro, mentre Vittoria è alla ricerca disperata di qualcosa di sensato da controbattere. Ma non c'è niente che possa dire. È sempre stata Gill, la più brava a leggere e interpretare i sentimenti degli altri. Non di certo lei.

Con un gesto stanco, Gill appoggia la fronte contro la sua spalla. Vittoria resta immobile, per non rompere il contatto, per tenerla vicino, anche solo per un po'. Chiude gli occhi, il mento posato sulla sua testa.

«Non so se torneremo mai come prima» sussurra Gill. «Non credo di riuscirci.»

Per Vittoria è una pugnalata nelle costole. Le spezza il fiato. Ma la verità è che lei, più di tutti, sa che alcune cose non possono tornare com'erano prima. Non lo fanno mai.

Si può solo andare avanti con ciò che resta.

«Ti ricordi cosa diceva Winnie The Pooh?» Solleva la testa dell'amica, poi appoggia la fronte alla sua. Cerca di sorriderle, come può. Gill scuote il capo, mentre una lacrima precipita lungo la guancia.

«"Se dovesse mai arrivare il giorno in cui non potremmo essere più insieme, tienimi nel tuo cuore, sarò laggiù per sempre."»

Le posa un bacio sulla fronte, poi scivola giù dal letto. Raccoglie il DVD e lo zaino e si avvia verso la porta.

«Per sempre, Winnie?»

Vittoria le lancia un ultimo, lungo sguardo, prima di chiudersi la porta alle spalle.

Brian

Giorno della settimana: martedì.
Giorno di eclissi: quarto.
Condizioni atmosferiche nel mondo esterno: soleggiato invernale.
Condizioni atmosferiche sul Pianeta Brian: assenti.
Stato d'animo: rassegnato.

Brian, unico abitante del Pianeta Brian, è raggomitolato sulla sua scrivania. Si è vestito, questa volta, mamma Adele l'ha costretto a infilarsi almeno un paio di pantaloncini e una maglietta puliti.

Dopodiché, lo ha informato senza tanti giri di parole di aver chiamato Fleur e avergli fissato un appuntamento con lei l'indomani pomeriggio.

Brian aveva fatto spallucce, mentre nelle sue orecchie gli sembrava già di sentirle, le proteste di suo padre. Papà Ruggero che ieri sera è tornato tardi, e stamattina è uscito prima dell'alba, nel tentativo di evitare moglie e figlio.

Ognuno ha il suo rifugio, aveva detto sua mamma,

all'incontro in biblioteca con il gruppo di lettura. Quello di suo padre, conclude Brian, è senza dubbio il lavoro.

Quarto giorno di eclissi e il cellulare ha smesso di suonare, com'era prevedibile. Nessuno lo cerca più. Vittoria l'avrà già dimenticato, tra le braccia di Sebastian.

Vittoria, suo padre, i suoi vecchi amici. Chissà perché è così difficile amarlo, pensa Brian. Cosa c'è di così sbagliato in lui, da lasciar credere agli altri che possano trattarlo come vogliono, calpestare i suoi sentimenti, sbattergli le porte in faccia.

Brian osserva la lista delle paure nella nota del suo cellulare. Forse quella storia è stata tutta un gigantesco abbaglio. Perché alla fine, lui le sue paure le aveva fronteggiate, eppure niente era davvero cambiato.

È ancora imprigionato tra le quattro pareti della sua stanza a cercare di capire se fa buio fuori, o ha il buio dentro.

In quel momento, il cellulare squilla. Brian guarda chi lo sta chiamando e il suo cuore per poco non sprofonda. È lo stronzo, lo squalo bianco. Resta a fissare lo schermo. Non ha intenzione di rispondere. Non è nelle condizioni di affrontarlo. Non è nelle condizioni di affrontare proprio nessuno.

Ma il suo corpo sembra non essere d'accordo con la sua testa. Perché, inspiegabilmente, Brian prende la chiamata e appoggia il cellulare all'orecchio.

«Primo giorno.»

La voce di Seb è calma come una minaccia. E pensare che dovrebbe essere lui, Brian, a dirgliene quattro, a quel bastardo che gli ha portato via Vittoria.

«Questa non è una chiamata di piacere, quindi puoi anche stare zitto. Basta che mi ascolti bene.»

Brian resta in attesa.

«Voglio che tu stia lontano dalla mia gente. Mi hai capito bene? Vittoria, Gill, i miei amici, la mia squadra. Gira alla larga. Fatti una vita altrove. Altrimenti...» Una pausa a effetto. «Tu non vuoi che a scuola si sappia del tuo *piccolo* problemino, vero? Com'è che i tuoi vecchi compagni ti hanno chiamato? Mmm...» Un mormorio pensieroso. «Squilibrato, sì. Squilibrato. Brutta storia, eh?»

Brian scuote la testa, nel frenetico tentativo di allontanare i cattivi ricordi.

«Io ti ho avvisato, Primo giorno.»

E mette giù.

Brian resta con il cellulare attaccato all'orecchio, ad ascoltare il nulla, se non la propria frustrazione. Poi, il suono del citofono di casa squarcia il silenzio.

Vittoria

Forse è stata una brutta idea.

Forse è stata una *pessima* idea.

Vittoria è agitata, suda dentro al cappotto, le tremano le gambe. Eppure rimane lì, sul pianerottolo di un condominio londinese che ha visto sicuramente tempi migliori.

Aspettare fuori dalla porta di casa delle persone che ama di più comincia a diventare la metafora della sua esistenza.

Controlla di nuovo l'indirizzo sul cellulare. Per fortuna quel paraculo di Romeo conosce sempre tutto di tutti, o non avrebbe saputo come fare.

Finalmente la porta si spalanca.

Ad accoglierla, una donna dalla corporatura robusta dentro un paio di pantaloni bianchi e un maglione morbido, celeste. Ha un visto tondo, cordiale e deciso al tempo stesso, i capelli raccolti in uno chignon disordinato, gli occhi color fondale marino, simili a quelli di Brian. Sembra una di quelle persone che dicono ciò che pensano, ma poi si affrettano a chiedere scusa per paura di aver ferito qualcuno. Le suscita subito simpatia.

La mamma di Brian la squadra dalla testa ai piedi, poi si lascia sfuggire un sorrisetto che le tira su gli angoli della bocca, piccola e carnosa.

«Così sei tu.»

Tu chi?, si domanda Vittoria. La ragazza di cui suo figlio si è innamorato o quella che lo ha tradito?

Stiracchia un sorriso incerto, valido per tutte e due le risposte.

La donna si fa di lato, per lasciarla entrare.

«Sono contenta che sei qui» le dice con calore. «L'ultima volta non è venuto nessuno.»

Vittoria vorrebbe chiedere, ma non lo fa. Vuole solo rivedere Brian. Parlargli. Capire perché sono giorni che non si fa più vedere in giro, né sentire con nessuno. La mamma di Brian la accompagna verso quella che, immagina, sia la camera del ragazzo. Bussa.

Nessuna risposta.

«Oh, vabbè. Tanto entro sempre lo stesso» fa lei, con uno sbuffo rassegnato. «Vai, tesoro.»

«Grazie.»

La donna annuisce e torna in soggiorno. Vittoria prende un respiro, ascolta il cuore accelerare. Lo sa anche lui, chi c'è dall'altra parte della porta. Abbassa la maniglia ed entra.

In un primo momento non capisce cosa ci sia di sbagliato. C'è un forte odore di chiuso, nella stanza. L'ambiente è quasi totalmente al buio, le tapparelle della finestra sono abbassate, anche se sono circa le tre del pomeriggio. L'unica fonte di luce arriva dalle… pareti.

Anzi, a guardarle meglio, da quelle che sembrano stelle adesive fluorescenti, attaccate alle pareti.

«Non dovresti essere qui.»

Brian è seduto sulla scrivania. Chissà se vederla lì lo reputa un bel risveglio, o un incubo a occhi aperti.

«Mi ha fatta entrare tua madre.» Vittoria fa un passo in camera. Si guarda attorno. Oltre alle stelle adesive ci sono libri, tanti libri, locandine in formato poster e citazioni sparse, appese da mani inesperte.

Il Pianeta Brian si svela davanti ai suoi occhi.

«Cosa vuoi?»

Vittoria lascia perdere il contesto e si concentra sul motivo per cui è lì.

«Vederti. Parlarti» risponde. «Non sei più tornato a scuola dopo… lo sai. Stai male?»

«Non ti interessa.»

«Brian…» Cerca i suoi occhi oceano. «Lascia stare un attimo quello che è successo tra noi. Ci tengo a te, o non sarei qui. Voglio solo sapere se stai bene.»

Lui abbassa lo sguardo. Scivola giù dalla scrivania, si allontana da lei appoggiando la schiena contro la parete opposta.

«Hai mai visto un'eclissi?»

Vittoria è disorientata dalla domanda, ma decide di assecondarlo. È già un successo che non l'abbia ancora sbattuta fuori.

«Sì, una volta sola. Ero piccola, però.» Si sforza di ricordare. «Se non ho capito male, dipende dal fatto che la luna si mette tra la Terra e… il sole. Infatti l'ho visto diventare tutto scuro. È stato affascinante e… spaventoso, a dire la verità.»

Brian annuisce.

«A volte mi succede. Di non capire se è il sole che si è spento, o mi sono spento io.»

Vittoria si siede sulla scrivania, dove prima c'era il ragazzo.

«Non me ne hai mai parlato.»

«Non voglio farlo.»

«In questi due mesi non hai fatto altro che ascoltarmi. Stavamo affrontando le tue paure eppure ero io a fare pace con i miei fantasmi. Adesso è tempo che io conosca i tuoi.»

Brian incastra gli occhi nei suoi, come se cercasse di capire fino a che profondità sia pronta a spingersi. Vittoria ci si tuffa dentro senza esitare.

«La lista di paure. Non è nata per caso» inizia lui. «Ogni paura corrisponde a un trauma che ho vissuto l'anno scorso. Non è stato un bel periodo. Sono successe cose… che mi hanno segnato, in più sensi.» Nel dirlo, si sfiora l'avambraccio. «Quando è diventato tutto troppo insopportabile, poco prima che terminasse la scuola, mi sono segregato qui dentro.» Getta un'occhiata tutt'intorno. Accompagnata dalle sue parole, Vittoria torna indietro nel tempo, immagina un Brian di sei mesi più giovane, chiuso tra quelle quattro pareti, impaurito e senza nessuno. Senza di lei.

Qualcosa, dentro al petto, si scioglie.

«Ci sono rimasto per tutta l'estate.»

«Cosa facevi?»

«In realtà, nulla. Ogni giorno si ripiegava sul successivo, ogni giorno uguale a un altro. Mi sembrava tutto… avvolto nell'ombra. Non riuscivo a distinguere bene il giorno dalla notte, non riconoscevo nemmeno le mie emozioni. Vivevo su un pianeta soltanto mio, distante da tutto ciò che mi aveva fatto male, ma anche dalle persone a cui avevo voluto bene. Mi sentivo solo. Così *solo*…»

Vittoria fa un passo verso il ragazzo.

«E poi?»

«Mamma.» Brian si stringe nelle spalle. «Mentre papà era convinto che fosse tutta una mia esagerazione, mamma ha capito che avevo bisogno di un aiuto, ma che non lo avrei mai chiesto.»

«È la parte più difficile.»

«Quale?»

«Chiedere aiuto» sospira Vittoria. «È maledettamente difficile.»

Brian chiude le mani a pugno. Le riapre. Le richiude.

«Ma è l'unica via d'uscita che abbiamo. Con Fleur ho iniziato un percorso per rimettere ordine al caos dentro la mia testa. Per capire come superare quello che avevo subito. Sono uscito da questa stanza. Ho cambiato scuola. E sei arrivata tu.»

«Brian, io…»

«Non pensavo di innamorarmi. È stato tutto così inaspettato con te. Inaspettato e un gran casino e meraviglioso ma…» Brian si prende la testa tra le mani e scivola lungo la parete, fino al pavimento. «Abbiamo rovinato tutto.»

Vittoria compie gli ultimi passi che li separano e ogni distanza s'infrange. Si inginocchia davanti a lui, gli prende il volto tra le mani e lo bacia. Le labbra di Brian sono fredde, inospitali. Come la fine dell'inverno in attesa della primavera. Ma è sempre lui. E le è mancato, da morire.

Brian, però, si stacca subito.

«No» dice, in tono fermo. «No.»

Il cuore di Vittoria affoga, in silenzio, mentre lei cerca di non piangere.

«Mi dispiace» gli sussurra. «Sappi che l'unica cosa che conta è che tu stia bene. Solo questo.»

Lui la stringe forte a sé, un abbraccio breve e disperato, affamato di contatto umano. Di connessione. Vittoria pensa a tutte le volte in cui è stato il ragazzo a consolarla, ad ascoltarla, prenderla per mano per risalire dal tunnel nero dei suoi pensieri. E per tutto il tempo, si è portato dentro quel dolore senza dire niente. Brian, a differenza sua, non ha permesso che le cose brutte che gli sono successe lo cambiassero nel profondo, inquinassero il suo cuore.

Si scioglie dall'abbraccio, gli carezza i capelli, allaccia gli occhi a quelli del ragazzo.

«Non avrei mai voluto ferirti. Con Seb è stato... complicato. Sbagliato. Non volevo ricaderci, ma la verità è che ho preso una marea di decisioni pessime nell'ultimo periodo.»

Brian annuisce, serio.

«Aiutarti, stare con te, fidarmi di noi, è stata l'unica scelta giusta. Il mio cuore spezzato non ha niente a che fare con me e te, e quello che c'è fra di noi. Tu sei la persona migliore che mi potesse capitare, nel momento in cui ne avevo più bisogno» gli dice, continuando ad accarezzargli il viso. «E forse ci siamo sbagliati, e non potremo mai guarire sul serio, alla fine, e cadremo ancora negli stessi errori, e io tornerò a essere un fantasma e tu un alieno solitario. Non posso davvero prometterti nulla. E nonostante questo, voglio chiedertelo. Ti andrebbe di tornare?»

«In che senso?»

«Dal tuo pianeta. Tenere il dolore lontano è un ottimo modo per proteggerci, ma... io sono stanca di restare in esilio. E penso anche tu.»

Si mette in piedi e raggiunge lo zainetto. C'è una cosa che vuole fare, prima di andarsene. Pesca qualcosa dalla tasca principale. Le appoggia sulla scrivania, una dietro l'altra, ben in vista.

«Non farlo *per me*, Brian. Torna per lui.»

Brian

«Cosa sono, Brian?»

«Tre foto scattate in tre momenti diversi. Sono quelli in cui Vittoria mi ha aiutato con la lista delle mie paure. Ha fatto stampare le foto e me le ha lasciate quando è venuta a trovarmi. Penso volesse ricordarmi quello che abbiamo fatto, insieme. Che le mie paure fanno meno paura, se le condivido con qualcuno. Che non scappo più.»

«Questa Vittoria…»

«È la mia ragazza. Cioè, *era*. Non lo so, è complicato.»

«Come ti senti oggi?»

«Sopravvissuto a un allunaggio. Si può dire?»

«Puoi dire quello che vuoi. Le tue emozioni sono soltanto tue.»

«Ho avuto davvero paura di… lo sai, Fleur. Di ricaderci in pieno.»

«Cos'è cambiato, secondo te? Rispetto all'altra eclissi?»

«Sono più consapevole. È come se avessi degli occhiali protettivi in tasca, da indossare quando ne ho bisogno. Ah, e un'altra cosa. Adesso so che se riesco a fare spazio, è più facile che qualcuno si fermi a guardare l'eclissi con me.»

«Sono fiera di te, Brian. Ma la strada è ancora lunga. Ci vediamo la settimana prossima? Me lo prometti?»

Brian annuisce con aria solenne, infila le foto nella tasca della felpa e si alza dalla poltroncina in ecopelle. Tende la mano verso Fleur, che sta finendo di scrivere qualcosa sul suo taccuino. La sua psicoterapeuta, una donna minuta, dall'aria dolce e intelligente, solleva gli occhi trasparenti e gliela stringe. Poi, il ragazzo si avvia verso la porta dello studio. Si ferma accanto al tavolino basso, dove pesca un lecca lecca da un contenitore di vetro. Lo infila in bocca e si gira con un sorriso a metà.

«Fleur?»

«Sì, Brian?»

«Forse, e dico *forse*, oggi lo sono anche io.»

Esce dallo studio con uno strano senso d'euforia addosso. È su di giri. Lo è da quando Vittoria si è palesata in camera sua, da quando è venuta in missione per recuperarlo dal Pianeta Brian. Da quando gli ha ricordato cosa hanno fatto, insieme. Cosa *lui* è stato capace di fare.

Adesso è sicuro di ciò che vuole. Essere più delle sue paure. Deve soltanto dimostrarlo. Del resto è questo che si era promesso a settembre, il giorno prima del *primo nuovo giorno della sua nuova vita*.

Prende con decisione il cellulare dalla tasca e scrive un messaggio.

Una sola parola.

Un solo mittente.

Clicca invio.

Adesso deve aspettare la prossima mossa di Seb.

Fa un respiro profondo, dalla bocca esce una nuvoletta di vapore. Solleva lo sguardo dallo schermo, in tempo per vedere qualcuno dall'altro lato della via.

Cloud, imbacuccato in un piumino fluorescente, si sta sbracciando davanti alla vetrina della bakery.

Gli sorride, attraversa la strada e lo raggiunge in poche falcate.

«Fratello!» lo abbraccia lui. «Dove sei finito? Ho provato a chiamarti questi giorni...»

«Sono stato poco bene.»

«E adesso? Come stai?» chiede Cloud, indagando il suo volto con sguardo attento.

Brian fa spallucce, come se non fosse importante. «Meglio.»

«Sicuro?»

L'insistenza premurosa del suo amico, stranamente, lo infastidisce.

«Guarda che non sto per frantumarmi in mille pezzi. Stai tranquillo.»

Cloud sgrana gli occhi, sorpreso dalla sua reazione. In realtà lo è anche Brian. Che diavolo gli è preso?

«Che ci fai qui fuori?» chiede.

Cloud indica la vetrina con un cenno del capo. La sua eterna *crush* lavora sorridente dietro al bancone, destreggiandosi tra il settore dolce e quello salato. Per la prima volta, però, Brian non ci vede niente di romantico, nel comportamento del suo amico. Soltanto codardia.

«Dovresti smetterla di avere paura di lei» lo provoca. «È da stupidi. Vai dentro, chiedile un appuntamento e poi accetta quello che viene dopo, che sia un sì o un no. Almeno ti metti l'anima in pace.»

Cloud ha l'aria di essere appena stato preso a schiaffi.

«Ma ce l'hai con me? Che t'ho fatto?»

«Mi domando come uno che di lavoro si occupa di... *ribellioni gentili*, poi non sia in grado di chiedere un appuntamento alla ragazza per cui ha una cotta stratosferica.»

Lo sguardo di Cloud si indurisce. La mascella contratta, i lineamenti delicati diventano pietra. Brian si rende conto di aver perso il controllo, di essersi spinto oltre.

«Ho esagerato. Sono stato uno stronzo» si scusa, a testa bassa.

«L'hai detto tu, fratello» ribatte secco Cloud. Brian solleva il capo, adesso il suo amico ha un sorriso scanzonato dipinto in volto. «Però mi sa che un po' hai ragione.»

Brian ricambia piegando le labbra un pochino all'insù.

«Sono contento che stai meglio» prosegue Cloud, sistemandosi il marsupio sulla spalla. «E di vederti di nuovo da queste parti.»

Un lampo di sospetto si fa strada tra i pensieri di Brian.

«Cioè?»

«Be', vuol dire che non hai gettato la spugna, no?»

Brian fa scivolare lo sguardo da Cloud al palazzo di fronte, quello dove c'è lo studio di Fleur. Possibile? Che abbia sempre saputo?

Il ragazzo, intanto, posa la mano sulla maniglia della porta a vetri del panificio.

«Ora, se vuoi scusarmi, ho qualcosa da chiedere alla signorina dietro al bancone...» ammicca. «Vorrei essere lasciato solo, nella mia disfatta.»

Brian ride. Cloud è, e resterà, un mistero. Un grande mistero. Un grande amico.

Aspetta che entri nel locale, poi si allontana. Dopo appena qualche passo, il cellulare emette una breve vibrazione.

Lo squalo bianco ha abboccato.

Vittoria

Gill non si era presentata all'allenamento. Vittoria, invece, c'era andata.

Pazzesco, come lei e la sua (ex?) migliore amica si siano scambiate di ruolo, così, da un giorno all'altro. Un film dalla trama tutta sbagliata.

Vittoria pensava che assentarsi, di nuovo, significasse fare un passo indietro, un'altra volta. Lei non ne vuole più fare, di passi indietro, anche se andare avanti significa dover chiedere scusa, affrontare la sofferenza propria e quella altrui, fare pace con il passato, rassegnarsi al fatto che potrebbe perdere altre persone a cui tiene, oltre sua madre, e che non ricorderà mai più niente dell'incidente, e forse è ora di chiudere quel capitolo e, appunto, andare avanti.

Faticoso. Anzi, faticosissimo.

Si stringe nella sciarpa di lana e respira l'aria fredda del tardo pomeriggio dicembrino, che un po' gli mozza il respiro. Alza lo sguardo verso il cielo nuvoloso e indeciso. Meglio muoversi, pensa, mentre s'incammina rapida verso casa. Suo padre le ha fatto promettere che avrebbero mangiato insieme, stasera. Una promessa che è parsa un po' formale, ma le ha anche fatto piacere; l'alleggerisce sapere che almeno il suo rapporto con papà abbia trovato una nuova direzione, un nuovo equilibro. Sembra che dopo aver guardato i vecchi video di Eliza insieme, dopo aver condiviso quella parentesi di dolore e nostalgia uno accanto all'altra, abbiano ricominciato a esistere come padre e figlia. Certo, la loro convivenza non potrà mai assomigliare a quando c'era mamma, questo no. Ma impareranno a bastarsi, a ridisegnare la mappa di loro due tra gli spazi della Casa dei Fantasmi, che includerà sempre, anche, vuoti e rimpianti. Riscriveranno un intero vocabolario per parlare di tutto l'amore che hanno perduto.

E Brian, invece?

Non lo sa, esattamente, come sono le cose fra loro. In quale terra di mezzo siano atterrati, dopo la conversazione in camera di lui. Vittoria era uscita dalla casa del ragazzo con un macigno sul petto e un quadro molto più completo del Brian che pensava di conoscere e invece aveva appena iniziato a capire. Proprio come un'eclissi, lui le aveva mostrato soltanto la parte piena di luce. Quella più buia e vulnerabile, aveva cercato di tenergliela nascosta fino a quando ci era riuscito.

Vittoria non gliene fa una colpa, però. Proviamo sempre a proteggere le persone che amiamo dalle nostre mancanze, abbiamo paura che poi non vedano altro che questo, le nostre assenze.

E poi, ne è sicura, Brian la ama. E per questo, l'idea che potrebbe averlo perso fa ancora più male. Brian la ama in un modo che la spaventa, in un modo che nessun altro prima di lui aveva mai fatto. Certe cose le senti e basta. Come quando ascolti una canzone, e questa ti risuona dentro, ti smuove, ti commuove, e inizi a piangere senza nemmeno rendertene conto, non sai spiegarti il perché.

Mamma lo sapeva.

«C'è sempre una nuova melodia, da qualche parte, che è stata scritta apposta per voi. Dovete solo lasciarla entrare.»

Vittoria ci sta provando, con tutta sé stessa. Chissà, pensa, mentre da lontano intravede il cancello sverniciato di casa, forse mamma, ovunque si trovi adesso, è orgogliosa di lei proprio per questo. Perché ha scelto di tornare a *sentire*.

Prima di aprire il cancello, estrae il cellulare e scrive un messaggio.

Allenamento finito, stanca morta!
Adesso cena con papà, poi mi scaravento a letto.
Tu come stai? Sei andato da Fleur?

Ci pensa un attimo, poi riapre la chat e aggiunge.

Mi manchi, Primo giorno. Mi manchi tanto.

Brian

Legge il messaggio di Vittoria in chat e mette via il cellulare, senza rispondere. In questo momento no, non può darle retta. Si è ritagliato uno spazio per sé stesso, solo per sé stesso, e per ciò che deve fare. Fino a qualche giorno fa era certo che aver fronteggiato le paure della sua lista insieme a Vittoria avesse messo fine al suo sentirsi inadeguato. Debole. Sbagliato.

Non era così. O meglio, non era *soltanto* così. Perché non tutte le paure provengono dall'esterno; quelle più profonde si annidano dentro di noi. Un seme, anche minuscolo, che poi germoglia e in un battibaleno si trasforma in una pianta infestante.

Brian stringe le mani attorno alle sbarre di ferro del cancello della sua scuola, a Layfield.

Sono passati poco più di tre mesi dalla prima volta in cui si era ritrovato davanti alla John Locke School. A settembre doveva dirsi delle cose, da solo, prima del primo giorno della sua nuova vita.

Sembra passata un'eternità.

Il Brian che c'è di fronte a scuola, in questo tardo

pomeriggio che promette tempesta, è cambiato. Eppure anche lui, il Brian presente, è da poco uscito dalla sua camera. Il fatto è che, nel frattempo, gli sono successe cose. No, no, non è vero. Gli sono successe *persone*. E le persone portano sentimenti. Sono loro, poi, a metterti nei guai.

«Signorino Riva, devo fingere di non averti visto?»

Un piccolo sorriso gli incurva le labbra, prima ancora che la Percivall si palesi accanto a lui. Il corpo esile intrappolato dentro un piumino lungo arancio sgargiante, i capelli nascosti dentro un berretto di lana color arcobaleno, con tanto di pon-pon in cima.

«Buonasera.»

«Buonasera un corno» lo riprende, in tono scocciato. «Penso tu ti sia confuso. Le lezioni si svolgono di giorno, mica di sera. Anche noi insegnanti abbiamo una vita sociale, sai. Non siamo le persone noiose e solitarie che credete voi.»

«Lei mi sembra tutt'altro che noiosa, professoressa.»

«Tu mi sembra tutt'altro che malato, Riva.»

Brian alza le mani in segno di resa.

«Domani torno, promesso.»

La Percivall appoggia a terra la borsa di tela, gonfia e pesante.

«Allora… com'è che ci troviamo sempre qui, io e te?»

Brian non risponde, ci pensa un po' su. Le coincidenze raramente sono soltanto coincidenze. Basta pensare al fatto che la prima persona che ha incrociato lì in città, fuori dalla stazione, è stata Vittoria in sella a Maya. Che per un soffio non lo stendeva sulle strisce. A pensarci bene, in un certo senso, l'ha steso comunque.

«Non saprei» butta lì, tanto per riempire il silenzio. «Forse deve dirmi qualcosa?»

«Furbo da parte tua, Riva. Ribaltare la domanda.»

L'insegnante non aggiunge altro, lo sguardo perso oltre il cancello della scuola.

«Quindi?» la incalza lui.

«Sai, quando ti ho incontrato la prima volta qui fuori,» attacca lei, girandosi per guardarlo negli occhi «ho visto un ragazzo infelice. Ti si leggeva in faccia che uscivi da un periodo nero. E, come tua docente, ero stata informata di quello che ti è successo l'anno scorso.»

Brian serra la mascella.

«Mi chiedevo se te la saresti cavata. Poi ti ho visto iniziare a socializzare. Con i tuoi tempi, con i tuoi modi da pesce fuor d'acqua...» L'accenno di un sorriso. «Ho capito che tra te e la signorina Morgan c'è qualcosa. E ho pensato che è vero, quando si dice che le persone che hanno sofferto si riconoscono anche in mezzo a centinaia di altre.»

«E adesso? Cosa vede, quando mi guarda?»

La Percivall lo studia per qualche secondo, in silenzio.

«Sinceramente? Vedo un ragazzo tormentato.»

«Tormentato è meglio che infelice?»

«Dipende da quello che ci fai, con le tue emozioni, ragazzo. Dipende tutto, sempre, da quello.»

«Sì, ma se potesse scegliere... cosa vorrebbe vedere?»

«Soltanto un ragazzo.»

Vittoria

La prima cosa di cui si accorge, appena varcata la soglia di casa, la stupisce: una teglia in ceramica a tema floreale, abbandonata in soggiorno, che ha il sospetto di avere già visto.

La seconda, invece, le fa sprofondare il cuore giù nello stomaco: un delizioso profumo di soffritto che solletica le sue narici. Erano mesi, lunghi mesi, che non sentiva un profumo così buono aleggiare per la casa, e per un attimo è come tornare indietro nel tempo.

Prima di accorgersi della terza cosa, però, capace di riportarla al presente in modo brusco: il suono delle risate che proviene dalla cucina. Un suono spensierato e complice, che le fa crollare il mondo addosso.

La porta d'ingresso si richiude alle sue spalle facendo rumore. Le risate s'interrompono come se qualcuno avesse schiacciato off.

«Tesoro? Sei tu?» La voce di suo padre è esitante.

Vittoria non riesce a muovere un muscolo.

La testa di suo papà fa capolino dalla soglia della cucina. Il sorriso che gli solleva gli angoli della bocca non arriva agli occhi, interrotto a metà strada da qualcos'altro. Ansia?

«Ti stavamo aspettando...»

Stavamo?

Prima persona. Prima persona *plurale*.

Dietro le spalle di papà spunta un altro viso, incorniciato da lunghi capelli biondi. Una fronte spaziosa, percorsa da una ruga sottile, e sotto, due sopracciglia ad ali di rondine e un paio di magnetici occhi color terra, dalla forma leggermente allungata. Un naso piccolo, all'insù, al centro. Le labbra, piccole e delicate, sono piegate in un'espressione sognante. Un'espressione che le fa schizzare il sangue al cervello.

«E tu chi sei, scusa?» abbaia Vittoria nella sua direzione.

L'atmosfera accogliente diventa inospitale in meno di un secondo. Papà fa un passo in avanti, misurato ma coraggioso.

«Lei è Margaret, tesoro» dice, scandendo con calma le parole. «Era da un po' di tempo che volevo farvi conoscere. Ma non era giusto affrettare le cose.»

«Ciao, Vittoria» la saluta Margaret, con uno sventolio di ciglia che Vittoria vorrebbe strapparle, una a una. «È un piacere incontrarti.»

Era lei, la *cosa* di cui papà voleva parlare l'altra sera? Era con lei che usciva ben vestito? E, *merda!*, era lei la cuoca che aveva preparato quel delizioso arrosto per pranzo, tempo prima?

Vittoria è sgomenta. Dev'essere finita in un'altra dimensione, non c'è dubbio. Perché nella sua, di dimensione, non è contemplata nessuna Margaret. Nessun'altra donna, nella Casa dei Fantasmi, che non sia lei. O sua madre. Vittoria nemmeno risponde al saluto, si concentra su papà Wyatt.

«Perché mai avrei dovuto conoscerla?»

Fare finta di non capire, è questo il suo gioco. Chiudersi nel suo guscio, estrarre gli aculei e rimanere al sicuro dalle Margaret di turno e da ogni cambiamento non previsto.

Suo padre è in difficoltà. Si gratta la barba sale e pepe, la pelle si irrita subito. Vittoria non fiata. La donna ha il buon gusto di battere la ritirata in cucina.

«Vittoria, non fare così...»

«Così come? Non capisco, giuro.»

«Come se non capissi» sospira suo padre, sgonfiandosi come un palloncino. «Come se non avessi mai capito.»

A Vittoria tremano le gambe, contro la sua volontà. L'appartamento sembra diventato all'improvviso piccolo, troppo, per loro tre.

«Tesoro, tua madre sapeva di Margaret.»

No.

Fermi tutti.

È impossibile.

I suoi genitori si amavano da tutta la vita. E lei, Vittoria, era stato il frutto di quella promessa. Restare uniti, uno accanto all'altro, per sempre. È stato l'incidente, soltanto quel maledetto incidente, ad aver stravolto il loro destino, ad aver infranto la loro famiglia felice.

Non può essere vero.

È uno scherzo.

Allora perché suo padre non lo dice chiaramente?

Perché? Non vede quanto questa inutile messa in scena l'abbia sconvolta?

Indietreggia, Vittoria, e si arrende al peso di una verità inaspettata, dolorosa come uno schiaffo in pieno volto. Piccole tessere di cui non conosceva l'esistenza s'incastrano nel quadro generale del suo puzzle. Le scoppia la testa, qualcuno le urla dentro i pensieri, ci sono le fiamme, c'è odore di benzina e il cielo piange, si dispera, e il cuore si ferma.

Suo padre si accorge del suo turbamento. Spalanca gli occhi, mortificato. Dentro c'è la paura di aver fatto un terribile, spaventoso errore di valutazione.

«Oddio, tesoro, mi dispiace. Mi dispiace tanto. Io... pensavo lo sapessi. Quel giorno, in macchina, credevo che mamma te lo avesse...»

La schiena sbatte contro la solida porta d'ingresso. Vittoria si lascia scivolare a terra, si tappa le orecchie, perché *sentire* è una fregatura, e lei non vuole sentire niente, più niente...

Come se la verità fosse sempre stata lì, in attesa che lei si decidesse ad allungare la mano e strappare finalmente il velo, Vittoria ricorda.

Ricorda ogni cosa.

Ma prima che possa reagire, prima che possa fare o dire qualsiasi cosa, il cellulare inizia a squillare all'impazzata.

«Devi venire subito!» La voce di Gill la raggiunge dal mondo reale, fuori dall'abitacolo dell'auto dentro la sua testa. «È per Brian.»

Brian

Quanto forte può scalpitare un cuore, prima di schizzare fuori dal petto?

È a questo che sta pensando, mentre raggiunge il Drake con il cuore che tambureggia su un ritmo assordante, frenetico e cupo, prima dello scontro finale.

Gli altri sono già tutti lì ad aspettarlo. Zorro, Romeo, Carol, Ariel e altri volti meno noti. C'è anche Gill, in disparte, che gli lancia uno sguardo apprensivo.

La gente di Seb.

Le chiacchiere in sottofondo si interrompono al suo arrivo. Brian lancia un'occhiata intorno. Gli aveva dato appuntamento lì, a quell'ora esatta.

Dov'è finito?

«Stai cercando me, Primo giorno?»

Seb esce dal pub a passo lento e minaccioso. Brian deglutisce, le mani, infilate dentro le tasche del giubbotto, si stringono a pugno.

Contrariamente a tutto quello che gli sta suggerendo il suo corpo, e la ragione, Brian va incontro a Seb e gli si piazza davanti.

«Proprio te» risponde, cercando di controllare la voce.

Un lampo muto squarcia il cielo burrascoso sopra le loro teste.

«Ti avevo detto di non farti più vedere da queste parti» gli ricorda Seb, a due centimetri dal viso. Il suo alito è caldo ma le sue parole sono stalattiti.

«Tu non decidi proprio niente.»

Seb comincia a girargli intorno lentamente, come un predatore con la sua preda prima di decidere da dove sferrare il primo, micidiale, attacco.

L'aria vibra di tensione, una bomba pronta a esplodere.

Romeo e Zorro li raggiungono, posizionandosi dal lato del loro capobranco, come in una coreografia collaudata. Il suo vicino di banco, in realtà, resta un mezzo passo indietro. Non ha nemmeno il coraggio di guardarlo in faccia, tiene la testa bassa. Brian non gliene fa una colpa. Prendere posizione contro i nemici è difficile, figuriamoci farlo contro i propri amici.

«Ti facevo più intelligente, sai» lo provoca Seb, con un sorriso appuntito. «Sei venuto in questo buco di mondo per ricominciare da zero, no? Perché venire qui e metterti in ridicolo davanti a tutti?»

«Quando ci siamo conosciuti mi ero appena fatto una promessa.» Brian guarda fisso davanti a sé, mentre Seb continua a girargli intorno, lento. «Che non sarei scappato mai più dalle mie paure. Non avrei perso tutto un'altra volta per colpa di quelli come te...»

«Ti sei scritto da solo la tua condanna, Primo giorno.»

Zorro fa un ghigno divertito.

«... e non ho intenzione di farlo» prosegue Brian, ignorando l'interruzione di Seb. «Sai che c'è? Ho capito che, alla fine, sei solo un povero coglione spaventato.»

Lo squalo bianco si blocca davanti a lui.

«Che cazzo dici?»

«Hai paura di quello che provi per lei, Seb. Per Vittoria.»

L'ha detto. L'ha detto sul serio. E ora che si è lanciato, tanto vale andare fino in fondo.

«E questa cosa ti fa uscire di testa. Ti fa uscire di testa il fatto che tra noi due, lei abbia scelto me.»

«Tu sei pazzo. Completamente pazzo! Non azzardarti a parlare di me come se mi conoscessi!»

«Hai paura di amare qualcuno, perché sai cosa significa essere abbandonati. E penso che in questo tu e Vittoria vi siate trovati. Le paure ci rendono simili. Quindi, pensa un po'... in fondo, molto in fondo, ci assomigliamo anche noi due!»

Ride, Brian, una risata amara e pesante, spoglia di ogni spensieratezza.

Proprio come il cazzotto che gli arriva, dritto per dritto, in pieno volto.

Finisce a terra, il dolore è lancinante. Assapora il sangue che gli cola dal naso, percepisce l'adrenalina scorrergli nelle vene.

Fa leva con le braccia e si rialza.

Seb e Zorro lo fronteggiano, le mani strette a pugno, uno sguardo vuoto e spietato dentro gli occhi sbarrati.

Il cielo comincia a piangere.

«Io non ho più paura» sussurra Brian, non saprebbe

dire se a sé stesso o ai suoi vecchi amici davanti a lui. «Io non scappo più.»

Fa in tempo a chiudere gli occhi, prima che intorno a lui si scateni il caos.

Vittoria

Raggiunge il parcheggio con le gomme che slittano, sotto i primi goccioloni di pioggia. Smonta dalla sella, si toglie il casco e abbandona Maya in mezzo alla strada.

Un branco di ragazzi chiassosi è raggruppato in cerchio a pochi metri dal Drake. Il proprietario, un omone dalla fedina penale discutibile, resta sulla soglia a osservare lo svolgersi degli eventi.

Se non coinvolge il suo locale, del resto, non è obbligato a intervenire. E un tipo come lui, immagina Vittoria, è meglio che non s'intrometta in liti fra ragazzacci, se non vuole passare dei guai.

Lei, invece, non ci pensa due volte. Si precipita nella confusione, con il cuore che le martella dentro al petto.

Sa che lì, al centro, c'è Brian.

Quando lo scorge, facendosi largo tra i presenti, le sue gambe cedono. Brian, il *suo* Brian, il ragazzo così gentile, dolce e premuroso, è una maschera livida. Ha un sopracciglio spaccato, il naso gonfio, il giubbotto strappato. E se ne sta, lì, in piedi. A farsi caricare a turno da due ragazzi.

Seb e Zorro.

Tutti gli altri, intorno, assistono al pestaggio come se fosse uno spettacolo di intrattenimento, un piacevole diversivo alla noia di un giorno grigio uguale a tanti altri, qualcosa da raccontare per dire «io c'ero, ho visto tutto».

Vittoria vorrebbe urlare. Non ha voce. Vorrebbe mettersi in mezzo, trascinare Brian lontano da lì, il più lontano possibile. Il suo corpo non reagisce.

«Vittoria!» La voce della sua migliore amica la recupera nella pozza di terrore in cui è caduta. «Cosa fai lì impalata?»

Vittoria sposta lo sguardo da Brian a Gill, incontra i suoi occhi nocciola. Apre la bocca per parlare ma, di nuovo, niente.

Il panico si è preso tutto.

Gill le stringe una mano, poi afferra il cellulare come se fosse una pistola puntata. Vittoria la vede a malapena schiacciare il tasto play e iniziare a registrare.

«ADESSO BASTA!»

Il suo grido, determinato e furibondo, coglie tutti di sorpresa. La folla ammutolisce. Seb e Zorro si voltano lentamente. Carol e Ariel, invece, si affiancano a Gill e sfoderano i cellulari, puntandoli contro i ragazzi.

«Che cazzo state facendo?» ringhia Seb, con il fiato corto.

«Quello che avrei dovuto fare tempo fa» replica Gill, senza esitare. «Impedirti di rovinarci la vita. E di rovinarla a te stesso.»

Vittoria non è mai stata così fiera della sua migliore amica.

«Non sai quello che dici…»

«Lo so bene, invece. Io, più di ogni altro. Per quello che c'è stato fra noi, Seb. Lascia perdere Brian e tutta questa storia. Non è con lui che ce l'hai davvero.»

Il ragazzo indugia. Nei suoi occhi profondi trapela qualcosa che Vittoria non aveva mai visto prima. L'ombra di un rimorso?

Forse è stato solo un abbaglio. Seb fa per girarsi, di nuovo, verso Brian.

«Guarda che abbiamo ripreso tutto, dall'inizio!» bleffa la sua amica, indicando Carol e Ariel. «Ce n'è abbastanza per una denuncia. E no,» continua, anticipando il ragazzo che stava per interromperla «questa volta non ci sarà la tua Vittoria a salvarti il culo.»

Seb fissa intensamente la sua ex, che non accenna ad abbassare gli occhi, né tantomeno il cellulare. Vittoria non sa dire cosa passi, in quel lungo sguardo, ma potrebbe giurare che l'influenza del ragazzo su Gill sia giunta al capolinea, al pari della loro relazione. Se ne dev'essere accorto anche lui. Perché alla fine, con un sorriso spezzato, scrolla le spalle e fa un cenno brusco a Zorro.

«Sei fortunato, Primo giorno» dice a Brian, sputando parole piene di rancore. «Sei molto fortunato.»

E si allontanano, scomparendo sotto la pioggia.

Il branco mugugna contrariato e inizia a disperdersi. Vittoria approfitta del trambusto per raggiungere Brian, che è rimasto piantato dov'era. Lo prende per un braccio, lo trascina via con sé, nel parcheggio. Quando si fermano, lo fa girare con uno strattone per guardarlo dritto negli occhi.

Un fulmine squarcia il cielo sopra le loro teste.

«Che cos'era quello???» esplode Vittoria.

«Una cosa che dovevo fare da solo» risponde deciso lui, tastandosi dolorante il volto.

Ha un aspetto spaventoso.

«Hai rischiato di farti ammazzare, Brian!» inveisce. «Cosa cazzo volevi dimostrare?»

Brian ride, ma si ingozza, tossisce sangue.

«Ero io, Vittoria! La mia più grande paura non è mai stata una minaccia esterna. Sono sempre stato io! Con la mia inadeguatezza, la mia incapacità di farmi valere. Adesso sono libero, finalmente!»

Vittoria non sa più se quelle sul suo volto sono lacrime o gocce di pioggia. Non sa più se quel Brian che ha davanti agli occhi è il *suo* Brian.

«Non hai capito niente. Sono tutte cazzate. Non si può vivere senza paura, mi hai sentita?!» urla, sgomenta. «Mia madre mi ha chiesto una cosa impossibile. E mi ha mentito! È tutta colpa sua, soltanto colpa sua...»

Brian l'afferra per un braccio. I suoi occhi oceano si posano su di lei, due boe di apprensione galleggiano in un mare di sangue. È riaffiorato in superficie, è tornato in sé.

«Cosa stai dicendo?»

Ma Vittoria si ritrae, come un animale ferito.

«Ricordo tutto. So che cosa è successo quel pomeriggio. E la odio per quello che mi ha fatto!»

Gli volta le spalle, raccoglie il motorino e, prima che Brian possa anche solo tentare di fermarla, di capire, di aiutarla, riparte sotto la pioggia battente.

Nessuno può davvero aiutarla. È una questione fra mamma e figlia.

Ed è sempre stata una questione di vita o di morte.

Brian

È paralizzato dal panico. Un panico nero, che gli morde lo stomaco. Diverso da tutto ciò che ha provato fino a questo momento. Perché fino a ora ha avuto paura sempre, e soltanto, per sé stesso.

Adesso ha paura per *qualcuno*.

Vittoria.

«Brian?» Gill lo strattona per un braccio. «Brian? Che è successo? Perché urlava?»

Ma lui resta inebetito a fissare il punto in cui Vittoria è fuggita.

«Brian!»

Scuote la testa, cercando di recuperare la lucidità. Pessima scelta, il dolore arriva a stilettate che gli mozzano il respiro. Si volta piano verso l'amica.

«Vittoria ha… ha detto di ricordarsi tutto.»

Gill, già pallida di rabbia, diventa trasparente. I capelli, bagnati, incorniciano in maniera disordinata il suo bel viso sfinito.

«L'incidente?»

Lui annuisce, agitato.

«Non so cosa le sia tornato in mente, ma l'ha sconvolta. Ha detto che la odiava. Penso che… penso si riferisse a sua madre…»

«Merda.»

Gill si siede sul cemento bagnato, si mette le mani fra i capelli. E a Brian tornano in mente le sue parole, quel giorno al cimitero.

«Te lo sentivi. Mi hai detto che avevi l'impressione che Vittoria fosse arrabbiata con lei.»

Gill si morde un labbro, divorata dall'ansia. «Ma non so fino a che punto.»

«Dobbiamo trovarla al più presto. Non può restare da sola, non così.»

«Non ho idea di dove possa essere. Dopo l'incidente è successo che scomparisse, o arrivasse tardi a un appuntamento senza dare spiegazioni. Non mi ha mai detto dove andasse, né cosa facesse.»

Brian ci pensa su un attimo. Sfoglia mentalmente l'album dei loro ricordi insieme, soffermandosi sulle conversazioni, sì, soprattutto quelle. Le cose che si sono detti, e quelle che non si sono detti ma erano lì, intorno a loro.

Ritorna con la mente ad Halloween, alla sera del Falò degli spettri, al loro primo bacio.

«La ragazza del guardrail» sussurra.

«Cosa hai detto?» chiede Gill, titubante.

Brian si asciuga la faccia con la manica della giacca. Pioggia, misto a sangue, misto ad angoscia.

«Forse so dov'è. Ma abbiamo bisogno di aiuto per raggiungerla.»

«Cosa posso fare?»

«Chiama suo padre.»

Vittoria

Il cielo piange affranto sopra di lei. Grosse lacrime di pioggia tamburellano sul casco, mentre guida disperata nel buio della sera. Le mani, sulle manopole, si stanno crepando dal freddo, ma Vittoria non prova dolore.

Non fisico, almeno.

La strada che conduce al Deaf Dyke scorre confusa e indistinta sotto di lei, un nastro nero come la notte, come l'oblio. Gli occhi sono gonfi di lacrime, il cellulare, nella tasca del cappotto, non ha smesso di vibrare un secondo. Suo padre è in pensiero: si starà chiedendo che fine abbia fatto, perché sia fuggita a gambe levate dopo la chiamata di Gill.

Si starà chiedendo se non ha sbagliato tutto, se non l'ha persa un'altra volta.

Piange Vittoria, mentre nella sua mente scorrono i fotogrammi di quel maledetto pomeriggio. La nebbia si dirada e ogni cosa torna al suo posto, dov'è sempre stata.

Vittoria è di nuovo in macchina. La cintura di sicurezza le lacera il petto.

«STAI ZITTO!»

Eliza ammutolisce la radio con un gesto scattoso, così estraneo per lei.

La ragazza sobbalza sul sedile.

«Mamma, che ti prende? Sei strana oggi...»

«Devo dirti una cosa. E non posso davvero più aspettare.»

Senza essere padrona del suo corpo, Vittoria incrocia le braccia al petto, scocciata.

«Okay, allora. Di che si tratta?»

«Io e tuo padre... le cose tra noi non vanno più.»

La voce di sua madre s'incrina, costringendola a interrompersi. Vittoria spalanca la bocca dalla sorpresa.

«Che dici, ma'? Tu e papà siete la coppia più innamorata del mondo!»

«È complicato.»

«Cosa c'è di complicato? Vi amate, no?»

Sua madre aveva picchiato le mani sul volante.

«Non rendere le cose più difficili di quanto non lo siano già, Vittoria!»

Vittoria sussulta. Il cuore le va in gola e poi sprofonda giù, nello stomaco.

«Devi capire... che io ci ho provato. Ci ho provato sul serio.»

Sua madre allunga una mano, l'appoggia sulla sua coscia. L'altra resta sul volante. I suoi occhi la cercano, sono due sfere di cristallo traboccanti di lacrime. Vittoria la percepisce, adesso, la paura.

«Ho fallito. Il nostro amore, il senso di una vita passata insieme, i nostri progetti... è tutto finito.»

La macchina sbanda leggermente.

«Mamma, stai attenta!» si sente urlare Vittoria.
Eliza torna a mettere entrambe le mani sul volante.
«Niente tornerà più come era prima.»

Mentre guida Maya sotto la pioggia battente, sulla stessa strada che avevano percorso mesi prima, un pensiero completamente folle le balena in testa. Forse Vittoria può ancora salvarsi. Può ancora salvare sua madre. Forse, adesso che ricorda, ha un'altra possibilità.

«Ehi, mamma. Ascoltami. Non è vero che è finito tutto, okay? Non è finito niente. Ci sono io. Ci sei tu. Ce lo faremo bastare. Lo so che possiamo farlo.»

«Mi dispiace così tanto. Non volevo arrivare a questo punto...»

Sua madre strizza gli occhi, prende respiri profondi che le scuotono le spalle. Le mani iniziano a tremare sul volante. Il piede è incollato all'acceleratore.

«Mamma, ti prego...»

Vittoria ha la nausea. Una sensazione di vuoto nella pancia, un odore diverso sulla pelle. È il panico.

Il cielo sta per cadere.

Una curva a gomito presa dritta, le ruote perdono aderenza sull'asfalto bagnato. Maya sbanda pericolosamente nel buio, non riesce più a tenere la strada.

Vittoria è così devastata che non ci prova nemmeno, a tenersi aggrappata.

Non è riuscita a salvarle.

Non riesce mai a salvarsi.

Si lascia andare.

Brian

Il silenzio nell'abitacolo dell'utilitaria del padre di Vittoria è un muro compatto di preoccupazione. Brian, sul sedile anteriore, fissa i tergicristalli impostati a velocità massima. È un minuscolo sollievo essere lì dentro, al riparo dalla pioggia, dalla maledetta *acqua*.

Gill, affossata nel sedile dietro al suo, continua a chiamare l'amica al cellulare, senza successo.

Brian è inquieto. Ha paura di non trovare Vittoria lì dove pensa che lei sia e, allo stesso tempo, ha paura di trovarla e di non sapere come farla tornare da lui. No, non da lui. Di tornare e basta.

Gesù.

«Tieni, ragazzo.» Tenendo una mano salda sul volante, il papà di Vittoria si sporge verso di lui, apre il cruscotto e tira fuori un pacco di salviettine deumidificate. «Purtroppo devi accontentarti di queste.»

Brian pesca una salvietta e ringrazia con un cenno del capo.

«Te le hanno suonate, eh?»

«Già.»

«Non ti facevo così stupido, sai?» commenta aspra Gill. «Si può sapere cosa ti è preso?»

Brian incontra i suoi occhi, due fiammelle d'angoscia e rabbia, nello specchietto retrovisore.

«È...»

«... complicato» completa il papà di Vittoria, con un occhiolino complice. «Spero che la lezione ti sia servita. A non avere altre idee cretine del genere, intendo.»

Brian si passa la salvietta umida sulla faccia. Le ferite sul volto bruciano a contatto con il tessuto umido, gli lacrimano gli occhi.

Wyatt, il papà di Vittoria, è un grande. Anche se ha il viso segnato dall'apprensione, i capelli, pochi, sparati ovunque e gli occhi scavati dalla stanchezza. Non ha fatto domande quando Gill l'ha chiamato, non ha fatto domande quando lui, con il volto pesto, gli ha detto dove pensava fosse fuggita sua figlia.

Aveva caricato entrambi in macchina ed erano partiti.

Chissà cosa avrebbe fatto invece il suo, di papà. E chissà cosa penserà di lui, quando tornerà a casa conciato in quel modo. Dopo tutto quello che è successo, non gli dispiacerebbe affatto tornare bambino per un po', arrampicarsi sulla sua schiena, e sentirsi al sicuro.

«Scusami» sussurra Brian, guardando la strada scorrere veloce oltre il parabrezza. «Avrei dovuto fermarla.»

Il padre di Vittoria rallenta per imboccare una strada laterale, buia.

«Non ci saresti riuscito» risponde, triste. «Nessuno ci sarebbe riuscito. Mia figlia è testarda, proprio come lo era sua madre.»

Brian e Gill rimangono in silenzio. L'uomo stringe le mani sul volante, fino a che le nocche non diventano bianche.

«Avrei dovuto proteggerle. E invece ho fatto un casino.»

Brian scopre la sua stessa confusione dentro gli occhi dell'amica, riflessi nello specchietto. A entrambi, evidentemente, manca un passaggio. Ma il padre di Vittoria scala la marcia in modo brusco, imbocca veloce un'altra curva e non proferisce più parola.

«Perché pensi che sia proprio lì, Brian?» domanda cauta Gill.

Brian impiega qualche secondo per racimolare il coraggio necessario. Alcune verità sono più difficili di altre, da raccontare.

«Vittoria mi ha confidato di… di aver guardato Eliza morire, quel pomeriggio» esita, cercando a fatica le parole giuste, meno dolorose. «Le ha tenuto compagnia, fino alla fine.»

Il papà di Vittoria si schiarisce la voce, non dice niente. Brian intravede una piccola lacrima precipitare lungo la guancia, per poi perdersi nella barba.

«Io credo che… una parte di Vittoria sia rimasta sempre lì, per tutto questo tempo. Davanti a quel guardrail.»

«Oddio, è terribile…» Il volto di Gill è una maschera di dolore.

«VITTORIA!»

Una frenata brusca, improvvisa. L'auto inchioda. Brian si sente strattonare da una forza invisibile verso il parabrezza. La cintura di sicurezza gli sega il petto, riportandolo di scatto sul sedile.

Con mano tremante, l'uomo indica qualcosa al di là del vetro.

I fanali abbaglianti dell'auto puntano una sagoma scura che giace esamine, a terra.

«Maya!»

Gill apre la portiera e si scaraventa giù dall'auto. Brian e il padre di Vittoria la seguono. Ruotano su sé stessi in preda all'agitazione, fanno avanti e indietro sul tratto di strada, guardano ovunque aiutandosi con le luci dell'auto e le torce del cellulare. Con il cuore a mille, si rendono conto che non c'è traccia della ragazza.

Gill torna indietro, verso Maya. Solleva il motorino da terra.

«Wyatt...» chiama poi, esitante.

Brian si sente morire dentro. Corrono verso Gill. Lì, dov'era sdraiata Maya, c'è una chiazza di sangue.

«No, no, ti prego...» farfuglia il padre di Vittoria, terrorizzato.

Ma Brian sbarra la porta a qualunque cattivo pensiero. No, no. Non è niente di grave.

Si volta, per non dover incrociare lo sguardo angosciato dell'amica o, peggio, quello perso dell'uomo.

La strada continua, a qualche metro da loro, inerpicandosi su per un tornante.

Non è ancora finita. E non permetterà a niente, né alla pioggia né al buio, di impedirgli di andare fino in fondo.

Brian inizia a correre.

Vittoria

«È colpa tua, mamma.»

Le parole escono alla rinfusa, si rincorrono come i pensieri, come i ricordi, come il dolore che fluisce nelle vene e le impedisce di sentire altro, nient'altro che quello.

«È tutta colpa tua.»

Vittoria siede a cavalcioni sul guardrail, la punta delle scarpe sfiora l'asfalto. Lì intorno, la pioggia battente ha disintegrato ogni cosa un'altra volta.

Non c'è più niente, oggi, che ricordi la vita di sua madre.

Ed è giusto così, si dice tra i denti, furiosa.

«Mi hai detto di non avere paura. E io ci ho provato, lo sai che ci ho provato.» Tira su con il naso. «Ma non ero io, il problema. Sei stata tu, mamma. Tu hai avuto paura di sopravvivere alle cose che finiscono.» Ridacchia, esausta. «Dio mio, ti sei spaventata per la cosa più banale che esista. La fine di un amore.»

Stringe le mani attorno alla barriera fredda come il ghiaccio, come il suo cuore che sanguina stalattiti.

«Penso di averlo sempre saputo, alla fine. Provavo tutta questa rabbia dentro di me. E poi l'odio, e l'insofferenza. Non mi abbandonavano mai. Sapevo quello che avevi fatto, ma non volevo farci i conti. E alla fine penso di essere stata terrorizzata a morte per tutto il tempo, lo sai?» Un lungo sospiro. «Ecco perché venivo sempre qui. Perché restavo imprigionata dentro quei maledetti sette minuti e cinque secondi. Ero al sicuro, lì con te. Non volevo andarmene. Non volevo lasciarti un'altra volta.»

Una lacrima di pioggia scivola lungo la guancia.

«Poi però Brian è entrato nella mia vita. Ed è cambiato tutto, di nuovo. Mi ha aiutata a ritrovare la parte di me che pensavo se ne fosse andata per sempre, quel pomeriggio. Ho cominciato a pensare che forse potevo vivere anche senza di te. Ritagliarmi un posto tutto mio per essere felice, anche se tu non ci sei. E questo mi ha spaventata tantissimo. Ho messo su un casino, mamma. Proprio come hai fatto tu...»

La voce s'incrina, la ragazza china il capo e scoppia in singhiozzi inconsolabili.

«Vittoria... sapevo di trovarti qui.»

Brian

Non si è mai sentito tanto sollevato in vita sua.

Vittoria è lì, a pochi metri da lui, seduta su un vecchio guardrail tutto arrugginito.

Brian è scosso da un brivido che non c'entra nulla, assolutamente nulla, con la pioggia e il clima rigido della sera.

Questo è il luogo dell'incidente. È il luogo dove per Vittoria è finito tutto, dove la sua vita è stata stravolta per sempre. Il cuore precipita giù, nello stomaco.

S'incammina deciso verso di lei, e più si avvicina, più accelera, più sa che non gliene frega niente di cosa è stato: il filo interrotto della loro storia, un «ti amo» non corrisposto, l'errore di una notte. Vuole solo stringerla a sé, tenerla stretta al petto, farla sentire al sicuro tra le sue braccia, nel suo cuore.

Quando la raggiunge, l'abbraccia forte, cerca i suoi occhi per incastrarci i suoi. Uno sguardo che urla, silenzioso: *Scusami, sono un coglione* e *Mi hai fatto morire di paura.*

«Mi hai trovata» fa lei, in tono incredulo.

«Ti troverò sempre» ribatte lui, appoggiando la fronte fredda alla sua. «E non soltanto io.»

Si stacca e fa un passo indietro. Osserva il volto di Vittoria spalancarsi in un'espressione sorpresa quando lo sguardo si posa sulle uniche due persone al mondo che amano la ragazza quanto lui. Gill e Wyatt.

È proprio il padre a farsi avanti per primo.

Brian indietreggia, fino a fermarsi accanto all'amica.

«Papà...» mormora Vittoria, la voce rotta dal pianto.

«Perdonami, tesoro» dice lui, prima di stringerla in un abbraccio. «Mi dispiace non averti detto prima la verità. Mi dispiace averti tenuto nascosto quello che stava succedendo... è stata una decisione sbagliata. È che a volte si fanno cose tanto stupide, per non ferire chi amiamo...» Si scioglie dall'abbraccio, le posa le mani tremanti sulle spalle. «Quel pomeriggio io e tua madre avevamo litigato. Le avevo detto che non potevo più andare avanti così, non era giusto per nessuno. Me ne sarei andato di casa. E lei era così... sconvolta. Sapevamo entrambi che sarebbe successo, eppure ne era devastata. Non avrei mai dovuto lasciarla guidare in quello stato.»

Il padre di Vittoria si interrompe, prende un lungo, sofferto, respiro. Chissà da quanto tempo si teneva tutto dentro, pensa Brian. Chissà perché ci teniamo sempre tutti tutto dentro.

«E quando è successo... quando siamo rimasti solo io e te, non ho fatto altro che tagliarti fuori dalla mia sofferenza. Mi sentivo il padre peggiore del mondo. Perché non ho impedito a Eliza di venirti a prendere quel giorno alla partita. Perché l'ultima cosa che le ho detto è stata che dovevamo separarci. Perché io che so riparare tutto, non ho saputo aggiustare la nostra vita senza di lei.»

Brian sente una mano afferrare la sua. È Gill, accanto a lui, che piange in silenzio. Il ragazzo intreccia le dita alle sue.

«Non è colpa tua, papà» ribatte Vittoria, in tono fermo. «Mamma ha fatto le sue scelte.»

Brian vede Wyatt scuotere la testa, un cenno vigoroso di diniego.

«Non devi pensarlo nemmeno per un istante. Per Eliza, eri tutto il suo mondo. Ti amava più di quanto abbia mai fatto con me, più della sua musica, più di ogni altra cosa che abbia mai amato come solo lei sapeva fare. Più della sua stessa vita. Non ti avrebbe mai e poi mai messa in pericolo. È stato un incidente. Un maledetto incidente.» Le prende il volto tra le mani, occhi di padre negli occhi di figlia. «È finita. Devi riuscire ad accettarlo, tesoro. Devi riuscire a perdonarla, e a perdonarti.»

Vittoria

Il peso immenso delle parole di suo padre ha l'effetto di alleggerirla.

Forse anche lei, come Brian, funziona per paradossi. Forse aveva soltanto bisogno di sentirselo dire: è stato un tragico incidente. Niente più di questo, niente più di destino infame, un epilogo che nessuno di loro avrebbe potuto prevedere ed evitare, niente più di una vita che s'interrompe per poi confluire nelle esistenze di chi è rimasto.

Adesso che la pioggia non cade più e le lacrime hanno smesso di rigarle il volto, Vittoria trova la forza per annuire. Per dirsi sì, è vero. Basta mezze verità. Basta rimorsi. Basta tutta questa collera, che finisce che uno non sa più dove metterla, e la sbatte in faccia agli altri, e la usa per distruggere ciò che lo circonda.

Lo sguardo di Vittoria scivola dal viso tirato del padre a quello, commosso, della sua migliore amica.

Nonostante tutto il male che le ha inferto, Gill è lì. Fa parte di quei relitti di vita che sono rimasti dopo il naufragio. È la sua famiglia. Le rivolge un sorriso, minuscolo, che vuol dire «grazie», e vuol dire «scusami».

La ragazza si avvicina, le sposta i capelli fradici dal volto. Non si dicono niente, ed è come se dicessero tutto. Poi prende per mano suo padre e i due si allontanano, sfilando accanto a Brian.

«Vi aspettiamo in macchina» la sente sussurrargli.

Lui fa sì con il capo e ringrazia. Quando Gill e suo padre spariscono dietro la curva, Brian la raggiunge. Si siede sul guardrail, al suo fianco, e con un braccio le cinge le spalle.

«Così, è qui.»

Vittoria appoggia la testa sulla spalla.

«Già.»

«Ti fa male?» chiede, indicando la sua gamba sinistra.

Vittoria segue il dito di Brian con lo sguardo e solo adesso si rende conto, con stupore, dei jeans stracciati e insanguinati all'altezza del ginocchio. Una brutta escoriazione pulsa lì sotto, probabilmente causata dalla caduta in motorino.

«Non è niente» lo rassicura. «E poi tu sei messo molto peggio, credimi.»

Il ragazzo fa un sorriso spezzato, colpevole.

«Sono stato egoista.» Le parole sfuggono dalla sua bocca e diventano subito condensa. «Non ho pensato alle conseguenze di quello che facevo. Non ho pensato a te. Volevo solo smetterla di sentirmi guasto. Smetterla di detestarmi.»

Vittoria scuote la testa, appoggia l'indice sulle labbra screpolate del ragazzo. Sa bene cosa voglia dire. Ha conosciuto quel cortocircuito in prima persona.

«Sei il ragazzo più coraggioso che abbia mai conosciuto.»

Brian spalanca gli occhi oceano, e lei ci si tuffa dentro, tra le onde di un conforto che le era mancato come ossigeno.

«Cosa te lo fa pensare?»

«Tu sai amare.» Gli prende la mano, l'appoggia sul proprio petto. Le dita contro il giubbotto, all'altezza del cuore. «E mi hai ricordato come farlo.»

Brian, finalmente, la bacia. Un bacio dolce, lungo e profondo, che Vittoria accoglie e ricambia con tutta sé stessa. Poi abbandona il capo tra il collo e la testa del ragazzo, il suo posto sicuro.

«Per evitare fraintendimenti...» fa lui, esitante. «Stai forse dicendo che mi ami?»

Vittoria glielo dice sottovoce, perché le cose belle non hanno bisogno di essere gridate al mondo, per esistere.

«Ti amo, Primo giorno.»

Lo può sentire anche se non lo vede, il sorriso straboradante di felicità sul volto di Brian.

«Ti amo anche io.»

Respira.

È l'ultimo respiro, prima che il cielo le cada addosso.

L'impatto contro il guardrail è spaventoso. Vittoria si ritrova imprigionata nel sedile, tra lo schienale e l'airbag esploso. Accanto a lei, mamma Eliza è afflosciata sul volante. L'orologio al polso continua a scandire il tempo, anche se il tempo non esiste più, è stato ucciso, è macchiato di sangue, ogni cosa è sporca del suo sangue.

Accarezza il volto di sua madre, l'unica cosa reale in un mondo che non lo è più.

«Non avere paura, amore mio.»

È Vittoria a pronunciare le ultime parole. Sono il suo addio, prima di lasciarla andare.

Sua madre chiude gli occhi per sempre e vola via.

Che sia un ricordo vero, o alterato dalla sua mente, immagina che non lo saprà mai.

E, in fondo, non è più così importante.

Sopra le loro teste, le nuvole nere si stanno dissipando. Il cielo, nonostante tutto, non è caduto. Non stasera e, si spera, mai più.

È proprio vero quello che dicono, pensa Vittoria: l'unico modo per uscire da una tempesta è attraversarla. Fuggire non serve a nulla.

E lei, alla fine, è una che resta. A modo suo, ma resta sempre.

Domani fa paura. Sopravvivere, ridere, soffrire, dimenticare, amare. A volte sembra tutto troppo grande, e lei così minuscola. A volte fa spavento, ma adesso lo sa, è così che deve essere.

Avere paura significa che c'è ancora qualcosa di importante, dentro la sua vita da rifare, che non vuole perdere.

Getta un'occhiata rapida all'orologio.

È tempo di vivere, e per vivere c'è ancora tempo.

Sette minuti e cinque secondi

Indice

Questo libro è stampato fabbricato da Grafica Veneta S.p.A.
con un processo di stampa e rilegatura certificato 100% carbon neutral
in accordo con PAS 2060 BSI

Finito di stampare nel mese di aprile 2024
per conto di RCS MediaGroup S.p.A.,
da Grafica Veneta S.p.A., via Malcanton 2, Trebaseleghe (Padova)
Printed in Italy